謹訳 世阿弥能楽集 上

林望
HAYASHI, Nozomu

檜書店

巻頭言　「謹訳　世阿弥能楽集」上梓にあたり

二十六世観世宗家　観世清和

先生とは、日頃より公私に亘り、ご厚誼を賜っておりますが、中でも、平成二十四年に、台本を御執筆戴きました、新作能「聖パウロの回心」にて、先生の真骨頂とも言える、多角的な視点により「能」をお作り戴き、そこに、新たな息吹を吹き込むと言った技法により、伝統の骨格を崩さずに、高い文学的見地が加わった作品として、世に問う事となりました。その節に、強く感じました事ですが、伝統を頑《かたく》なに守ろうとする事だけではなく、新たな視点を与えて下さる、林先生の能への思いは、懐《ふところ》がとても深く、新たな発見の機会を与えて下さいました。

また、先生のご著書、「謹訳 源氏物語」では、どの様に現代語訳をなさるのか、素人乍《なが》ら、大変興味を持って、拝読させて戴きましたが、如何《いか》に「源氏物語」が、日本の古典の中心にあるかという事を、新たに認識させて戴きました。

抑《そもそ》もなぜ能が、七百年の間、絶える事無く脈々と受継がれて来たのかを考えますと、一つには、古来より日本人が大切にして参りました、勧進や亡者供養、鎮魂や平和への願い、人間の生と死、夫婦・親子・兄弟の情愛など、普遍的なテーマを扱い、先人達の創意工夫があったからこそと思います。

今日、名作と呼ばれる能の演目を作り上げた先人達の周囲には、その名作に大きな影響を与えた、文化人達がおりました。世阿弥には足利義満や二条良基、金春禅竹には一条兼良、観世元章には賀茂真淵といった人々より、大きな刺激を受け、洗練され、時代〳〵の息吹に順応し、絶える事無く、今日まで伝わって参りました。

今般、上梓されました「謹訳　世阿弥能楽集」は、林先生の深い世界観と高い文化・文学的見地に立たれ、愛情を持って著《あら》わされました事は、日々舞台に立つ私共に取りまして、大いに感化されるところでございます。本書は一般の読者の皆様のみならず、能楽師必携の書と思います。本書を通じ曲への解釈や、登場する人間の本性、深い死生観などを感じ取って戴き、能楽への誘いとして、一つの道標となられる事を願っております。

最後になりましたが、林望先生のご健勝と、ご出版のお祝いを申し上げ、巻頭言とさせて戴きます。

謹訳　世阿弥能楽集

上

もくじ

「謹訳　世阿弥能楽集」凡例

◉『観世』誌、平成26年4月号から令和2年3月号に連載してきた曲のうち25曲（原則として世阿弥作と推定されるもの）を、「あいうえお」順に配列し、一冊にまとめた。

◉曲名　観世流大成版謡本曲名に従う。ただし、表記は新字体に、ルビは現代仮名遣いに改めた。

◉本文　観世流大成版謡本を底本とした。

◉訳文は現代仮名遣いとするが、ただし、文中に引用した古典作品（和歌・物語・漢詩等）については、典拠に従って歴史的仮名遣いとした。

◉役別　謡本に記載された「役別」を曲名の下に示す。ただし、必ずしも謡本の表記どおりではない。

◉本文　最初にシテ・ワキ・ツレ等の役名、次に謡本に記された謡の性格を示す標記、たとえば次第《しだい》、名宣《なのり》、道行《みちゆき》、サシ、下歌《さげうた》、上歌《あげうた》、待謡《まちうたい》、クリ、クセ、ロンギ、ワカ、カヽル等を示し、謡曲本文を訳し、役が替わった場合は行を替える。また、同役であっても、途中で詞から謡に変わるような場合も改行して別立てとしてある。これらの標記は、実際の演能のとき謡本のどの部分に当るかを識別しやすくするために明記しておくのである。

◉謡本に記されていないシテやワキの間狂言との掛け合いや、あるいは中入《なかいり》の間語《あいがた》りなどは、原則として省略する。しかし、狂言口開《きょうげんくちあけ》のごとき、それがないと状況の理解が充分にできないと判断される場合は、例外的にこれを表記することがある。その場合も現代語訳にて示した。

◉通常は頭注等の形で示しておくべき、引き歌や典拠の漢詩句など、謹訳においてはすべてそれを本文中に溶かし込む形で訳出している。すなわち、読者が一々頭注などを参照しつつ読んで行くことが、通読の興味を殺《そ》ぐと考えるからである。ただし、それではどうしても表現しきれない場合に、例外的に（　）内に小字を以て最小限に注記する場合がある。

◉本文の詞章に掛詞、縁語、枕詞、序詞などがある場合に、訳文において、そのことを理解できるように傍点を付し、かつ分かりやすく説明的に訳出した。読者宜しく推量判読せられたい。

◉「中入」および舞事《まいごと》・働事《はたらきごと》を示す「序之舞《じょのまい》」「立廻《たちまわり》」等は、謡本通りの表記で（　）内に記した。

◉「小書《こがき》」付きの場合に詞章が割愛されるなど変更のある場合があるが、そのことは原則として注記していない。しかし、『采女』（下巻所収）の「美奈保之伝」の如く、かなり大幅に詞章の変更がある場合は、例外的にこれを別記することがある。

敦《あつ》盛《もり》

前シテ　草刈男
後シテ　平敦盛の亡霊
ツレ　草刈男（三、四人）
ワキ　蓮生法師
アヒ　里人

ワキ〔次第〕「現世《うつしよ》というも所詮《しょせん》は夢なのだからいつかは目覚めて、夢の世ゆえに目が覚めて、その夢なることを悟ったならば、世を捨てることこそがまことの現《うつつ》に違いない」

ワキ〔名宣〕「これは、武蔵の国の住人、熊谷《くまがえ》の次郎直実《じろうなおざね》…今は出家して蓮生《れんせい》と申す法師でござる。さてさて、先《さき》の一の谷の合戦にて、平敦盛《たいらのあつもり》をこの手にかけて亡き者にしたことは、あまりにおいたわしいことでござったほどに、このような出家の姿となったのでござる。またこれから一の谷に下り、敦盛のご菩提《ぼだい》を弔《とむら》い申したいと思うのでござる」

ワキ〔道行〕「いま、私が九重《ここのえ》の、雲の上なる都を出て行くとき、雲間《くもま》から出て行く月が、私が雲の上の都を出て行くほどに雲間を出て行く月が、南に廻るように、水車《みずぐるま》の廻る淀川から、山崎を通りすぎて、昆《こ》陽《や》の池水、水の行（い）く生田（いくた）川を下れば、源氏の物語にも『波ただここもとに立ちくる心地《ここち》して（波がすぐ枕元まで立ち寄せるような感じがする）』と書かれたる須磨の浦…そして一の谷にも着いたことだ、一の谷にも着いたことだ」

ワキ「急いでまいったほどに、摂津《つ》の国、一の谷に着いたことでござる。いやまことに、昔の合戦の有様が、まるで今のことのように自然と思い出される。また、あの上のほうの山の辺《べ》あたりから、笛の音《ね》が聞こえてくることじゃ。その笛の主《ぬし》を、ここにて相待《あいま》ち、このあたりの事どもを、詳しく尋ねたいと思うのでござる」

シテ・ツレ〔次第〕「草刈りの我らの笛の声《こえ》をのせて、草刈り笛の声のせて吹くのは、まさにこれ山辺の野わたる風にちがいない」

シテ〔サシ〕「『かの岡に草刈る男《をのこ》しかな刈りそ…（あの岡でせっせと草を刈っている男よ、そんなにみんな刈ってくれるな…）』と古く歌にも歌われた草刈り男も、もう刈るのをやめ、野を分けて帰る頃になる、この夕暮れどき」

シテ・ツレ「あの草刈りが家路《いえじ》をたどる道筋も、きっと須磨の海辺であろう…そのわずかばかりの行き来の道で、山に入り、また浦に出て命をつなぐ、憂き身の生業《なりわい》は、なんとしみじみと辛いことよ」

シテ・ツレ〔下歌〕「いにしえの人は『わくらはに問ふ人あらば須磨の浦に藻塩《もしほ》垂《た》れつつ侘《わ》ぶと答へよ（もしたまさかに我が身の消息を尋ねてくれる人があったなら、この須磨の浦の海士人《あまびと》が海水をかけた藻が汐《しお》垂れるごとく、涙にくれて悲観していると答えよ）』と嘆いたが、そんなふうに我が身の消息を尋ねてくれる人が万一にもあるならば、古歌のように『独り悲観している』とでも答えようけれど…」

シテ・ツレ〔上歌〕「現実には、須磨の浦に藻塩垂れている私が、誰（たれ）だか知られているならば、藻塩垂れている私が誰だか知られているならば、自分にだって尋ねてくれる友があるだろうに、あまりに尾《お》羽《は》打ちからし悲観して暮らしている私ゆえ、かつて親しかった人も今ではすっかり疎《うと》くなり、消息を尋ねてくれる友もいない。それで、ただただこんな辛《つら》い世に住んでいるのだとばかり思うにつけて、辛いは辛いながら、なんとか世を過ごしているのだ」

ワキ「もしもし、そこな草刈りたちにお尋ね申したいことがござるが…」

シテ「私どものことでござるかな。それはいったいどんなことをお尋ねになろうということでござるかな」

ワキ「只今聞こえておりました笛は、おのおのがたの中のどなたかがお吹きになっておられたのか」

シテ「さようでござる。私どもの中で吹いていたものでござる」

ワキ「やれ風雅なことじゃ。その賤しい身分にもふさわしからぬ手わざ…返すがえすも風雅なことでござるなあ」

シテ「なんと身分にもそぐわぬ手わざだと承《うけたまわ》るが、『自分よりまさる人を羨《うらや》むなかれ、劣る人を蔑《さげす》むなかれ』と諺《ことわざ》にも見えてござるぞ、しかも、いにしえより『樵歌牧笛《しょうかぼくてき》』と申してな…」

シテ・ツレ〔カヽル〕「草刈りの笛や、木樵《きこり》の歌は、歌人の詠草《えいそう》にも作り置かれて、世間に広く聞こえた、その笛なれば、これに不審をお立てにならぬようにな…」

ワキ「なるほどなるほど、これは道理であった。さてもさても樵歌牧笛と申すものは」

シテ「すなわち草刈りの笛」

ワキ「木樵《きこり》の歌の…」

シテ「辛い世間を渡るその一節《ひとふし》を」

ワキ「謡うのも」

シテ「舞を舞うのも」
ワキ「笛を吹くのも」
シテ「音楽に興ずるのも…」
地〔上歌〕「これすなわち、我が身の生業《なりわい》の、風雅を好む心により、寄りくる波の浮《う》き竹は良き笛となるものにて、世に『小枝《さえだ》』『蝉折《せみおれ》』など、さまざまに知られる笛の名は多けれども、我ら草刈りの吹く笛ゆえ、これも名は、『青葉の笛』とお思いくだされよ。ただし、これが高麗船《こまぶね》の寄る住吉《すみよし》の汀《みぎわ》であったなら、それは高麗笛《こまぶえ》でもあろうかというところながら、ここは須磨の浦なれば、海士《あま》の塩焼く木の焼け残りとお思いくだされよ、海士の塩焼く木の焼け残りとお思いくだされよ」
ワキ「不思議じゃなあ、ほかの草刈りたちは皆々帰られたというに、そなた一人はこうして留《とど》まりなさること、これはいったいどういう理由《わけ》あってのことであろう」
シテ「どういう理由があってのことと言（い）う、その夕波（いうなみ）の声を頼みに、こうしてやってまいったのじゃ。どうか十度のお念仏をお授けくだされよ」
ワキ「それは容易《たやす》いこと、さっそく十念《じゅうねん》をお授け申そうぞ。いや、それにつけても、そなたは誰《たれ》じゃ」
シテ「真実《まこと》を申せば、それがしは敦盛のゆかりの者でござるぞよ」
ワキ〔カヽル〕「なに、敦盛にゆかりのある…と聞けば、ああ懐かしやと、手のひらを合わせて、南無阿弥《なむあみ》陀仏《だぶ》…」
シテ・ワキ「若我成仏十方世界《にゃくがじゃうぶつじっぱうせかい》、念仏衆生摂取不捨《ねんぶつしゅじゃうせっしゅふしゃ》（もし阿弥陀仏の私が成仏したならば、あらゆる世界の念仏する衆生をば、のこらず極楽世界に迎えとろうぞ）」

地〔下歌〕「どうかお見捨てなされますな。南無阿弥陀仏の一声《ひとこえ》だけでも足りることでありましょうに、こうして毎日毎夜《まいにちまいや》のお弔い、ああ、ありがたいことじゃ、我が名をば、しかじかと申さなくとも明（あき）らかなこと、明（あ）け暮れに、その人のために回向《えこう》してくださっている、その名こそがこの私ぞと言い捨てて、姿も見えず消え失せてしまった。姿も見えず消え失せてしまった…」

〔中入〕

ワキ〔待謡〕「このように不思議なことに際会《さいかい》するにつけても、まずは弔いの、これにつけても弔いの、法事を為して夜もすがら、念仏を申しつつ、敦盛の菩提をなおも弔おうよ、菩提をなおも弔おうよ」

後シテ「『淡路潟通《あはぢがたかよ》ふ千鳥の鳴く声にいく夜寝覚《よねざ》めぬ須磨の関守《せきもり》（淡路島へ通う千鳥の鳴く声に、いったい幾晩寝覚めたことであろう、須磨の関守は）』と古歌に歌われた、淡路潟通いの千鳥の声を聞けば、なるほど寝覚めもすることじゃ、その須磨（すま）の、関守というのは誰であろうぞや」

シテ〔カヽル〕「どうじゃ、蓮生《れんせい》、ほかならぬ敦盛がまいりましたぞ」

ワキ「不思議なことがあるものじゃ、扣《たた》き鉦《がね》を鳴らし法事を営んで、まどろむ隙《ひま》もないところへ、なんと敦盛が来ていなさるとや、これはきっと夢なのであろう」

シテ「なんとして夢などということがあるものか。私が現《うつ》し世で犯した罪の因果応報として、今我が身に受けている修羅《しゅら》の苦しみを晴らしたいがために、こうしてここまで現われて来たのだ」

ワキ〔カヽル〕「嘆かわしいことを仰せじゃ、経典にも『一念弥陀仏即滅無量罪《いちねんみだぶつそくめつむりやうざい》（ひとたび阿弥陀仏を念ずるならば、たちまち無量の罪も消える）』と説かれてあるほどに、そなたの成仏を妨げる無量の罪とても、念仏の功徳《くどく》を以て晴らそうと思って、仏の御名《みな》を称え、不断《ふだん》に法事を為して弔っているのじゃから、その功徳によって、いまさらなんの因果応報がありましょうぞや、この荒磯海（ありそうみ）のように…」

シテ「深い罪であっても、弔いによって海に浮かぶごとく浮かばれるようにしてさしあげましょう」

ワキ「それ即ち、私にとっても成仏し解脱《げだつ》するための良き縁《えにし》ともなろうはず」

シテ「私にとってはまた、後世《ごせ》の成仏を叶《かな》えてくれる仏法の力であろうゆえ」

ワキ「かつての日々には敵《かたき》同士であったが」

シテ「今はまた…」

ワキ「まことに仏法の縁を結んだ」

シテ「友であったなあ」

地「なるほどこのことであったか。諺《ことわざ》に『悪人の友を振り捨てて、善人の敵《かたき》を招け』と言うてあるのは、まさにこのような御身《おんみ》の事であったか、ああ、ありがたいことじゃ、ありがたい、ありがたい。されば、これより懺悔《さんげ》の物語を、夜通しいざいざ申すことにしよう。夜もすがらいざ申すことにしよう」

地（クリ）「いったい、春の花が樹の上に咲くのは、菩薩が、天上に向かって悟りを開くきっかけを、人々に勧めるよすがであり、秋の月が水底《すいてい》に沈むのは、下界に沈淪《ちんりん》する衆生《しゅじょう》を、どこまでも救いにゆこうという様相を象《かたど》るのである」

シテ（サシ）「かかる現世《うつしよ》に、わが平家の一門が立派な屋敷を建て連《つら》ね、一族ことごとく栄耀《えいよう》を極めた有様は」

地「まことに朝顔の花がたった一日だけ咲き誇るのに同じ。善事《ぜんじ》を勧める教えには、邂逅《かいこう》すること難（かた）く、堅（かた）き火打ち石の火が光るただ一瞬の間《ま》のように短かい人生だと、そんな道理を思いもせずに過ごしていた我が身の習わしが、ああなんと儚《はかな》いことであったろうか」

シテ「人の上に立っては、下の者どもを悩まし」

地「富んでは、驕《おご》りに驕っていたことも気づかなかった」

地〔クセ〕「しかるに平家は、天下を掌握して二十余年、まことに一昔《ひとむかし》の月日が、過ぎるのは、一瞬の夢のうちのことであったよ。あの寿永の秋の木の葉が、四方から吹き来たる嵐に誘われて、散り散りになるように一族四散していったその中に、一枚の落葉の如き小舟に乗って海に浮かび、波の上に起き伏して、夢のなかでさえも都に帰ることはなく、あたかも籠《かご》の鳥が雲を恋しがるように、九重《ここのえ》の雲の上の都に恋《れん》着《ちゃく》し、帰ってゆく雁《かり》が列《れつ》を乱して飛ぶがごとくに、皆ばらばらになってしまって…、行く先の空も定まらぬような、あてども無い旅の衣の紐（ひも）ではないが、日（ひ）も重なって、年月《としつき》が過ぎ、やがて一年が立ち還（かえ）って、またも帰（かえ）ってくる春の頃、この一の谷に籠城《ろうじょう》して、しばらくの間はここに住（す）まんと、須磨（すま）の浦の…」

シテ「後ろの山風が、吹き下ろしてきて」

地「麓のあたりも冴《さ》え冴《ざ》えと冷えかかえる海ぎわに、船が寄（よ）ること、夜（よる）も昼も区別なきに、鳴（な）きかわす千鳥《ちどり》の声も我が袖も、ひとしく汐《しお》に萎れるこの磯を枕とし、海士《あま》の粗末な小屋に一同共に雑魚寝《ざこね》して、須磨の海士どもにばかり馴（な）れ馴れて、磯馴松（そなれまつ）の立つあたりに、立つものは、かの光源氏も眺めたという、山賤《やまがつ》が焼《た》く柴《しば》の煙ばかり、その柴とやらいうものを折り敷いて、物思いをする、須磨（すま）の山里の、このように辺鄙《へんぴ》なところに住（す）まいして、須磨（すま）人になり果ててしまった一門の、成れの果ての悲しいことよ」

シテ「こうして二月《きさらぎ》の六日《むいか》の夜ともなったほどに、私にとっての親であります経盛《つねもり》が、我らを集めて、今《いま》様《よう》を謡い、舞い遊んだが…」
ワキ〔カヽル〕「さては、その夜の管弦《かんげん》の御遊《おんあそ》びであったことよな、山手《やまて》の城《じょう》の内から、いかにも魅力的な笛の音《ね》が、攻め寄せた源氏の陣にまで聞こえてきたが…」
シテ「おお、それこそあれほど愛（あい）して、敦盛（あつもり）が、最期の時まで肌身を離さず持っていた笛竹《ふえたけ》の…」
ワキ〔カヽル〕「音《ね》も一節（ひとふし）、また一節（ひとふし）の歌を、謡い遊ぶ」
シテ「今様、そして朗詠《ろうえい》の」
ワキ「声々に」
地「拍子《ひょうし》を揃え、声を上げ」
（中之舞《ちゅうのまい》）
シテ〔ワカ〕「そうこうするうちに、帝《みかど》の御座船《ござぶね》を先頭に」
地「一門みなみな、船に乗って海に浮かんだので、自分も遅れまいと、汀《みぎわ》に駆け寄ったが、御座船も兵船《ひょうせん》も、すでに遥か沖合に離れておしまいになっていた」
シテ「しかたなく、波（なみ）うち際に馬を留めて、呆然とした有様であった…こういう状況のところに」
地「後ろから、熊谷の次郎直実が、逃《のが》さぬぞとばかり追い駆けてきた、敦盛も馬を引き返す、返す波、打つ波のはざまに、打ち鍛えた刀を抜いて、二打ち三打ちは、打ち懸かるぞと見えたが、やがて馬の上で組みあって、波打ち際に、落ち重なって、ついには討たれて果てた我が身の、因果はめぐり、やっとめぐりあったぞ、敵《かたき》はここにいるぞと、討とうとするが、仇《あた》をば恩にて報（ほう）じようとて、法事（ほうじ）の念仏をして、敦盛の霊をお弔いになったので、最後には共に生まれるであろう、極楽の同じ蓮（はちす）に生まれかわるべき、蓮生法師は、もはや敵《かたき》ではなかったなあ…わが亡きあとを弔ってくだされませ、後世を弔ってくだされませ…」

蟻通《ありどおし》

シテ　宮守
ワキ　紀貫之
ワキツレ　従者(二、三人)

ワキ・ワキツレ〔次第〕「和歌に打ち込む心を道しるべとして、和歌鑽仰《さんぎょう》の心を道しるべとして、玉津島《たまつしま》明神《みょうじん》へ参ろうぞ」

ワキ〔名宣〕「これは、紀貫之《きのつらゆき》でござる。私は和歌の道に携わってはいても、じつはまだ和歌の道の守り神なる住吉大社《すみよしたいしゃ》へも玉津島明神へも参ったことがありませぬほどに、このほど思い立って、紀伊国《きのくに》への旅に出ようと志したことでござる」

ワキ・ワキツレ〔道行〕「夢のうちに眠って、目覚めれば現実《うつつ》の道に出《いで》てゆく、それが旅の枕、現実の道に出てゆく旅の枕を重ねつつ、日々関所のように旅を妨げる夜の、その戸を開《あ》けては朝を迎え、また暮れてゆくほどに、振り返って都の空の月影を、さぞ美しかろうと思いながら、思いやる方角《ほうがく》も、今や雲が隠して見えもせず、都はもはや後ろの方に遠く隔《へだ》たって、ここにてとっぷりと暮れてきた空に聞こえるものは、どこの里やら、近いあたりかと思われる鐘の声、里も近いかと聞こえる鐘の声……」

ワキ「ああ、困った。急速に日も暮れ、大雨まで降ってきた、しかも乗ってきた馬までも疲れ臥《ふ》して、もはや途方《とほう》に暮れたところじゃ、どうしたものであろうぞ」

ワキ〔カヽル〕「『燈火暗《ともしびくら》うして数行虞氏《すうこうぐし》が涙《なんだ》、夜深《よふ》けぬれば四面楚歌《しめんそか》の声《こゑ》（灯火《ともしび》は暗くして、はらはらと虞美人《ぐびじん》は涙《なみだ》を流す、今夜《いまよ》が更けたほどに、四方八方から敵楚国の歌が聞こえる）』と古き漢詩《からうた》に歎《たん》じてあるがごとくにも、もはや行くも引くもどうにもならぬ、雨足はひどくなり騎乗《きじょう》の馬は一足も動こうとせぬことは、また『史記』に『騅逝《すいゆ》かず騅逝かず奈何《いかが》すべき、虞兮虞兮《ぐよぐよ》若《なんぢ》を奈《いかん》せん』とあるとおり、その時の虞氏ではないが、どうしたらよいか手がかりもない。ああ、困ったことじゃなあ」

シテ〔サシ〕「『瀟湘八景《しょうしょうはっけい》』に見ゆる『瀟湘《しょうしょう》の夜雨《やう》』さながら、夜の雨はしきりに降って、『煙寺《えんじ》の晩鐘《ばんしょう》』ならぬ遠寺《えんじ》の晩鐘も聞こえてはこぬ。そもそも宮や寺は、深夜の鐘の声やお灯明《とうみょう》の光などによって、神々《こうごう》しさも帯び、心も澄みわたるものなるに、いまこの社前《しゃぜん》を見れば、お灯明もなく、神の御心《みこころ》を鎮《しず》める神楽《かぐら》の声も聞こえない。『神は宜禰《きね》が習はし（神慮《しんりょ》は神官《しんかん》の勤めかた次第）』という諺《ことわざ》もあるに、ここには宮守《みやもり》の一人もいないことよなあ。よろしい、お灯明は暗くとも、威光《いこう》を和《なご》めて塵《ちり》の世に交わり現れてくださる神の御光《みひかり》は、よもや暗いということはあるまい。ああ、ああ、知らん顔の宮守どもじゃなあ」

ワキ「のう、のう、その燈火《ともしび》の光をお持ちの方に、ちとお伺い申したいことがござるが（注、光悦謡本は、この後に「一夜の宿をおん貸し候へ」と続く一句あり）」

シテ「この辺りにはお宿もなし、もう少しこの道の先へとお通りあれ」

ワキ「いまこの暗さでは、行き先も見えず、そのうえ、乗ってきた馬までが座りこんでしまって、どうしたものか途方に暮れておるのでござるが…」

シテ「ということは…、神前を下馬《げば》にてお通りではなかったのかな」
ワキ「いや、そもその下馬ということはよく分らぬが…。ここは馬上《ばじょう》にて通《とお》ってはならぬ所か」
シテ「なんという恐れ多いことじゃ。ここは蟻通《ありどおし》の明神と申して、恐ろしく祟《たた》られる御神《おんがみ》じゃほどに、そうと知っていて馬上のまま通ったならば、今ごろは定めしお命は無かったことであろう」
ワキ〔カヽル〕「これはなんと不思議な事をおっしゃるものじゃ。それではそのお社《やしろ》は…」
シテ「この森のうちにある」
ワキ「なるほど、姿は宮人《みやびと》にて」
シテ「その宮人の燈火《ともしび》の光のさすところを見れば」
ワキ「なるほど宮居《みやい》があり」
シテ「蟻通（ありどおし）の…」
地〔上歌〕「神の鳥居の二柱《ふたばしら》が立っているのを、立つ雲の透《す》き間《ま》から見れば、いかにももったいないことじゃ、まことに社壇のあったことぞ。古き漢詩《からうた》に『馬上《ばしやう》に折《を》り残す江北《こうほく》の柳《やなぎ》（馬で行くほどに、揚子江《ようすこう》北岸の柳の枝は青く茂って、折っても折っても限りがない）』と見ゆるが、さながらそのごとく騎乗のまま柳の枝蔭《えだかげ》を通り、また古き歌に『春駒《はるこま》の勇《いさ》める心《こころ》青柳《あをやぎ》の糸もて繋《つな》ぐ風は吹くとも（春の若駒が勇み立つときは青柳の糸のような枝にてこれを繋ぐがよい、たとえどんなに風が吹くとしても）』ともあるほどに、その柳の蔭に青柳の糸を以て繋いだ駒であったが、ここが下馬の定めあるところとも知らずに、神前を恐れぬ振舞いは、まことに至らぬことであった、神を恐れぬ振舞いは、まことに至らぬことであった」
シテ「ところで、そういう御身《おんみ》は、どういう人でおわしますか」

ワキ「これは紀貫之でございますが、住吉大社、玉津島明神へ参詣の途中でございます」

シテ「貫之でおわしますならば、歌を詠《よ》んで、神の御心にお手向《たむ》けなされませ」

ワキ「これはどうしたものであろう…、仰せではございますが、さようなことは和歌の達人というような人でなくては叶いますまい。たかが私《わたくし》ごとき者が、ただ今思いつきで詠む歌などは、とうてい神の御心には叶いますまい、と思いながらも、言葉をあれこれと心に念じながら願いの歌を詠み出だす。『雨雲《あまぐも》の立ち重なれる夜半《よは》なればありとほしとも思ふべきかは（こうして雨雲がみっしりと立ち重なっている夜半の真っ暗闇でありますから、まさかその雲の向こうに在（あ）りと星（ほし）とも思うことができませんでした…蟻通（ありとほし）の社が在（あ）りましょうなどとは思いもかけぬことでした』」

シテ「なんと、『雨雲の立ち重なれる夜半《よは》なればありとほしとも思ふべきかは』とな…いや面白い、面白い、たかが私《わたくし》ごとき無粋者《ぶすいもの》の耳にさえ、面白いと思うこの歌をば、どうして和歌の神の蟻通の明神がご嘉納《かのう》にならぬことがあろうぞや」

ワキ〔カヽル〕「もとより心に知らぬために犯した科《とが》でありますから、なぜ神の御心に背《そむ》くというつもりなどありましょうか」

シテ「『古今集』の序に『やまとうたは、人の心をたねとして、よろづの言《こと》の葉《は》とぞなれりける（やまと歌というものは、人の心を種として、そこから木々の葉が茂るごとくに限りなく歌ができてきたものである）』とあるごとく、数限りなく詠まれた歌ども数多（あまた）のなかにも、とりわけて今の歌は…雨雲（あまぐも）の…」

ワキ「立ち重なりて…暗き夜《よ》じゃほどに…」

シテ「在（あ）りと星（ほし）、蟻通（ありとほし）とも思ふべきかは、とはまたなんと巧《うま》く詠んだもの、ああ、ああ面白い御歌《おんうた》よなあ」

地〔下歌〕「およそ歌というものに、六義《りくぎ》と申して六つの詠みようがある。これは万物《ばんぶつ》ことごとくが、地《じ》獄《ごく》・餓鬼《がき》・畜生《ちくしょう》・修羅《しゅら》・人間《にんげん》・天上《てんじょう》の、六つの世界に輪廻《りんね》する実相を、現実の世界のなかになぞらえ定めて、六つの姿を見せるのである」

地〔上歌〕「されば和歌を詠むという言葉のわざは、はるか神代《かみよ》から始まって、今人間世界に遍《あまね》く行われているほどで、これを褒《ほ》めないという人などあろうはずもない。その中にも、貫之は、宮中のご書物所《しょもつどころ》の預り役を拝命《はいめい》して、大昔から今に至るまでの歌の良し悪しを選び、喜びを延《の》べるという延喜《えんぎ》の聖代《せいだい》、すなわち醍醐天皇の御代《みよ》のまっすぐな御政道をば、歌の道にて表したのである」

地〔クセ〕「おおかたのところを考えてみるに、歌の心のまっすぐなのは、これひとえに私心《ししん》がないからである。くだって人の代になるに及んで、陸続《りくぞく》と興起《こうき》してきた歌どもの姿は、長歌、短歌、旋頭歌《せどうか》、混《こん》本歌《ぼんか》のたぐいが、これである。これらくさぐさの歌体《かたい》が一つでないほどに、神代の源流のところは小さく単純であったけれど、時代が下るにしたがって次第に枝葉が繁(しげ)りあって、繁(しげ)る木《き》の花の内に鳴く鶯《うぐいす》や、また秋の蝉の吟《ぎん》ずる声も、これまたかの『古今集』の真名序《まなじょ》に『若《も》し夫《それ》、春の鶯の花の中《なか》に囀《さへず》り、秋の蝉の樹《き》の上《うへ》に吟《うた》ふは、曲折《きよくせつ》無しと雖《いへど》も、各《おのおの》歌謡《かえう》を発《いだ》す』と説《と》かれたるとおり、いずれもまっすぐな心を以て和歌を歌っているもののうちに数えてよい。されば、今詠じた歌は、私の心に邪《よこしま》な思いがないのだから、どうして神も納受の心がないことがあろう、と貫之が申せば、我が心にも叶うよと思って、宮人も」

シテ「かような奇縁《きえん》に逢(お)うて、かの貫之の歌に『逢坂《あふさか》の関の清水《しみづ》に影見《かげみ》えて今や引くらん望月《もちづき》の駒《こま》（逢坂の関の、名高い清水にその姿を映して、今ごろはきっと引かれてきているであろう、あの望月の駒は)』とも詠みたるごとく、逢(おう)坂の」

地「関の清水に影を映している月(つき)のもと、月毛(つきげ)の駒(注、月毛は年を重ねて白い毛の混じる毛並みで、しかも総じて赤みを帯びているもの)をば、引き起こし立ててみると、不思議なことよ、元のごとくに歩み行く…まさに古き漢詩《からうた》に『越鳥南枝《えってうなんし》に巣《す》くふ(南方、越《えつ》の国の鳥は南の枝に巣をかける)』といい、また『胡馬北風《こばほくふう》に嘶《いば》う(北方の異民族の馬は北風にいななく)』ともあるとおり、自然のなりゆきにて、これまことに歌のおかげで恐ろしい神の御心も和らいだこと、かくなる上は、誰が神の真心を鑽仰《さんぎょう》せずにおられようか」

ワキ「そなたは宮人でおわしますならば、ここはぜひ祝詞《のっと》を読んで、神の御心をお慰め申されよ」

シテ「承知いたしました」

シテ(カヽル)「さあさあ、祝詞を白《もう》さんと、神に奉《たてまつ》る榊《さかき》に白木綿《しらゆう》を懸(か)け、口に掛(か)けて申すのも恐れ多いことながら」

ワキ「同じように手向けると言(ゆ)う、木綿(ゆう)四手《しで》の」

シテ「その白さを雪のように散らして」

ワキ「再拝《さいはい》する」

シテ「謹上再拝《きんじょうさいはい》、敬《うやま》って白《もう》し上げます者は、神の宮人、八人《はちにん》の八乙女《やおとめ》、五人の神楽男《かぐらおのこ》どもが、打ち揃って雪のように白い袖をひるがえし、白木綿《しらゆう》の四手《しで》を捧《ささ》げつつ、神の御心をお慰め申し上げます。御神託《ごしんたく》にまかせて、さらにどこまでも真心を以てお仕え申します。ああ、ありがたいことよ。そもそも神の御心をお慰めするには、和歌よりも宜しいものはない、その中にも、神楽を奏《そう》し、乙女の袖ひるがえして舞うことは、かえすがえすも面白いことよな。これには、天照大神《あまてらすおおみかみ》の天岩戸《あまのいわと》の昔に、天宇受売命《あめのうずめのみこと》が舞い遊んだところ大神の面（おもて）が白くなったという故事までも、自然と思い出《いだ》されて」

（立廻《たちまわり》）

シテ〔カヽル〕「尊《たと》き神仏《かみほとけ》がその威光を和《なご》めて穢《けが》れた塵土《じんど》に交わってくださるということは、神と人との結《けち》縁《えん》の始めにして」

ワキ「釈迦が生涯に八つの相を現してその悟りを示すのは、衆生《しゅじょう》を済度《さいど》することの最後の姿である」

シテ「かの『古今集』の真名序に『神世七代《かみのよしちだい》、時質《ときすなほ》に人淳《ひとあつ》うして、情欲分《せいよくわか》つこと無く…』と説かれたるとおり、そのかみ神代《かみよ》の七代は」

ワキ「なにごともまっすぐに、人は質朴《しっぼく》であり」

シテ「細《こま》やかな感情が動くということもなかった」

地「天地開闢《てんちかいびゃく》よりこのかた、舞や歌の道はまことにまっすぐであった」

シテ「今貫之の、歌った和歌の言葉のひとつひとつに」

地「今貫之の、歌った和歌の言葉のひとつひとつに、すぐれた心を感ずるゆえに、我はいま仮《かり》に姿を現したのであるぞとて、鳥居の笠木《かさぎ》（注、上部に渡した横木）のあたりに、宮人姿の神は立ち隠れてしまわれ、ああ、あれが蟻通の神かと、見ているうちにかき消すように失せてしまった。貫之もこれを喜んで、名《な》残《ごり》惜しい気持ちの神楽のうちに、夜は明けて、また玉津島の神参《かみまい》りの旅の空に戻ってゆく、旅立つ空に戻ってゆく…」

井《い》筒《づつ》

前シテ　里女
後シテ　紀有常《きのありつね》の娘の亡霊
ワキ　旅僧
アヒ　里人

ワキ〔名宣〕「これは諸国を巡遊して修行する僧でござる。我ただ今は奈良の七大寺…法隆寺、東大寺、興福寺、元興寺、大安寺、薬師寺、西大寺と、ことごとく参学し終えてござる。そこで、またこれより初瀬寺《はせでら》に参籠《さんろう》したいと思うのでござる。や、ここに寺があるほどに、辺りの人に尋ね申したるところ、『在原寺《ありわらでら》』とか…さようにに申しておられるとあって、それならばひとつ立ち寄ってざっと一見したいものと思うのでござる」

ワキ〔サシ〕「思うに、この在原寺というのは、いにしえ在原業平《ありわらのなりひら》と紀有常《きのありつね》の息女とが、夫婦として住まいなされたる『石の上《いそのかみ》』という古いゆかりの所でもあろう。さては、『伊勢物語』に、その有常の息女が『風吹けば沖つ白波立田山夜半《よは》にや君がひとり越ゆらむ（こうして風が吹くと難波《なにわ》の沖ではさぞ白波が立（た）つ…かの立田山（たつたやま）をば、この夜半にあなたは一人越えてゆくのであろう）』と詠じたとやら伝えるのも、まさにこの場所においてのことに違いあるまい」

ワキ〔下歌〕「かかる昔物語の古跡《こせき》に足を踏み入れたとあっては、その業平が友とした紀有常と名には言いながら、常無きがこの世の実相なれば、業平と有常の息女と、夫も妻ももろともにその亡き跡を弔《とむら》おう、妹背《いもせ》もろともに弔おうよ」

シテ〔次第〕「毎日、暁《あかつき》ごとの閼伽《あか》の水、その仏様に供養する暁ごとの清らかな水に、こうして影を映しては、さぞ天上の月も心を澄ましているであろう」

シテ〔サシ〕「それでなくともなにがなし心寂しい秋の夜の、しかもここは人目も稀な、もう忘れられた昔の寺の、そこへ庭の松風は吹(ふ)き過ぎて、はや夜も更(ふ)け過ぎる今、月も西に傾いて、傾く軒端に生えた忘れ草のごとくにも、もう忘れて時が経ったいにしえのかれこれを、今も偲(しの)ぶ顔する忍(しの)ぶ草の、木蔦(いつまでぐさ)でもないこの身ゆえ、いつまで待つことができましょう、いえ待つあてもなく永らえることなどできましょうか。思えば何事も物思いのたねとなる思い出が、生きている限り残る世の中ですものね」

シテ〔下歌〕「いえいえ、いつまでなどと時を限ることなく、ただ一筋にお頼みする仏様のお手につながる糸を頼みとして、どうぞ迷える衆生《しゅじょう》をお導きくださいと、尊いお経を声に出して唱えましょうほどに…」

シテ〔上歌〕「どんなに愚かな者どもの心の迷いをも、あまねくお照らしくださる阿弥陀仏の御《おん》誓い、迷いなく照らしてくださるその御誓いは、なるほどそのとおりであったと見えてあります、有明月(ありあけづき)の、ああして指《さ》して行くさきは極楽浄土のある西のかた、あの西の山ではあるけれど、見渡せば東西南北四方いずれもあまねく秋の空に、いまは穏やかな松風の声ばかりが聞こえてくるものの、いつまたどこから嵐が来るやもしれず、それはなんとも定めがたいのがこの世(よ)のならい、しかも夜(よ)の夢のように儚《はかな》い人生ながら、何かの音をきっかけに夢が覚めるように、心の迷いからはたと覚醒することができようか…」

ワキ「自分は今、この寺に休《やす》ろうて、こうして心を澄ましているおりから、なんとたいそう清らかに美しい女人《にょにん》が、あの庭の、板で囲った井戸の水を掬《すく》いあげて、仏前の供花《くげ》の水とし、こちらにある墓に廻向《えこう》する様子に見える…。そなたはいかなるお人でおわしましょうぞ…」

シテ「これは、このあたりに住む者でございます。この寺の願主《がんじゅ》、在原の業平は、世にも名高い人でございます。そうして、その業平が住まいの跡の墓のしるしも、ここにある塚の草葉の陰にあるのでございましょう。わたくしも委《くわ》しくは存じませぬが、こうして供花や閼伽水《あかみず》を手向けては、その御跡《おんあと》を弔《とむら》ってさしあげております」

ワキ「なるほどなるほど、たしかにその業平の御事《おんこと》は、世に名高い方であるが、さはさりながら、もう今となっては遠い往時《おうじ》の、昔物語の旧跡であろうに、どういうわけで今も弔っておられるのやら…しかも、見れば女人の御身でありながら、こうして弔いなさること、さてはその在原の業平に」

ワキ〔カヽル〕「なにやらゆかりのある御身であろうかな」

シテ「なにかゆかりのある身かと、お尋ねなさいますが、その業平は、あの時分からすでに『昔男《むかしおとこ》』と言われていた人、ましてや今は、それからはるかに下った遠い後の世、縁故もゆかりもあるわけなどございませぬ」

ワキ〔カヽル〕「いや、仰せはごもっとものことながら、ここは昔、業平夫妻が住まいしていた旧跡にして」

シテ「その主《ぬし》こそ今は遠くなりはてた業平（なりひら）の」

ワキ「旧跡ばかりは残って、それでも今なお」
シテ「評判は朽ちぬ世語りを」
ワキ「語れば今も」
シテ「昔男の」
地〔上歌〕「その名ばかりは今に在りながら、在原寺（ありはらでら）の旧址《きゅうし》はもうすっかり忘れられたように荒れ果てて、在原寺の旧跡は茫々《ぼうぼう》と荒れ果てて、しるしの松もはや老い木となりはてたる塚の草の陰に、これこそその業平の亡き跡の墓じるしかや、一叢《ひとむら》のススキが、こうしてはっきりと目に立って穂に出ているのは、さていつの世の名残なのであろう。草は茫々として、露は深々《しんしん》と降（ふ）る、その古塚（ふるつか）は、さてさてこれぞまことに昔を偲ばせて跡懐かしい風情よな、跡懐かしい風情よな」
ワキ「さらにもうすこし、この業平の御事を委《くわ》しく物語って聞かせてくだされよ」
地〔クリ〕「昔、在原の中将が、何年も何年もここに住んでいた石（いそ）の上（かみ）だが、往昔（そのかみ）より古びて忘れられてしまった里も、『日の光藪《やぶ》しわかねば石《いそ》の上《かみ》ふりにし里に花も咲きけり（太陽の光は藪にも差別なく降り注ぐゆえ、この隠れ住んでいる石の上の、忘れられた里にも花は咲いたことよな）』と古歌にも詠《うと》うたごとく、花の春よ、また月の秋よと、何年も住んでおられたものだったが…」
シテ〔サシ〕「その頃業平は、紀の有常の娘と契《ちぎり》を結び、妹背《いもせ》夫婦の心も深かったが」
地「もう一人、河内《かわち》の国、高安《たかやす》の里に、縁を結んだ女があって、かれとこれと二又かけて、こっそり通っておられたほどに」
シテ「『風吹けば沖つ白波立田山（こうして風が吹くと、難波の沖には白波が立（た）つだろう、その立田山（たつたやま）を）…」

地「夜半《よわ》にや君がひとり行くらん（この夜半にあなたはたった一人で峠を越えて行くのね）』…と歌うて、道中もおぼつかない、波（なみ）の寄（よ）る、夜（よる）の道をはるばると行く男の、その行方を思う女の情深さに心動かされて、男もついには高安の女のところへは通っていかなくなったそうな」

シテ「なるほどそれは人情を知るべき歌（うた）、泡（うたかた）にも似た」

地「あわれ（妹背の情）をこうして述べたのも、まことに道理であったよな」

地〔クセ〕「昔、この国に住む人があったが、隣どうしに家を並べて住んでいた、その門の前に、板筒《いたづつ》に囲った井戸があって、そこに寄り寄り幼子《おさなご》は、友達どうし語らって、互いに影を、映して見（み）ていた井戸の水鏡（みずかがみ）に、顔と顔を並べ、袖を掛け、やがて井戸水の深さのそのように、心の底の底まで深く思いあって、影を映（うつ）しているうちに、移（うつ）る月日も重なって、二人は大人になるほどに、互いに恥ずかしい気持ちに、今はなってしまった。その後《のち》、かの実直《まめ》な男は、言葉を尽くして、その葉末（はずえ）の露の玉のごとくにも美しい文を書き贈り、すなわち心の花もやがて色深くなって…」

シテ「『筒井筒井筒《つついづついづつ》にかけしまろがたけ（筒なりのこの井戸の筒、その井戸の筒に引き比べたわたしの背丈も…）』」

地「『生《お》いにけらしな妹《いも》見ざる間に（すっかり生長してしまったことだ、お前をしばらく見ないでいる間に）』と歌を詠《よ》んで贈ったところ、その時女も、『比《くら》べ来《こ》し振分髪《ふりわけがみ》も肩過ぎぬ君ならずして誰《たれ》かあぐべき（あなたと比べながら過ごしてきた私の振分髪も、だんだん長くなって今は肩を過ぎてしまいました。この髪をあなた以外のどなたが結い上げてくださることでしょう…わたしはあなた以外の殿御とは契ることなど考えられません）』と、そのように互いに詠み交わしたからだろうか、『筒井筒の女』と噂に立てられたのは有常の、娘の古い名であるにちがいない」

地〔ロンギ〕「なるほどなるほど、まことに古《いにし》えぶりの物語、聞けばたしかに風情ある有様の女人…いかにも不審なれば、どうかお名のりなさいませ」

シテ「ほんとうのことを申せば、わたくしは恋の衣を着（き）た、紀（き）の有常の娘…かどうか、さてそれはいさ知らぬことながら、沖に白波（しらなみ）の立（た）つ、立田山（たつたやま）から、夜半《よわ》に紛れてこうしてやってまいりました」

地「これは不思議…ということは、立田山は紅葉《もみじ》の名所ゆえ、隠しても色に現れる栬葉《もみじば》の木（き）の…」

シテ「紀（き）の有常の娘とも」

地「または井筒の女とも…」

シテ「そう言われているのは、恥ずかしながらわたくしでございますと…」

地「言（ゆ）うちに、その結（ゆ）う注連縄《しめなわ》のごとくにも、長い妹背の縁《えにし》を契った年は十九（つづ）の頃、その筒井筒（つついづつ）、井筒の陰に女は隠れてしまった。あの井筒の陰に姿を消してしまった」

（中入）

ワキ〔待謡〕「ああ更けてゆく、在原寺の夜の月…この在原寺の夜の月よ、かの小町の歌に『いとせめて恋しきときはうばたまの夜《よる》の衣《ころも》をかへしてぞ着る（ほんとうに切実に恋しいときは、烏羽玉《うばたま》の夜の衣の肩口をまくり返して着る…そしたら恋しい人の魂がそこに入ってくださるから夢に逢うことができる）』とあるからには、我も昔の人の恋しさに、わが衣手《ころもで》を返し着て、なんとか夢で昔人に会いたいと待つ心を添えて旅寝の枕、苔の筵《むしろ》に臥してしまった、いつしか苔の筵に臥してしまった」

シテ〔サシ〕「『あだなりと名にこそ立てれ桜花《さくらばな》年に稀なる人も待ちけり（移り気な花だと、哀しい評判を立てられてしまった桜花でも、一年に稀にしかやって来ないあなたをこうして待って咲いています…さてはあなたよりもよほど誠実なのではありませんか）』と、そんなふうに『伊勢物語』に詠まれているのも、じつはわたくしのことなのだから、また別名『人待つ女』とも呼ばれたもの…。わたくしは井筒のもとで遊び親しんでいた昔から、『梓弓《あずさゆみ》真弓《まゆみ》槻弓《つきゆみ》年を経てわがせしごとくうるはしみせよ（梓《あずさ》の弓、檀《まゆみ》の弓、槻（つき）の弓…ではないけれど月（つき）を重ね、年を経て、長く私がそうしてあげたように、そなたは新しい人にきちんとお尽くしなされよ）』と物語の歌にあるように、長く月日を経たのちに、今となってはもう亡き世の人となりおおせたその業平（なりひら）の、形見の直衣《のうし》が我が身に触れて…」

シテ〔一セイ〕「恥ずかしや、いま我が身に昔男の面影が乗り移って舞を舞う」

地「はらはらと風に雪を廻《めぐ》らすごとく、あでやかに舞いひるがえす花の袖を…」

（序之舞《じょのまい》）

シテ〔ワカ〕「この所に来て、今を昔に、ああ懐かしいあの昔に返す、ありありと姿を映す、在原（ありはら）の」

地「寺の井戸の水面《みなも》に住（す）んで、澄（す）んでいるこの月の影は冴えざえと、月影ばかりは冴えわたる」

シテ「『月やあらぬ春やむかしの春ならぬ我が身ひとつはもとの身にして（あの月は昔の月ではないのだろうか、はたまた春は昔の春ではないのだろうか…この我が身ばかりは昔のままの我が身だというのに）』と詠嘆したのは、さて、あれはいつの頃であったろうか…」

シテ「筒井筒…」

地「『筒井筒井筒にかけし（筒なりのこの井戸の筒、その井戸の筒に引き比べた…）」

シテ「まろがたけ（わたしの背丈…）」

地「『生（お）いにけらしな妹見ざる間に（すっかり生長してしまったことだ、お前をしばらく見ないでいる間に）』と歌うたも、それは昔」

シテ「今はもう、すっかり老（お）いてしまったことぞや」

地「それでもここに、昔のままの姿を見せて、互いにあい見、あい逢うた昔の、その昔男さながらの、冠といい直衣《のうし》といい、その姿はまことに女とも見えず、男そのものであった…あれは業平の面影か…」

シテ「逢い見れば、なつかしや…」

地「水鏡に映った我が身を見れば、我ながら懐かしや、今は亡き女の亡魂幽霊の姿は、さながら凋《しぼ》んでしまった花が、色は失われてもなお匂いは残ってありながら、在原（ありはら）の寺の、明け六つの鐘がかすかに聞こえ、夜《よ》もほのぼのと白みきて、明ければここには何もない古寺《ふるでら》の旧跡…ただ松風が吹きわたり、破れやすい芭蕉の葉のごとく、夢も破れて目は覚めた。夢は破れて、夜もすっかり明け果てた」

江《え》口《ぐち》

前シテ　里女
後シテ　江口の君
後ツレ　遊女（二人）
ワ　キ　旅僧
ワキツレ　従僧（二、三人）
ア　ヒ　里人

ワキ・ワキツレ〔次第〕「あの月は昔からの友…そうだとすれば、月は昔からの友だというなら、俗世との繋《つな》がりを断った世界などどこにあるのであろう（月光が遍《あまね》く照らす世界のどこに脱俗の世界があるのだろう）」

ワキ〔名宣〕「これは諸国一見の旅の僧でござる。自分はいまだに摂津《つ》の国の天王寺《てんのうじ》に参詣したことがござらぬほどに、この度《たび》思い立って天王寺に参詣したいと思うことでござる」

ワキ・ワキツレ〔道行〕「都をば、まだ真っ暗な深夜に旅立って、まだ深夜の時分に旅立って、淀川を川舟に乗って下ってゆくと、その行く末には、名高い鵜殿《うどの》の蘆《あし》がかすかに見えて、また松もぼんやりと霞に煙って見え、川面《かわも》には煙波（えんぱ）が立って岸に寄せている、江口の里に着いたことだ、江口の里に着いたことだ」

（ここにアヒ里人とワキ僧の問答があり、僧が江口の長《ちょう》の旧跡を尋ねたのに対して、里人が「あそこが江口の長の旧跡です」と指し示し教える、それを受けて）

ワキ〔サシ〕「さては、ここにあるのが名高い江口の君の住んでいたところであるか。かわいそうに、その江口の君の体は土の中に埋《うず》められているとは申せ、その名はなおも現世《げんせ》に留《とど》まって今に至るまでも、昔語りとなっている、その旧跡をこうして今目前《もくぜん》に見ることの感銘深さよ。まことに、西行法師がこの所にて、一夜《いちや》の宿を借りたいと頼んだところが、その女主《おんなあるじ》はつれない人で、これを断ったので、『世の中を厭《いと》ふまでこそ難《かた》からめ、仮《かり》の宿《やど》りを惜しむ君かな（この俗世《ぞくせ》を厭《いと》うて出家せよとまで言うのなら、それは難しいことであろうが、ただ一夜の仮の宿りを頼むだけなのに、それを貸し惜しみするとはなんと情けないお方《かた》であろう）』と詠じたのも、この所でのことであるにちがいない、ああ、いたわしいことじゃなあ」

シテ〔呼掛〕「のうのう、そちらにおられるお坊様、今の歌を、いったい何だと思い合《あわ》せてここで口ずさみなさるのじゃ」

ワキ「不思議なことよな、人家《じんか》も見えないあたりから、女性《にょしょう》が一人やって来て、今の詠歌《えいか》を口ずさんだその謂《いわ》れを、いったいどういうことかとお訊《たず》ねになる…そもそも、なにゆえにそんなことをお訊ねなさるのじゃ」

シテ「そのことは、もうすっかり忘れて何年も経《へ》てきたものを、ここでまた思い出しては心に沁《し》みる歌の言の葉の」

シテ〔カヽル〕「草葉の陰にあって、日陰の野に置く露のような儚《はかな》い世の中をば、『厭《いと》ふまでこそ難《かた》からめ、仮《かり》の宿《やど》りを惜しむ』ことよと詠じた、その歌の言の葉も恥ずかしいゆえ、いやいや単に宿を貸し惜しみ申したのではないという、その道理を申そうために、こうしてここへ現れ出てきたのじゃ」

ワキ「なんと、心得がたいぞ、『仮の宿りを惜しむ君かな』と、西行法師が詠じた歌のその旧跡を、ただ何

という こともなく弔っているところに、『単に貸し惜しみ申したのではない』と理屈を言われる、その御身はさて」

ワキ（カヽル）「いかなる人でいらっしゃいましょうか」

シテ「いや、それならば、その宿を単に貸し惜しんだのではないという理由を、お返事申し上げた、その返歌のほうをも何故に口ずさんで下さらなかったのじゃ」

ワキ（カヽル）「なるほど、その返歌の言の葉とは、『世を厭《いと》う…（俗世を厭離《おんり》する…）』」

シテ「『…人とし聞けば仮の宿に、心とむなと思ふばかりぞ（そういう人だと聞いたゆえに、こんな世俗の女の住むかりそめの宿に心をお留めなさるなよと思うばかりじゃ）』とな、こんな家に心をお留めなさるなと、世捨て人ゆえにお諫《いさ》め申したのじゃから、女の住む家にお泊《と》めまいらせぬのも、道理ではなかろうかの」

ワキ（カヽル）「なるほどもっともじゃ。西行ももとよりかりそめの俗世を捨てた人だと言い」

シテ「わたくしのほうも、あの『古今集』の序にも『色好《いろごの》みの家に埋《む》もれ木《ぎ》の人知れぬこととなりて（和歌も、軽佻《けいちょう》な今の世には、ただ色好みの人の間に埋れてしまって埋れ木の人に知られぬような存在となりはてた）』とございますとおりの、名高い色好みの家には、そのように埋もれ木のような暮らしをしている、世捨て人の知らない事柄があれこれ多い、そんな宿に」

ワキ（カヽル）「心をお留《と》めなさるなよと、詠《えい》じなさったのは」

シテ「その世捨て人を思いやればこその心であったのに」

ワキ「ただ『貸し惜しみする』との」

シテ「歌の言の葉は…」

地〔上歌〕「宿貸すことを惜しむその心こそが、かりそめの宿りのようなこの俗世を捨てるのを惜しまない道心から出たことであるのに、捨てて惜しまぬ仮の世…そういう宿であるのに、どうして私が貸し惜しみしたなどと言(い)うのかと、夕波(いうなみ)は寄せては返(かえ)るけれど、返(かえ)らぬはいにしえ、今またこうして世捨て人のお僧なれば、世俗の話などに、お心をお留《とど》めなさいますな」

地〔ロンギ〕「なるほどご尤《もっと》もなる浮世の物語、聞くうちにその姿も折からの黄昏《たそかれ》の光のなかに、ぼんやりとしてきた人は、いったい誰なのであろう」

シテ「黄昏に、佇《たたず》んでいる影はほのぼのと、見え隠れしているほどに、あの見え隠れするあたりにある川の曲り、そのあたりに名高い江口の流れの君として知られる遊女じゃと見られるであろうことの恥ずかしさよ」

地「さては、疑いもあらず荒磯(あらいそ)の、砕けては散る波のように江口の君が消えていった跡であろうか」

シテ「かりそめに住んできた我が宿ながら、古歌に『我が宿の（私の家の）』

地「『梅の立枝《たちえ》や見えつらん（高く立った梅の枝が見えたのであろうか）』」

シテ「『思ひの外《ほか》に（思いもかけなかったところに）』」

地「『君が来《き》ませる（あなたがおいでになった）』とあるごとく、お僧が思いがけずここにお出でになったのは、ことわざに『一樹《いちじゅ》の蔭《かげ》に宿り（同じ一本《ひともと》の木の枝蔭《えだかげ》に宿りあわせ）』ということなのだろうか、または『一河《いちが》の流れの水を汲む（同じ一筋《ひとすじ》の河の水を汲む）』ということなのだろうか、その真意をよくお汲みとりあって納《なっ》得《とく》なされよ、これは江口の君の幽霊じゃと、そう言う声だけが聞こえて、姿は消え失せてしまった。声ばかりして消え失せてしまった」

〔中入〕

ワキ「さては、江口の君の幽霊が、かりそめに現れて、私と言葉を交わしたことよなあ」

ワキ〔カヽル〕「ではいざ、お弔《とむら》いをして浮かばれるようにしてやろうぞと…」

ワキ・ワキツレ〔待謡〕「そう言いも終わらぬうちに、おお不思議なことじゃ、言い終わらぬというに不思議なことじゃ、月が澄み渡るこの夜、渡る川水に、遊女の謡《うた》う舟遊びの有様が、月光のもとに見えてきた不思議さよ、月光のもとに見えてきたことの不思議さよ」

地〔上歌〕「川舟《かわぶね》を、停泊させて逢瀬を遂げる身は川瀬の波の上の枕にて、舟泊めての逢瀬は波の枕にて、ふわふわと浮かんで渡る世の夢をいつしか見慣れてしまって、いまも目を覚まさぬ身の儚《はかな》さよ。あの佐《さ》用《よ》姫《ひめ》の話で名高い松浦潟《まつらがた》は、姫が独り寂しく片袖を敷いて寝た涙の、そして大伴狭手彦《おおとものさでひこ》が唐土《もろこし》へ渡って行った船の名残なのだ。また宇治《うじ》の橋姫《はしひめ》も、通って来ようともしない男を待っていたが、それもこれも、みな我が身の上のように感じられて哀れでならぬ。ああもうよしよし吉野（よしの）の、よしよし吉野の花も、雪も、雲も、波も、泡（あわ）のように儚いもの、あわれ（注、嗚呼《ああ》というような詠嘆の発語《はつご》）、また生きて人に逢いたいものじゃ」

ワキ〔カヽル〕「不思議なことよなあ、月の澄《す》み渡るなか、舟で渡る水面《みなも》に、遊女《ゆうじょ》が大勢《おおぜい》謡《うた》う謡《うたい》が聞こえ、色めきたっている人影が見えるのは、あれはそもそも誰の舟であろう」

後シテ「なんと、この舟を誰の舟かと仰せになるか…恥ずかしながらいにしえの、江口の君の川逍遥《かわじょうよう》とて、月下《げっか》に夜舟《よぶね》を漕ぎ遊ぶさまをご覧《らん》ぜよ」

ワキ「そもそも、江口の遊女とは、それはもうとうに過ぎ去ったいにしえの」
シテ「いやいや、いにしえと仰せになるのはいかがであろうぞ…。ご覧なされよ、あの月は昔と変わってしまったであろうか…古歌に『月やあらぬ春や昔の春ならぬ我が身ひとつはもとの身にして（月は昔の月ではないのだろうか、春は昔の春ではないのだろうか、我が身ばかりは昔ながら元のままの身であるけれど）』ともある如くあの月は昔と少しも変わらぬ」
ツレ〔カヽル〕「私どももこのように現れて来たものを、いにしえ人と決めつけられたは訳の解らぬこと…」
シテ「よしよし、もう何やかにやとおっしゃろうとも」
ツレ〔カヽル〕「何も言うまい、聞くまい」
シテ「やれやれ気の晴れぬこと…」
シテ・ツレ〔一セイ〕「いにしえの漢詩《からうた》に『秋の水漲《みづみなぎ》り来《きた》って船《ふね》の去《さ》ること速《すみ》やかなり（秋の川水は水かさが増して来て船の去って行くことが速い）』と謡《うと》うてあるように、その秋の水に浮かべては流れ去ってゆく船の…」
シテ「上には月もその光が射《さ》し、舟人《ふなびと》の棹《さお》さす舟歌《ふなうた》も」
地〔下歌〕「謡（うた）えや謡（うた）え、泡沫（うたかた）の、泡（あわ）と消えた昔の恋しさを、あわれ今も言（い）う、遊女（いうじょ）の舟遊び、世を渡るよすがなる、その歌の一節《ひとふし》を謡うて、さあさあ遊ぼうよ」
地〔クリ〕「そもそも、我等衆生《われらしゅじょう》が、因縁《いんねん》によって十二の境涯《きょうがい》を生々流転《せいせいるてん》すると申すことは、喩《たと》えて言えば車《くるま》が庭《にわ》でぐるぐる廻っているようなもの…」
シテ「また鳥が林の木のあちこちに遊び巡《めぐ》るにも似ている」
地「前生《ぜんじょう》はどうか、そのまた前生はどうかなど」

シテ「いまだかつて生々流転する以前の姿を知らない」

地「来世《らいせ》はまた来世で未知の世界ゆえ、更にこの先の世々《せぜ》の終りがどうなっているのかを知ることもありえない」

シテ〔サシ〕「或《あ》る者は、人間界《にんげんかい》・天上界《てんじょうかい》に生まれつくという善《よ》い因縁の結果を受けたとしても」

地「心惑《こころまど》うて倒れ、迷妄《めいもう》に囚《とら》われて、未《いま》だに解脱《げだつ》の種《たね》を植えることすらできぬ」

シテ「或る者は、三途《さんづ》の川、八大地獄《はちだいじごく》などの悪所《あくしょ》に堕《お》ち」

地「その苦患《くげん》に妨《さまた》げられて、既に仏《ほとけ》の悟りを得たいという心さえ失ってしまっている」

シテ「然るに、我等はたまたま受け難いはずの人間の身を受けたといっても」

地「罪や業《ごう》の深い身の上に生まれ、なかでも数少ない川竹《かわたけ》の流れの女《おんな》、すなわち遊女の身となったについては、前世《ぜんせ》の因縁《いんねん》悪く生まれついて、その報《むく》いであることまで、思いやることは、ああなんと悲しいことだろう」

地〔クセ〕「紅《くれない》に花の咲く春の朝《あした》には、紅の錦《にしき》や刺繍《ししゅう》を以て山々は化粧するがごとくに見えていたのも束《つか》の間《ま》、花も紅葉《もみじ》も夕べの風に誘われてたちまちに散り、黄葉《こうよう》の秋の夕べには、黄《き》の絞《しぼ》り染めのように色づいた林が、美しい色を含むとしても、朝の霜《しも》に当ってたちまちに色が褪《あ》せる。松風《しょうふう》や蔦葛《つたかづら》を照らす月を賞《め》でて言葉を交わす賓客《ひんかく》も、今はもう去って再び来ることはない。翠《みどり》の帳《とばり》・紅の閨《しとね》に枕を並べていた妹背《いもせ》も、いつの間に隔てある仲《なか》らいになってしまうのであろう。およそ心などない草木であれ、情《なさけ》ある人間であれ、いずれが移ろうてしまう悲哀を遁《のが》れることができようか、そうは思い知っていながら」

シテ「或る時は見目《みめ》の美しさに惹《ひ》かれて執着《しゅうちゃく》の思い浅からぬものとなり」

地「また或る時は、その声を聞いただけで愛憐妄執《あいりんもうしゅう》の心がたいそう深くなって、それを心に思いもし口に出して言いもする、いずれも虚妄《きょもう》に迷う悪因縁《あくいんねん》となるであろうに……。まことに人間は皆、六塵《ろくぢん》とて、色《しき》・声《しょう》・香《こう》・味《み》・触《しょく》・法《ほう》の六種の誘惑に迷い、また六根《ろっこん》とて眼《め》・耳《みみ》・鼻《はな》・口《くち》・身《み》・意《こころ》のいずれからも罪を作ることも、みな要するに見ることや聞くことに迷うという心であろう」

地「面白や」

（序之舞《じょのまい》）

シテ〔ワカ〕「まことの真実の世界はなんの汚れもない大きな海の如く、色・声・香・味・触の五つの誘惑や六根の罪の風も一切吹かないけれども」

地「機縁《きえん》に随《したが》って現れる真《しん》の悟《さと》りにも、やはり波の立たない日とてもない、立たぬ日とてもないのである」

シテ「ではその心に波が立っているのは、何故《なにゆえ》であるかといえば、かりそめの宿りである俗世に心を留《と》めるがゆえである」

地「だから、さようなものに心を留めることがなければ、憂《う》き世《よ》などというものもありはすまいし」

シテ「人に恋着《れんちゃく》することもあるまい」

地「されば男の来るのを待つ日暮《ひぐ》れもなく」

シテ「別《わか》れ路《ぢ》の悲しみもあらじと思えば、嵐（あらし）吹く」

地「花よ、紅葉《もみぢ》よ、はたまた月よ降（ふ）る雪よと心を騒がせた、あの西行との歌のやりとりの故事（ふること）も、あらあら、わけもないことに過ぎなかった」

シテ「思えば世は仮の宿」

地「思えばいずこも仮の宿ゆえ、そんなところに心を留めるなと、偉そうに人を制止していたかつての私であったな。もはやこれまでじゃ、帰るぞとて、すなわち普賢菩薩《ふげんぼさつ》のお姿となって現れ、乗っていた舟は普賢菩薩の乗り物である白い象となりながら、光とともに白妙《しろたえ》の白雲《はくうん》にさっと乗って西方浄土《さいほうじょうど》の方角の空に消えて行かれたことは、ありがたいことと思える、ありがたいことと、そう思うことであった」

老松《おいまつ》

前シテ　尉
後シテ　老松の精
ツレ　男
ワキ　梅津の何某
ワキツレ　従者（二人）
アヒ　安楽寺門前の者

ワキ・ワキツレ〔次第〕「まことに平和に治まっている四方《よも》の国、まことに良く治まっている四方の国なれば、どこの関所も戸を鎖《さ》さぬゆえ自由に行き通うことにしようよ」

ワキ〔名宣〕「そもそもこれは、都の西、梅津《うめづ》の里に住む何某《なにがし》と申す者じゃ。私は北野の天神を信じ、常に足を運ぶことでござるが、或る夜見た不思議な夢のお告げに『もし私を信ずるならば、筑紫《つくし》の安楽寺《あんらくじ》に参詣申せ』と、いかにもあらたかなるご霊夢を拝したることでござれば、只今九州へと下ってゆくところでござる」

ワキ・ワキツレ〔道行〕「なにからなにまで、心のままになるめでたき時世《ときよ》、心のままになるめでたき時世、これほど良き時代がかつてあっただろうか、この日の本の、国も豊かに実る秋の秋津洲（あきつす）には、波も音をたてることなく凪《な》ぎわたる四方《しほう》の海、その四方の海を越えて高麗《こま》や唐土《もろこし》をはじめとして諸国残り無く、貢《みつ》ぎ物を奉《たてまつ》り来る道の到着地にあたる、筑紫の安楽寺までも、今着いたことじゃ、安楽寺にも着いたことじゃ」
シテ・ツレ〔一セイ〕「古くめでたき歌に『青柳《あをやぎ》を片糸《かたいと》によりて鶯《うぐひす》の縫《ぬ》ふてふ笠は梅の花笠《はながさ》（青柳の細い枝を糸のように撚《よ》り合せて、鶯が飛び移り飛び移りして縫うという笠は、梅の花の笠であったよ）』と歌われた梅の花笠、その花が開く春が来（き）て、花笠を着（き）る時ともなれば、その笠を縫うという鳥の鶯の、声（こえ）も聞こえる梢（こずえ）よな」
ツレ〔二ノ句〕「松の葉の色も今が盛りと見えて」
シテ・ツレ「百年に一度若返るという松、それを十返《とかえ》りして、ますます深き緑よな」
シテ〔サシ〕「これも古き漢詩《からうた》に『風を逐《お》うて潜《ひそ》かに開く、芳菲《はうひ》の候《こう》を待たず（立春の風が吹くにつれてそっと開く梅の花、それは百花繚乱《ひゃっかりょうらん》の季節を待つことがない）』と詠《うた》われた梅にも似て、今開く年の端（は）に、葉（は）を守る神の松を戸に飾って」
シテ・ツレ「なるほどその漢詩には『春を迎《むか》へて乍《たちま》ちに変《へん》ず、将《まさ》に雨露《うろ》の恩《おん》を希《ねが》はむとす（梅はやがてたけなわの春を迎えて心を変じ、潤沢《じゅんたく》な雨露の恵みを受けたいと願おうとする）』とも詠じてあるほどに、春を迎えた今は忽ちに、いずこの草木までも神の恵みに深く心を寄せるかと見えるほど、春めきわたる春の盛りよな」
シテ・ツレ〔下歌〕「こうして参詣の歩みを運ぶ宮寺の、光ものどかな春の日に」
シテ・ツレ〔上歌〕「松の根が、岩の間を伝って伸びた上に苔が筵《むしろ》のように敷き、岩間《いわま》を伝う根に苔が筵のように敷き、敷島（しきしま）の大和歌《やまとうた》の道もまた、神のご加護を得て、なるほどこの根のように末長く延びてゆくことであろうよ、この山の天神さまの御陰を以て。また古き歌に『梅の花それとも見えず久方《ひさかた》の天霧《あまぎ》る雪のなべて降れれば（梅の花が咲いているのに、そのようには見えない、久方の空を曇らせて一面に雪が降ってそれに紛れてしまっているほどに）』とも詠まれた梅の古枝《ふるえ》を、やはり愛惜するこの花盛りに、もしや誰かが手折《たお》りはせぬかと案じられて守る梅の、花の垣根を、さあしっかりと囲っておこうよ、梅の花垣を囲おうよ」

ワキ「これこれ、そこなる老人にお尋ね申したいことがござる」

シテ「私のことでござろうか…お尋ねとは何事でござろうぞ」

ワキ「世に名高い飛梅《とびうめ》とは、どの木を言うのでござろうか」

ツレ「やれやれ、そのような言いかたの疎《おろそ》かなことよ、私どもはただひたすらに、紅梅殿《こうばいどの》とて崇《あが》め申してござるに」

ワキ「なるほどなるほどそれは道理、紅梅殿とも申すべきであったな」

ワキ〔カヽル〕「恐れおおくも、天神さまのご詠歌によって、今は神木とおなりじゃほどに、どんなに崇めても崇め足りないほどでございますぞ」

シテ「さてそれでは、こちらにある松をば、どういう木とご分別あってご覧になられますかや」

ワキ「なるほどなるほど、この松にも垣を結《ゆ》い廻し、御注連《みしめ》を引き懸けてあるほどに、まことに玄妙なるご神木と拝見いたすことじゃ…」

ワキ〔カヽル〕「ということは、これこそ天神さまの後を追(お)いかけて飛んできたと伝える老松(おいまつ)の木…」

シテ「やっとお気付きになられたことよな」

シテ・ツレ〔カヽル〕「紅梅殿は、こうしてご覧になっているとおり、色も若く、その若木の花守までもが、華やかであるのにひきかえて」

地〔下歌〕「この松を守る私さえもがこんなに老いた身の、その影までが古びている人を待(ま)つ顔の、翁《おきな》さびて寂(さび)しき姿の木の身元をば、名高き老松（追い松）とお気付きにならぬのは、神の思し召しもいかがなものであろうか、ああ神罰も恐ろしや」

ワキ「なおもうすこし、このお社《やしろ》の由緒を詳しく物語ってくだされよ」

シテ〔サシ〕「まず社壇《しゃだん》の様子を拝見いたしますと、北にはごつごつとした青山《せいざん》がある」

地「おぼろ月の光が松林のなかの高閣に映じ、南には寂寂《さびさび》とした瓊《たま》の門がある、そうして西に傾いた日は竹林のかなたに透けて見える」

シテ「社《やしろ》の左には火炎《かえん》を象《かたど》った五輪塔《ごりんとう》があって」

地「翠《みどり》の帳台《ちょうだい》に紅《くれない》の閨《ねや》、かつての豪華な粧《よそお》いの暮しを思い出させる。また右には古寺観音寺《かんのんじ》の旧跡があって、晨《あさ》に夕《ゆう》に梵鐘《ぼんしょう》の響きも絶えることがない」

地〔クセ〕「まことに…心無き、草木《そうもく》のこととは申しながら、かかる浮き世の道理をば、知っているであろうな、きっと知っているであろう、諸々《もろもろ》の木々のなかにも松と梅は、殊に天神様の、ご慈愛を得て、紅梅殿も老松(追い松)もみなこの社《やしろ》の末社《まっしゃ》となって現《げん》じなされたのである。されば、この二つの木は、我が日本でよりはなお、漢土《もろこし》に於てその徳を顕現《けんげん》し、唐《とう》の帝《みかど》の御時《おんとき》は、国に文学が盛んであったゆえに花の色を増し、匂いも常よりは勝《すぐ》れていた。しかし、文学が廃れてしまった今は匂いも無く、その色ももはや深くはない。こういうことがあるゆえにこそ、文学を好む木であるなあというので、梅をば『好文木《こうぶんぼく》』とそのように名付けなさったのであった。さてまた松をば、大夫《たゆう》と呼ぶ故事は、秦《しん》の始皇帝《しこうてい》の御狩《みかり》の時に、空が俄《にわ》かにかき曇り、大雨《たいう》が頻《しき》りに降ったので、帝は雨を凌《しの》ごうとて小松の蔭に雨宿りなされた。すると、この松がたちまちに大木となり、枝を垂れ葉を並べ、木の間の隙間を塞いで、その雨を洩《も》らさなかったことの褒美として、始皇帝はこの松に大夫《たいう》という爵位《しゃくい》を贈りなされた、それよりこのかた、松を大夫と申すのである」

シテ「このように名高い松や梅の…」

地「その花も千代《ちよ》の後《のち》まで、行く末久しくこの神の御垣《みかき》の守りとなって、守ることであろう、守ることであろうぞ、この社の神も北野天満宮と同じ名の天神なれば、天に満ち満ちる空も今暮(く)れてゆく紅(くれない)の色、また紅の花も松も諸共に、神々《こうごう》しい姿となって消えていった、あとに神々《こうごう》しい空気を残して消えていった」

〔中入〕

ワキ・ワキツレ〔待謡〕「嬉しいことよなあ、いざそれならば…、嬉しいことよなあ、いざそれならば、この松の蔭に旅の宿りをして、いにしえの漢文《からぶみ》に『虎(とら)嘯(うそむ)きて風起《かぜおこ》る（虎が吠えるときには風が起こる)』と申すことあり、聞けば風もひゅうひゅうと嘯くような音を立てて、さてはいま暁近い寅(とら)の刻《こく》、神のお告げをも待ってみよう、神のお告げを待つ事にしよう」

後シテ〔サシ〕「どうじゃ紅梅殿、今夜のお客人を、どのように接待してお慰めなさるおつもりか」

地「まことに珍(めず)らしい賓客を迎えて、賞(め)ずべきさまに春も立ち」

シテ「梅も花の色を添えて」

地「松もまた」

シテ〔一セイ〕「名前こそ老い木の松と言うものの実際は若緑にして」

地「若緑の空澄みわたり、神の神楽《かぐら》も響きわたり」

シテ「歌を謡い、舞を舞い」

地「舞楽《ぶがく》を奉納する宮寺のうちに、楽《がく》の声も満ちている、ありがたいことよ」

〔真ノ序之舞《しんのじょのまい》〕

シテ〔ワカ〕「空に向って差す枝は、すなわち舞のさす手にて」

地「差す枝の、梢は紅梅の若木の花のように美しい袖」

シテ「こなたは老い木の神の松の…」

地「こなたは老い木の神の松の、『わが君は千代に八千代にさざれ石の巌《いはほ》となりて苔のむすまで（わが君は千代も八千代もご長寿を保たれて、小さな石ころが大きな巌に成長してさらに苔のむすまでの長きに亙《わた》って治められますように）』とめでたき古歌さながらに、千代に八千代に、さざれ石が巌となって苔のむすまで…」

シテ「苔のむすまで待（ま）つほどに、松（まつ）や竹また鶴や亀のごとくにも」

地「長い齢《よわい》を授けるこの君の、行く末を守れと我が神託の、告げを知らせる、松風も梅も、久しき春こそ、ああめでたいことよなあ」

姨《おば》捨《すて》

前シテ　里女
後シテ　老女
ワキ　都人
ワキツレ　同行者（二人）
アヒ　里人

ワキ・ワキツレ〔次第〕「月の名高《なたか》き中秋も近き頃となったことよ、月の名高き頃も近い秋となったことじゃほどに、月の名所の姨捨山《おばすてやま》を尋ねようぞ」

ワキ〔名宣〕「かように罷《まか》り出でたる者は、都あたりに住まいを致しておる者でござる。それがしは未だ更《さら》科《しな》の月を見ておらぬほどに、この秋思い立って姨捨山へと急ぐところでござる」

ワキ・ワキツレ〔道行〕「この度《たび》は、しばらく旅の仮寝《かりね》の枕を重ね、もう何日も旅寝の草枕《くさまくら》を重ねつつ、また朝になれば出立《しゅったつ》する宿々《やどやど》に、日を明かしては暮し、暮しては明かしして行くほどに、おお、ここそはあの名にし負う更科や…『我が心慰めかねつ更科や姨捨山に照る月を見て（私の心はどうしても慰めることができぬ、更科のあの姨捨山に照っている月を見ていると）』と古歌に歌われた…更科の姨捨山に着いたことじゃ」

ワキ「さてさて、それがしもこうして姨捨山に来て眺めてみると、山頂は平らかにして、空は万里《ばんり》のかなたまでなんの隔てるものもなく、このまま千里《せんり》の隅々《くまぐま》まで月の照る夜ともなれば、その美しさはさぞや…と思いやられることでござる。されば、まずなんとしてもこの所に一休みして、今宵の月を眺めようと思うことでござる」

シテ〔呼掛〕「のうのう、そこにおいでの旅人は何事を仰せになってござるのじゃ」

ワキ「さよう、それがしは都の者でござるが、初めてこの所に来たことでござる。さてもそういう御身《おんみ》は何処《いずこ》に住まいする人かな」

シテ「わたくしはこの更科の里に住む者でございます。今日は、名にし負う中秋名月の日、秋の日の暮れが早く来ぬかと待ちかねる思いの名月の夜、とりわけこうして雲一つなく月光が照り添う大空に、隈無《くま》く見えわたる四方《よも》の景色じゃなぁ。ああ、どれほど今宵の月は興趣深く眺められることでありましょうぞ」

ワキ「そうでしたか、そこもとは更科の人でいらっしゃいますか。それでは伺いますが、いにしえの物語に伝えたる姨捨の里はどのあたりでございますか」

シテ「おやおや、姨捨山の旧跡と分かり切ったことをお訊ねになるとは、さても心得ぬことじゃ。『我が心慰めかねつ更科や姨捨山に照る月を見て』と詠じた人の古跡ならば、ほれここに背の高い桂の木がございますが、その木蔭こそ、昔の姨捨の、その旧跡でございますよ」

ワキ〔カヽル〕「なるほどそれでは、この木の蔭にあって、捨て置かれた人が亡くなってしまった跡は…」

シテ「そのまま土中に埋(うず)もれて、人知れぬ埋(う)もれ草となって、なにごとも仮そめの世じゃほどに、今はもはや」

ワキ〔カヽル〕「昔語りと成り果てたる人の、執心がなおも残っているのであろうか」

シテ「もう捨てられた人も亡くなって、その亡き跡までもなんとなく」
ワキ「ぞっとするようなこの原の」
シテ「風も身に沁《し》みる」
ワキ「秋の風情《ふぜい》…」
地〔上歌〕「（かの古歌には、照る月を見ては心を慰めがたい、と詠じてあったけれど）いやいや今なお私の心は、慰めかねている更科の、とても慰めかねていた更科の、姨捨山の夕暮れに、ひたすら待（ま）つこの身にて、松（まつ）も桂も交じる木々の、常磐木はなお緑も残りつつ、秋の紅葉《もみじ》がはや一重（ひとえ）色づく…あの一重山（ひとえやま）には、霧も一重（ひとえ）うっすらと立ち渡り、風はぞっくりと冷たく吹いて雲を吹き払い尽くして、淋しい山の景色よな、淋しい山の景色よな」
シテ「旅のお人、あなたは何処からお出でなさったのじゃ」
ワキ「さよう、前にも申したとおり、それがしは都の者でござるが、更科の月のことをよそながら聞き及び、こたび初めてこの所に来たのでござるよ」
シテ「なるほど、都の人でおわしますかや。それならば、わらわも月の出と共に、現れ出て旅のお人の、夜の遊楽《ゆうがく》を共にして、お心をお慰め申すことに致しましょう」
ワキ「いやその夜の遊楽を共にして、それがしを慰めてくれようとは、そういう御身はいったいどういう人でありましょうや」
シテ「ほんとうは、わたくしは更科の者ですが…」
ワキ〔カヽル〕「そう言われるからには、今はまた何処《いずこ》に…」

シテ「住む家と云うべきものは、この山の」

ワキ「名前のとおりに」

シテ「姨捨の…」

地〔上歌〕「山に捨てられたその姨《おば》じゃと言うのも恥ずかしいことじゃ、その姨じゃと言うのも恥ずかしいことじゃ…その昔も捨てられて、唯一人《ただひとり》この山に住(す)むことを余儀なくされ、空に澄(す)む月の名高き秋の度ごとに、妄執《もうしゅう》の心の闇に苦しんできたものを、なんとかその闇を晴らしたいと、今宵現れ出てきたのですと、言(い)うかと思えば夕陰(いうかげ)の、木《こ》の下闇《したやみ》にかき消すように姿が失せてしまった、かき消すように失せてしまった」

〔中入〕

ワキ・ワキツレ〔待謡〕「夕まぐれの頃も過ぎて月影が、夕まぐれの頃も過ぎて月影が、はやくも昇り初《そ》めてきたのは、なんと趣(おもむき)深い景色であろうか、この趣深い万里《ばんり》の空も曇り無く晴れて、この分ではどこもここも秋は隔てなきことであろう、さてはこの月下に誰彼の隔てなく心も澄んで、夜もすがら…『三五夜中《さんごやちゅう》の新月《しんげつ》の色《いろ》、二千里《じせんり》の外《ほか》の故人《こじん》のこころ(十五夜の月が今しがた空に出てきたその色を見ると、二千里も離れた所にいる友の心が偲ばれる)』」(注、このようにワキ都人が名高い漢詩を朗吟していると、後シテがそれに引かれるように登場してくる)

後シテ「ああ、興趣豊かな一時よな、ああ面白いこの時よ」

シテ〔サシ〕「古歌に『明けば又《また》秋の半ばも過ぎぬべし傾《かたぶ》く月の惜しきのみかは(この中秋の一夜が明けたなら、また秋の半ばも過ぎてしまうだろう、さればただ西に傾く月を惜しむだけではなくて、秋の過ぎてしまうことも惜しまれるのだ)』と歌われたごとく、今宵中秋の夜が明けるのは、名月が去ってしまうばかりでなく、秋最中を過ぎてしまうことも惜しまれる。それでなくとも秋を待ちかねていること類いもなく、名高き連歌の発句にも『たぐひなき名をもち月のこよひかな(比類なき名声を持(も)ちつつ昇ってきた望月(もちづき)よな)』と詠《なが》められたとおり、姨捨の月はまた類いなく名高いけれど、しかもいまだかつて見た覚えもないほどに空はくまなく晴れ渡って、月光の射さぬ隈(くま)もない姨捨山《おばすてやま》の秋の月、あまりの美しさに感に堪えぬ思いがするぞや。こんな月光を見ていると、ここに捨てられたのが昔のことだとも思わぬほどじゃ」

ワキ(カヽル)「不思議なことよ、はやくも夜更けて真夜中を過ぎると、空を過ぎてゆく月の夜に、こうして白い衣の女人が現れてくださったのは、夢だろうかそれとも現実だろうかと覚束《おぼつか》ないことよ」

シテ「夢だなどとどうして言(い)うのであろうか、夕暮(いうぐれ)に、現れ出たる老いの姿、恥ずかしながらやってきたというに…」

ワキ(カヽル)「このうえは何を包み隠されるのでありましょうか。もとよりここは所も姨捨の…」

シテ「山…そこは老女の住みどころで」

ワキ「あの姨捨の物語の昔に帰る秋の夜の」

シテ「月を愛《め》でる者どうし円座《まとい》をなして」

ワキ「草を敷き」

シテ「花に起(お)き臥《ふ》す袖に露が置(お)き」

シテ・ワキ「こんなにも美しい色々の、夜の遊楽の人々に、いったいいつ馴れ初めたのであろうか、ああ現実《うつつ》とも思えないい…」

地〔上歌〕「もう盛《さか》りを過ぎて老《ふ》けてしまった女郎花《おみなえし》のようなこの身、盛りを老け過ぎた女郎花のようなこの身は、粗末な草の衣も涙にしおれはてて、かの昔にも捨てられた身の程をも知らずして、また姨捨の山にこうして出てきては、面《おもて》をさ、ら、す更科（さ、ら、しな）の、あの月の光で見られてしまうのも恥ずかしいぞよ。いやよいよい、何事も夢の世の中じゃ、中途半端にものは言うまい、思、い、もすまいぞ、せめては思、い、草（女郎花の別名）の花を愛で月光に身を染めて遊楽《ゆうがく》することにしようよ」

地〔クリ〕「なるほどなるほど、いにしえの漢文《からぶみ》には、王子猷《おうしゆう》が（注、王子猷は晋《しん》の風流人で不羈奔放《ふきほんぽう》、ある雪後《ご》の月夜《げつや》に雅友戴逵《がゆうたいき》と、この雪月《せつげつ》の興趣を共にしたいと思い、小舟に乗ってはるばる訪ねて行ったが、門前に至って逢わずして帰ってしまった、その時に、なぜ逢わずに帰るのかと聞かれて）、『興《きよう》に乗《ぜう》じて行く、興尽きて反《かへ》る（興の赴くままに来てみたばかり、その興がもはや尽きたから帰るだけのこと）』と言ったとあるが、その心《せつ》はちょうどこんな風情の夜のことかと思い当たった、それほど趣深い今宵の空の景色よな」

シテ〔サシ〕「それはそうとして、月の名所は、あちらこちらにあるけれど、なかでもこの『更科や…』

地「『…姨捨山に照る月をみて』と歌われた、ここ姨捨山の一点の曇りもない空には、『此の夜一輪《よいちりん》の清光《せいくわう》満《み》つ（今夜は一輪の満月の清らかな光が射している）』とも、また『団団《だんだん》として海嶠《かいきやう》を離《はな》る（丸く円満な姿で海の切《きり》岸《ぎし》を離れてゆく）』とも、古き漢詩《からうた》に謳《うた》われたとおりの、清らな光が満ちている…」

シテ「されば、諸々《もろもろ》の仏が衆生《しゅじょう》を済度《さいど》しようとしてお立てになったご誓願《せいがん》に…」

地「どれが勝《まさ》るどれが劣《おと》るという差別《しゃべつ》はないけれど、その諸仏《しょぶつ》のなかでも世々《よよ》を超越した大悲大慈《だいじだいひ》のご誓願が、普《あまね》く影をおとしてくださるという意味では、阿弥陀《あみだ》様の光明《こうみょう》に勝るものはない」

地〔クセ〕「さてもさても、日月星《じつげつせい》の三つの光が西へ進んでゆくことは、衆生を西方浄土《さいほうじょうど》へ勧め入れようその為とか…。なかにも月は、あの阿弥陀如来の右におわす脇侍《わきじ》の菩薩《ぼさつ》として、仏縁《ぶつえん》ある者を特に導き、重い罪を軽くしてくださる、此の上ない力を得ているがゆえに、大勢至菩薩《だいせいしぼさつ》と号するとか…。その頭上の天冠《てんがん》のまにまに、宝華《ほうげ》の光が輝き、また宝華の一つ一つに数々の蓮台《れんだい》があって、それぞれが十方《じっぽう》の諸仏の浄土を顕現《けんげん》せしめている。宝玉《ほうぎょく》を鏤《ちりば》めた楼台《ろうだい》の風の音には、管弦《かんげん》の糸竹《しちく》の調べもとりどりに聞こえて、聞くものみなとりどりに心ひかれるところがある。また蓮《はちす》の華《はな》が色さまざまに咲き交《ま》じる八功徳水《はちくどくすい》なる宝の池のほとりには、立つ波(なみ)も見えて、岸辺に立つ極楽の七重宝樹(ななえのなみき)の花は散り、芬々《ふんぷん》たる芳香がしきりに漂っている」

シテ「迦陵頻伽《かりょうびんが》の比類なき」

地「声とよく合わせて、孔雀《くじゃく》や鸚鵡《おうむ》が、一同に囀《さえず》る鳥の尾(お)ではないが、おのずから、仏の光も月の影もおしなべて、届かぬ隈《くま》もなきことゆえ、勢至菩薩をば、また無辺光《むへんこう》とも名付けている。さはさりながら、雲と月が、ある時は晴れて月影も満ち、またある時は雲が隠して月影は欠けること、これはあたかも有為転変《ういてんぺん》の世の中が定めなきことを垂示《すいじ》するのである」

シテ「ああ、昔恋しい夜の遊楽の舞《まい》の袖よ…」

(序之舞《じょのまい》)

シテ〈ワカ〉「『我が心、慰めかねつ、更科や…』」

地「『…姨捨山に照る月を見て』、照る月を見て…」

シテ「月に馴れ、花に戯《たわむ》れる秋草の、露ほどにも儚《はかな》き時の間に」

地「露ほどに儚き時の間に、中途半端に何のつもりで現れて、胡蝶の遊び…」

シテ「戯れるのであろうか、その舞の袖を」

地「返して舞えよ、返せよ」

シテ「昔の秋を」

地「いま思い出した妄執の心を、晴らす方便《てだて》とても無い、今宵の秋風が、身に沁《し》みじみと感じられて、恋しきものは昔、忘れ難いものは人間世界の、秋よ友よと、思い出しているうちに、夜も既に白々《しらしら》として早《は》や朝（あさ）になり、あさま（注、あからさまの意）に人に見られる時刻にもなってしまったことゆえ、自分も人からは見えぬ姿となり、旅人も帰ってしまったその後に」

シテ「独り捨てられて、老女が…」

地「昔こんなふうに捨てられたことだけでも悲しかったに、今もまた姨《おば》は捨てられて姨捨山となってしまった、姨捨山となってしまった…」

砧《きぬた》

前シテ　蘆屋《あしやのなにがし》某の北《きた》の方《かた》
後シテ　同、北の方の亡霊
ツレ　夕霧
前ワキ　蘆屋某
後ワキ　同
アヒ　下人

ワキ〔名宣〕「これは九州蘆屋《あしや》に住む何某《なにがし》という者でござる。自分はさる私《わたくし》の訴訟一件のため、京に長《なが》の滞在をいたしておることじゃ。そもそもは、ほんのいっときの在京《ざいきょう》と存じてのことであったが、はや当年を以て三年《みとせ》ということになってしもうた。されば、あまりに故郷の妻などが心配でならぬゆえ、ここもと召使っている夕霧と申す女を、様子見《ようすみ》のために在所《ざいしょ》へ下《くだ》らせようと思うことでござる。おいおい、夕霧、あまりに故郷のことが案じられてならぬゆえ、そなたを様子見に遣わすことにいたそうぞ。されば、今年の年末には、かならずあちらへ帰郷するであろうと、そう心得て、きっとその旨を申し伝えるがよい」

ツレ「そういうことでございましたら、これよりすぐに下ることにいたしましょう。されば、この年の暮れには、きっとあちらへお下りあそばしますように」

〔ワキ中入〕

ツレ〔道行〕「都を発《た》ってよりこのかた、旅の衣の紐（ひも）を締めては日（ひ）も重なり、旅の衣の日も重なっ

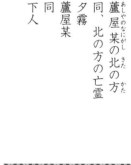

て行(い)くほどに、今日は幾(いく)日目の夕暮れの宿であろう、その旅の宿に見る夢も数重なって、宿を借(か)りてのかりそめの枕に、夜を明かし、また日を暮らして、いつしか程もなく、蘆屋の里に着いたことである」

ツレ「急いで参りましたるほどに、はや蘆屋の里に着きましてございます。すぐに案内を乞い申そうと存じます。…もし、もし、どなたかおいででございましょうか。これは都から夕霧が参りましたことを、お内儀《ないぎ》さまにお取次ぎくださいませ」

シテ〔サシ〕「思えば、夫婦つがいの仲睦《なかむつ》まじいオシドリの雌雄《おすめす》の、共寝の夜具《やぐ》のうちでさえ、いつかは別離の日を迎えることを思って悲しみ、雌雄《しゆう》いつも連れ立って生きるヒラメやカレイのような魚でも、その妹背《いもせ》の枕を波が隔てる愁いがある。ましてや人間として深い夫婦《めおと》の仲とても、来世かけての二世《にせ》の契りまでは頼まぬとして、せめてこの現《うつ》し世のうちにある今すら、離れ離れの暮らしを耐え忍ぶ私は、いわば忍ぶ草、またの名を忘れ草とは言いながら、私は決して忘れることなどできぬまま、その草の根(ね)ではないけれど、音(ね)を上げて泣くほどに、こうして袖から溢れかえるばかりの涙の雨が、晴れる間もめったとないほどの、悲しいわが心よ…」

ツレ「夕霧が、こうして参ったことを、お取次ぎの方、どうぞ早々に申し上げてくださいませ」

シテ「なに、夕霧と申しておるのか。それならば、なにも取り次ぎの者を介するまでもなかろうに、さあさ、さっそくここへ来られたがよい。…これはどうしたことじゃ夕霧、そなたが来てくれたのは珍しくも嬉しいことながら、帰ってくるはずの夫の姿が見えないことは恨めしいことぞ。されば、仮に夫がすっかり心変わりをしてしまったのだとしても、せめてそなたばかりは、風任せの便りにつけて、どうして音信《おとずれ》の一つもよこさなかったのじゃ」

ツレ〔**カ、ル**〕「仰せはごもっともながら、わたくしは一日も早く参りたくは思うておりましたものの、ご主人さまにお仕えする身の上にて、日々忙しく暇《いとま》とてもなくて、思いの外《ほか》にこうして三年《みとせ》までも、都に留まっておりましたものを…」（注、往古は、三年間逢わぬ時は自然に離縁が成立すると認められていた）

シテ「なんと、都住まいを、思いの外のことだったと申すのか。よいか、思ってもみよ、じっさい花の都にあるならば、その花盛りなど、かれこれ心の慰みになることも四季折々に多かろう、そういう慰みの折々とても、内心に辛《つら》い思いを隠しているのは人心の常であろうもの…」

地〔**下歌**〕「ましてや私は寂しい田舎住まい、しかも今はこうして秋の暮、古き歌に『山里は冬ぞ寂しさまさりける人目も草もかれぬと思へば（山里は常に寂しいことながら、冬ともなれば一層寂しさがまさることよ、こうして人目も離（か）れ、草も枯（か）れるとおもうから）』と歌うてあるごとく、今はもう人目も離（か）れ、草も枯（か）れがれとなって、妹背《いもせ》の契りももはや絶え果ててしまった。このうえは、何を頼みにしたらいのであろう、我身の行く末は…」

地〔**上歌**〕「こうして離れて三年の秋、それがもし夢であるならば、三年の秋が夢であろうなら、やがては覚める時もあろうものを…辛い現実は夢ならぬほどに、覚める時とてなきままに、懐かしい思い出ばかりは我身に残り、なにもかもあの昔のことは変わり果てて、今は跡形もない。なるほど古き歌に『いつはりのなき世なりせばいかばかり人の言の葉うれしからまし（もし、もしもいっさい偽りということの無い世の中だったなら、こうして恋を契る人の言葉が、どれほど嬉しいことであったろうか）』と歌うてあるごとく、この世にいっさい偽りというものがなかったならば、あの夫の言葉もどれほど嬉しいことであろうか。…いやいや、私は愚かであった…もとより信じがたい人の言葉を頼りにするとは…我ながら愚かな頼みであったよな」

シテ「ああ、なんて不思議な…。なんであろうか、あちらの方角に当たるあたりから、物音が聞こえてきます。あれはいったい何の音でありましょうぞ」

ツレ「あれは、里人が砧《きぬた》を擣《う》つ音でございます」

シテ「なるほどなるほど、我が身の辛さに引き合わせて、一つの故事が思い出されましたぞよ。かの唐《もろ》土《こし》に蘇武《そぶ》という人があったとかや。それが囚《とら》われて蛮族《ばんぞく》の国に幽閉《ゆうへい》されていたところ、故郷《ふるさと》に留《とど》め置いた妻や子が、この秋の夜《よ》の寒さに寝られぬ思いをしているだろう夫の身を思い遣《や》り、高殿《たかどの》に上《のぼ》って砧を擣《う》ったところ、その志の健気《けなげ》さが通じたのであろうか、万里《ばんり》の遠きにある蘇武が、はっと目覚めてみると、故郷の砧の音が聞こえたと申すことじゃ。

シテ〔カヽル〕「されば、わたくしも、夫と離れている悲しみが慰められることもあろうかと、たださえ寂しいこの秋の暮(くれ)に、呉服(くれはとり)（注、「あや」にかかる枕詞）の綾織《あやお》りの衣をば、砧で擣って、我と我が心を慰めようと思うことでありますぞ」

ツレ「いえいえ、砧などと申すものは、もとより身分賤しき者の手わざでございましょうに…。とは申しながら、お心を慰めるためでございますならば、ひとつ砧を用意して差し上げることにいたしましょう」

（物著《ものぎ》）

シテ〔カヽル〕「さあさあ、砧を擣ちましょうぞ、草に臥《ふ》す猪(い)ではないけれど、かつては夫と馴れ臥して安寝(やすい)をした床の上に…」

ツレ「『さ筵《むしろ》に衣片敷《ころもかたし》きこよひもや我を待つらむ宇治の橋姫《はしひめ》（狭い筵に衣手を一人寂しく敷きながら、今夜も私を待っているだろうか、宇治の橋姫は）』と歌うた古歌《こか》さながら、こなたは涙を添えて独り敷く狭い筵に…」

シテ「こんな手わざも、せめて鬱屈《うっくつ》した思いを擣《う》ちほぐすよすがにもなろうかと」

ツレ「言（い）うほどに、夕霧（いうぎり）は立って妻のもとに寄り、もろともに」

シテ「怨みの砧を」

ツレ「擣つとかや…」

地〔次第〕「砧に掛けたるこの衣《ころも》に、松《まつ》の梢より吹き落ちてくる風の声、その声が衣に落ちて、待（ま）つ、身を嘆く松風（まつかぜ）の声、さてはこの夜寒《よさむ》を松風が知らせるのであろうか」

シテ〔一セイ〕「夫からの音信《おとずれ》も、ほとんど無くなってしまった夫婦の仲、さては、はや飽（あ）きてしまったことを、秋風（あきかぜ）の音にのせて…」

地「辛いことばかり思い知らせる、夕べよな」

シテ「あの遠い里にいる夫《ひと》も、きっと物思（ながめ）に耽《ふけ》りながら眺（なが）めているだろうか…あの月を」

地「誰の夜（よ）であろうと、わけ隔てなく照らす月なれば、どんな妹背の仲（よ）であろうと、そんなことを問いはせぬであろう」

シテ〔サシ〕「趣《おもむき》深い折ふしよ、頃は秋の、しかも夕方に…」

地「妻恋うて鳴く牡鹿《おじか》の声も、ぞくりとするほど身に沁《し》みて、姿こそ見えぬけれど、その哀声《あいせい》は山風《やまかぜ》をここまで送ってきて、さてどの木の梢からであろうか、山風に吹かれて一ひらの葉が散る空、その空には、冷え冷えとした月影が、軒の忍草《しのぶぐさ》に映って見えて」

シテ「月影の映っているのは、忍ぶ草の露…耐え忍ぶ私の涙の露が、まるですだれのように玉なして落ち、懸かる我身の」

地「かかる屈託した思いを慰めてくれる、夜もすがらの砧の音よ」

地〔一セイ〕「『宮漏《きゅうろう》高く低くして風《かぜ》北に送り』と謳《うと》うた漢詩《からうた》のごとく、今や宮殿の水時計は指針の矢が高く立って真夜中を指し、にわかに風は北風に変わった」

シテ「さてまた『隣砧緩《りんてんゆる》く急《きふ》にして月西《つきにし》に傾《かたむ》く』とて、隣家《りんか》に擣《う》つ砧の音は、あるいは緩《ゆる》く、あるいはせわしく聞こえるうちに、いつしか月は西に流れ傾いた」

地〔下歌〕「唐土《もろこし》の蘇武《そぶ》の外地暮らしは北の国、こなたの夫《ひと》は東の空の下だから、西から吹いてくる秋の風よ、この音を吹き送れとばかり、間遠の（注、隔たることの遠いの意）彼方の空へ、間遠の（注、織り目の粗いの意）衣《ころも》を音立てて擣とうよ」

地「わが夫《つま》の故郷蘆屋の、軒端の松も心せよ、くれぐれも心して、お前たちの枝々に、嵐の音を残すなよ。あらいざらい残さずに、今の砧の音を乗せて、ことごとくわが君のいるそちらの方に吹け、風よ。でもあまりに吹き過ぎてもくれるな、松風よ。風のおかげで私の心が、かなたの人の心に通い得て、その夢にわが姿が見えるなら、それ以上吹いて風音《かざおと》でせっかくの夢を破るなよ。夢が破れて目覚めてしまったら、もはやそれっきりの縁となる、そうしたらその後《のち》は、いま擣っているこの衣も破れて、いったい誰が着（き）てくれよう、妹背の仲が破れてしまったら、誰が来（き）て訪ねてくれようぞ。いや、もしこの衣を着て、来て訪ねてくれようなら、この先いつまででも、衣は新しく裁ち更《か》えて、またも逢うて契ろうぞ。でも、夏衣《なつごろも》のように薄い契りなど、さても忌まわしいこと、わが君の命は長くと願う、この長き夜の、月の明るさには、どうしても寝られぬほどに、さあさあ、衣を擣ちましょう。あの七夕《たなばた》の牽牛織女《けんぎゅうしょくじょ》の契りには、一年にただ一夜だけのかりそめの逢瀬《おうせ》に、狩衣（かりごろも）着て通うとても、天の川の波が立って二人の仲を隔てようほどに、せっかく逢瀬の甲斐（かい）も無く、まるで櫂（かい）無き浮（う）き舟が、憂（う）き世に漂うごとくにも、願いごと書く梶《かじ》の葉ももろく破れて、葉に置く露、そしてわが涙、牽牛織女ふたつの袖はしとどに濡れて萎《しお》れるであろう。そのように、露よ涙よと水掛（みずか）ける、天の川原の水陰草（みずかげぐさ）（注、天の川の河原に生えているという想像上の草）であるのなら、波よ水泡（うたかた）もろともにうち寄せて、瞬時（うたかた）なりとも逢わせておくれ」

シテ「それは七夕、文月七日《ふづきなぬか》の暁《あかつき》のこと」

地「やがて、かの『八月九月正《はちげつきゅうげつまさ》に長き夜《よ》、千声万声《せんせいばんせい》止《や》む時無し』と謳うた漢詩《からうた》さながらに、八月九月《はちがつくがつ》ともなれば、なるほどまさに秋の長き夜だから、千回万回と砧を擣ち続けて、その音で、私の辛さを夫に知らせたいもの…。ああ、この月の色といい、風の風情といい、月影にきらめく霜までも、ぞっくりとするようなこの折節に、さらに砧の音、夜の嵐、悲しみの泣き声、虫の音《ね》、なにもかもが交々《こもごも》にはらはら落つる、露の音、涙の音、ほろほろ、はらはらはらと、さていずれが砧の音と聞き分け得るであろうぞ」

ツレ「もしもし、申し上げます。都から使いの人が参ってございますが、その伝言に、この年の暮にも、ご主人さまはお下《くだ》りにはなられませぬよしでございます」

シテ〔**クドキ**〕「ああ、怨めしい…。せめてこの年の暮には必ずと約束したのを、また偽りであろうとは思いつつも、なお一縷《いちる》の希望を持って待っていたのに、それでは、はや本当に心が変わり果ててしまわれたのじゃな」

地〔下歌〕「古き歌に『思はじと思ふも物を思ふなり言はじと言ふもこれも言ふなり（思うまいと思うこと自体すでにその人のことを思うているのだ、その思いを口にすまいと言うこと自体、それもまた言うということなのだ）』と歎じてあることながら、その思うまいと思う心自体も、『さりともと思ふ心も虫の音もよはりはてぬる秋の暮かな（こんなになってしまってはもうだめかと思いながら、それでもなお一縷の望みは失うまいと思う心も、虫の音も、すっかり弱り果ててしまった秋の暮よな）』と古歌に歌《うと》うてあるごとく、すっかり弱り果て…」

地〔上歌〕「泣き尽くしては声も枯れ、あたりはもう一面の枯れ野になり果てて、その晩秋の虫の声もすっかり乱れてしまった乱れ草に、わずかに残った花のような女心も、風に狂乱した心地がして、女は病《やまい》の床に臥《ふ》し沈み、ついに空しくなってしまった。ついに儚《はかな》く死んでしまったことだった」

（中入）

後ワキ「ああ気の毒なことをした。三年《みとせ》の日限《にちげん》が過ぎて、妻はもうすっかり捨てられたと思い込んで怨み、爪弾《つまび》く指と琴の糸が、弾いては別れるように引き別れては、とうとう今生《こんじょう》の別れとなってしまったことぞや」

ワキ〔待謡〕「あとの後悔先に立たぬと申しながら、その先だたぬ悔いの心を、八千度《やちたび》重ねて百夜（ももよ）を過ごした、その百代草（ももよぐさ）（注、菊の異名）ではないけれど、悔いる心を八千度かさねて百夜を過ごした百代草の、草葉の陰から魂は再び帰り来る黄泉《よみじ》の道と聞くことだから、いざ梓巫女《あずさみこ》を招き寄せて、そうして、その梓の弓の両端《りょうはず》に引き渡した弦《つる》を弾《はじ》き鳴らして、口寄せしたる亡霊《ぼうれい》と、言葉を交わす哀れさよ、言葉を交わす哀れさよ」

後シテ「古き物語に『三瀬川《みつせ》わたらぬさきにいかでなほ涙のみをの泡と消えななむ（他の男の背に負われて三途《さんず》

の川の瀬を渡るなんて嫌です。そんなことなら、渡る前になんとかして、涙の川の流れのなかに、泡のように消えてしまいたい)』と嘆いた女人がございますが、そのごとくに、私は、捨てられた悲しみに、三途《さんず》の川に沈み果てて、もう水の泡(あわ)と消えてしまった、そんなあわれな身の果てでございましたが…」

シテ〔一セイ〕「わが墓じるしの梅の花は、美しく咲いた光を並べて、現世《うつしよ》の春を目《ま》の当たりに見せ」

地「また菩提《ぼだい》を弔《とむら》うしるしの御灯明《おとうみょう》が煌々《こうこう》と輝いては」

シテ「やがて成仏得脱《じょうぶつとくだつ》すべき来世の秋の月を予見させる」

シテ〔クドキ〕「さはさりながら、私は邪《よこしま》な愛執《あいしゅう》に囚《とら》われて死んだゆえに罪業《ざいごう》も深く、今も思ひの火(ひ)は燃えて、その煙も立ちつづけては、立ちても居てもいられないほど、心の鎮《しず》まらなかったその報いの罪が、乱れる糸(いと)さながらに縺《もつ》れ乱れては、心のうちにいとも寂しく責められて、責めくるは地獄の鬼、阿防《あぼう》・羅刹《らせつ》と名も高き者共が、笞《むち》打つ数は一瞬の隙間もなく、打てや、打てやと、因果応報の来(き)たる砧(きぬた)のその音の、恨めしかったその因果の妄執…」

地「因果の妄執の思いに流す涙が、その砧にかかると、涙は却って火焔となって燃え上がり、胸を焦がす恋の煙の炎に咽《むせ》んで、叫んでも声など出るわけもなく、もはや砧の音も沈黙し、松風も聞こえず、ただ地獄の呵責《かしゃく》の声ばかりが轟々《ごうごう》と響く、ああ恐ろしい恐ろしい」

地〔上歌〕「ある時は羊の歩みの如く遅々《ちち》として、ある時は白駒《はっく》の隙《げき》を過《よぎ》るが如く速やかに、次々に移りゆくという、地獄《じごく》・餓鬼《がき》・畜生《ちくしょう》・修羅《しゅら》・人間《にんげん》・天上《てんじょう》の六つの道、巡《めぐ》る因果の小さな車は、燃えさかる家の門《かど》を出ることも出来ぬに似て、廻《めぐ》っても廻っても、生きると死ぬとを繰り返す、生死流転《しょうじるてん》の海から逃れることが出来ぬのと同じこと、ああ、しょせんつまらぬこの現《うつ》し世よ」

シテ「怨（うら）みは葛《くず》の葉の…」

地「怨みは風に裏見（うらみ）せる葛の葉ながら、今は裏に返（かえ）りもできず、娑婆《しゃば》から帰（かえ）りかねて、ただ執心《しゅうしん》の、かつてこの世にあった時分の面影を、こうして見せてしまうのも恥ずかしや、思い焦がれる夫とは来世《らいせ》までの二世《にせ》の契りと約《やく》しても、『君をおきてあだし心をわが持たば末の松山波も越えなむ（あなたという人がありながら、もしそれを差し置いて浮気の心を私が持つことがあったなら、決して波が越えぬはずの末の松山さえ波が越えることでありましょう）』と昔の歌に誓ってあるゆえ、この歌にかけて千代までも頼みにしていたものを、それもいまは徒事（あだこと）となって、ただいたずらに立ち騒ぐ徒波（あだなみ）であったことぞや、ああ、訳の分からぬことばかり、あれは虚言《そらごと》であったか、それとも最初からそれがあの人の心であったのか」

シテ「古き歌に『からすてふおほをそどりの心もてうつし人とはなになのるらむ（烏《からす》というひどく嘘つきな鳥のような心にて、正気の人だとどうして名乗ることができましょう）』と謗《そし》ってある嘘つき烏じゃとて、いくらか心して鳴くであろうに」

地「かくも嘘嘘嘘、嘘ばかりのあの夫《ひと》を、正気の人だなどと、いったい誰が言いましょうぞ。思えば草木でも春夏秋冬のめぐりを知って正直に花咲き実り、鳥獣《とりけだもの》にもまともな心があるものを、そうそう、まことに、こんな例えもあったこと…かの蘇武《そぶ》は渡り行く雁《がん》に故郷への文を託し、その雁が万里《ばんり》のかなた、南国の故郷に到り着いたも、夫婦の契りの深い志が、なるほど浅くなかったが故なるぞ。それなのに、わが夫《せ》の君よ、あなたはいったいどういうわけで、三年あまりも旅の枕を重ね、私がそなたの身を案じて、夜寒《よさむ》を凌《しの》ぐ衣をば、砧で擣（う）つ音を聞かせたに、現実（うつつ）にも聞かず、せめて夢にてもと願ったことすら、なぜに思いも知らずにいたことじゃ…怨めしや」

地〔キリ〕「法華経読誦《どくじゅ》の法力を以て、あのありがたい法華経読誦のご利益にて、幽霊も今まさに成仏の、道筋を明らかに悟り得た。これも思えばあの妻が、ふと思いつきで擣った砧の声のなかに、開けてきた欣求浄土《ごんぐじょうど》の法《のり》の華《はな》、まさにその法華経の心が、成仏菩提の種となったのであった。菩提の種となったことであったよ」

清《きよ》経《つね》

シテ　平清経
ツレ　清経の妻
ワキ　清経の家来（淡津三郎）

ワキ〔次第〕「八重《やえ》に重ねて潮《うしお》の寄せる浦辺《うらべ》の波を、八重に重ねて潮の寄せる浦辺の波を漕ぎ分けて、九重《ここのえ》深い都城《とじょう》をさして、いざ帰ろうぞ」

ワキ〔名宣〕「これは左中将清経のお身うちに仕え申す、淡津の三郎と申す者でござる。さてさて、かねて頼みのお方と存ずる主《あるじ》清経は、先ごろの筑紫の合戦において敗戦なされ、太宰府より豊前《ぶぜん》柳が浦へと落ちられたが、『この有様では、とても都へは帰ることができぬ身（み）よ、そのみち（道）のほとりの雑草のごとき、つまらぬ雑兵（ぞうひょう）どもの手にかかって死ぬよりは、いっそひと思いに…』とお思いになられたのであろうか、豊前の国、柳が浦の沖合において、折しも沈々《しんしん》と更けてゆく月の夜、その夜船から身を投げて、お亡くなりになられたのでござった。その折、ふと船中を拝見するに、御形見に鬢《びん》の髪を残し置かれてござったほどに、それがしは助かったとてなんの甲斐もなきつまらぬ命ながら、こうして命助かって、その御形見の髪を持ち、ただいま都へ上るところでござる」

ワキ〔**道行**〕「近頃は、いなかの暮らしに馴れ馴れて、いなかの暮らしに馴れ馴れていたところ、たまたま帰る旧都《ふるさと》の、あの華やかなりし昔の春とは打って変わって、今はただ、辛《つら》く情けないばかりの秋も暮れ、はや冷たい時雨《しぐれ》の降り濡らす旅の衣は、雨と涙で萎《しお》れて袖のくしゃくしゃになった身の上となり、落ちぶれ果てたこの我が身、いまは忍び隠れてこっそりと都への道を上りついた、忍び隠れて上りついた」

ワキ「急いで参ったところ、これは早くも都に着いたことでござる。さて、これなるお邸《やしき》は清経さまの……もしもし、どなたかお取り次ぎをお願い申します。これは筑紫から淡津の三郎が参上しております、そのように、どうぞどうぞお取り次ぎ下されませ」

ツレ「なに…淡津の三郎…と申しているのか。それならば、なにも人づてに取り次ぐまでもない、すぐにここへ来たらよい。…さてさて、このたびはなんの為のお使いであろうぞ」

ワキ「それが…まことに面目もないお使いで…参りました」

ツレ「なに、面目もないお使いとな…はて、それはもしや清経殿がご出家なさったとか、そういうことか」

ワキ「いえ、それが…ご出家ということでもございませぬので…」

ツレ「なんと不思議なことを申すものじゃ。過日の筑紫の合戦の折もご無事であったと、そう聞いていたものを」

ワキ「それは、その通りでございます。先だっての筑紫の戦にも、殿はご無事でいらっしゃいましたが…殿がご心中に、『この有様では、とても都へは帰ることができぬ身よ、その道のほとりの雑草のごとき、つまらぬ雑兵どもの手にかかって死ぬよりは、いっそひと思いに…』とお思いになったのでありましょうか、豊前の国、柳が浦の沖合において、折しも沈々《しんしん》と更けてゆく月の夜、その夜船から身を投げて、お亡くなりになられたのでございます」

ツレ〔カヽル〕「な、なんと、身を投げてお亡くなりになられたと申すか。…さてもさても、怨《うら》めしいぞよ、これがせめて討ち死にでもなさったとか、あるいは病に罹《かか》って、その病床の露と消えたのでもあったなら、それはやむを得ぬことと諦めもつこうに、そのように自分から身をお投げになったとは…ああして言い交わしたことはなにもかも偽りの約束であったか…。なるほどそうか、かくなる上は、どんなに怨んだとても、なんの甲斐もなき、亡(な)き人となっておしまいになったのは、ああ、なんとしても悲しいぞよ」

地〔下歌〕「なにごとも無常であてにならぬのが世の中というものながら」

地〔上歌〕「このところずっと、ただ人目を憚《はばか》ってひっそりと隠れていた我が家の、人目を憚ってひっそりと隠れていた我が家の、その垣根の薄《すすき》の穂を吹く風の声は聞こえても、わたし自身は声も立てず忍び泣くばかりの身の上であったけれど、殿亡き今は、誰に憚ることが有ろうぞや…あれホトトギスが鳴いてゆく…『ほととぎす鳴きつる方をながむればただ有明の月ぞ残れる(ほととぎすが今鳴いたその方角を眺めやると、ただ有明の月ばかりが空に残っていた)』と謳うた古歌さながら、有明月に鳴く鳥は、また『さみだれの空もとどろにほととぎすなにを憂《う》しとか夜ただなくらん(五月雨の空を轟かして鳴くホトトギスよ、おまえは何が辛いと言って夜通し泣くのであろう)』と嘆いた古歌もあるほどに、私はこの上は何を憚ることがあろう、あのホトトギスが名を隠すこともなく鳴くように、私も平家の身内という名を隠すこともなく声あげて泣くばかり」

ワキ「また、その時船中を拝見いたしましたところ、殿は、御形見に鬢の髪をお遺しになってございました。せめてはこれをご覧になって、悲しいお心をお慰めくださいませ」

ツレ〔カヽル〕「これは、中将殿の黒髪か…。見るほどに目もくらみ正気を失い、よけいに苦悩の思いは募るばかりぞや。『見るたびに心づくしの髪なればうさにぞ返す本《もと》の社《やしろ》に（見る度に、心を尽くし私を悲しませる遺髪じゃほどに、その心憂（う）さに耐えかねて、筑紫（つくし）（注、筑紫は古く九州の総称）の宇佐（うさ）八幡に返します、そのご本社に）』と…」

地〔下歌〕「手向け返して、夜もすがら、涙にくれながら夫のことを思い寝の、せめて夢になりとも現れてくださいと、思えば思うほど眠りをなさず、ただ抱き傾けるこの枕は、懐かしい夫と共寝の枕、その枕が私に恋の思いを知らせるのであろうか、枕が恋を知らせるのであろうか」

シテ〔サシ〕「『聖人に夢なし』とはありがたい教えながら、聖人ならぬ俗人は夢を見るであろう…さりながら、誰がその夢を現実と見ることがあろう。また、『眼裏《がんり》に塵《ちり》有《あ》って三界《さんがい》窄《すぼ》し、心頭《しんとう》物《もの》無《な》くして一床《いっしょう》寛《ひろ》し（瞼《まぶた》のうちに塵《ちり》が入っただけで世界は狭く見える、けれども心が澄み切っていれば狭い床もひろびろと感じる）』という教えもあるからには、なにごとも心がけ次第。なるほど、かつては苦しいと思っていた世間も、今は夢となり、辛いと思うこともみな幻と悟るべきところながら、なにもかも跡形もない雲や水が流れ行くように、行くも帰るも人間世俗の故郷《こきょう》に、うろうろと帰り着いた我が心のはかなさよ。思えば、『うたた寝に恋しき人を見てしより夢てふものは頼み初めてき（寝るともなくまどろんだその夢に恋しい人を見てから、夢というものを頼みにし始めたこと）』と、歌うた古き歌さながらの我が未練よな…」

シテ〔カヽル〕「どうじゃ、懐かしい妻よ、こうして清経が戻って参ったぞ」

ツレ「不思議なこと…、ふとまどろんだ、その枕辺に見えなさったのは…いや、たしかに清経にておわしますが…さりながら、間違いなく身を投げなさったという人じゃもの…夢でなくてどうしてこんなふうにお目にかかれるものであろう。よしよし、たとい夢であったとしても、こうしてそのお姿を現して、現《うつ》つにお目にかかることができたのは、ほんとうにありがたいこと…とは申せ、定命《じょうみょう》の果てまで力を尽くされもせず、我と我が身をお捨てになった、その御事を思えば…以前別れるときに、やがて迎えに来てくださると仰せになった約束は、偽りであったほどに、今はただ怨めしいばかりでございます」

シテ「なんと、そのように私をお怨みになるか…それならば、私のほうにもそなたへの怨みがありますぞ。この有明（ありあけ）の月の光に見てほしいと思って贈った形見の髪を、なんでまたそなたは受け取らずに突き返したりなさるのじゃ」

ツレ（カヽル）「いえいえそれは違います。『形見を返す』と詠んだ、その本心は、ただもう悲しい思いのあまりに、ついこのような歌が口に出たというばかりのこと、見るたびに、わたくしのこころが千々に乱れます、その形見の髪じゃほどに」

シテ「だからと申して、『うさにぞ返す本の社に』とて、心憂（う）さに宇佐（うさ）の社に返納なされたか…私のほうでは、これほど思いを込めて贈った黒髪…もしそなたが妹背の仲に飽いたというのでもないのなら、なんとしても手許に留めておくべき形見というものぞ」

ツレ（カヽル）「それでは、形見を返したわたくしのやりかたが、疎《おろそ》かなこととお考えになるのですか。慰めにせよと贈ってくださった形見ながら、わたくしにしたら、見れば思いが乱れるだけの、乱れ髪でございますものを…」

シテ「格別の思いを込めて贈った甲斐もなく、形見を突き返されたのは、こちらにとっての怨み」

ツレ（カヽル）「わたくしには、あなたが自ら捨ててしまった、その命の怨み」

シテ「たがいに、こうして不満を言いもし」

ツレ「言われもする」

シテ「この形見(かたみ)に、我が身(み)も辛い」

ツレ「黒髪の」

地〔上歌〕「怨みをば、情けなくも身投げをしてしまったことへの怨みにさえも言い添えて、身投げの怨みに形見の黒髪の怨みまでも言い添えて、拗《す》ねて泣きの涙の手枕《たまくら》を、並べてこうしてせっかく二人が逢う夜だけれど、ただ怨むばかりの有様に、これでは独り寝で一人一人がそれぞれ臥しているにことならぬ、そのことが悲しい。なるほど、『形見こそ今はあたなれこれなくは忘るる時もあらましものを（形見が残っているのが、かえって今は仇《あた》になる、もしこれがなかったら、別れた人のことを忘れる時だってあったかもしれないのに)』と昔の歌にあるとおり、なまじに形見があればこそ、中途半端に思いが残って辛いばかり、これがなかったら忘れることもあろうものと、思うにつけても濡らす袂よ、そう思うにつけても濡らす袂よ」

シテ「されば、いにしえの事どもを語って聞かせ申すことにしようぞ。もはや怨みを晴らしなさいませ」

シテ〔サシ〕「さてさて、九州山鹿《やまが》の城《じょう》へも敵の軍勢が寄せてくると聞いたゆえ、取るものも取りあえず、夜を徹して小さな高瀬舟に乗り込んで、豊前の国、柳が浦という所に着いた」

地「なるほどその名の通り、その浦は柳が並木をなしている所にて、その柳の木陰をば、ほんのかりそめの皇居と定めた」

シテ「それから、宇佐八幡にご参詣あって然るべしというので」

地「神のお召しになる御馬七匹、その他金銀財宝あれこれの捧げ物を奉《たてまっ》ったのは、すなわち神に幣《ぬさ》を捧げる為であったよな」
ツレ〔**カヽル**〕「もしもし、今こんなことをわたくしが申しあげたなら、尚も我が身の怨みばかり言うようなことになりましょうけれど、さはさりながら、まだ天皇陛下もご在世、その御代の行く末も一門の果てをも見届けぬままに、無為に御身一人の命を捨ててしまったこと、それはまことにわけもない行いではありませぬか」
シテ「なるほど、なるほど、それは確かに一理あること、さりながら、私がそのように行く末を悲観したについては、もはや未来はないぞとて、ありありと神のお告げがあったこと、これについてしかと話して聞かせようほどに、まずお聞きなさい」
地「そもそも宇佐八幡に参詣し、お籠りをして願をかけ誓言《せいごん》怠りなく祈っていたところ、かけまくも忝《かたじけな》くも神殿の錦の御帳《とばり》のその内より、あらたかなる御声を出してお告げをたまわったのは、こういうご神歌であった」
シテ「『世の中の憂《う》さには神もなきものを何祈るらん心づくしに（世の中の、この憂（う）さ…憂《うれ》うべき有様には、わが宇佐（うさ）の神も無きもの同然にて、そなたたちは何のために祈っているのであろう、心を尽（つ）くして、この筑紫（つくし）で）』と、こういうご神歌があったのじゃ」
地「『さりともと思ふ心も虫の音も弱り果てぬる秋の暮れかな（さはさりながら、それでもまだ一抹《いちまつ》の望みあるかと思う心も、虫の音も、もはや弱り果ててしまった秋の暮れよな）』と覚悟するほどに」
シテ「さては、仏も神もなにもかも」
地「もはや平家をすっかりお見捨てになったかと心細くて、平家一門の者共は、みな意気阻喪《いきそそう》し、がっくりと力を落として、足下もおぼつかぬ車の様子もすごすごと、帝にも、もとの仮皇居にお帰りいただくことの、哀れを極めた有様よ」

地〔クセ〕「こうしているところへ、長門《ながと》の国へも敵の手が回ったと聞いたほどに、帝をはじめ一同慌てて舟に乗り込んで、どこへというあてもなく海へ漕ぎ出す、その時の心の内はまことに哀切なものであった。まことに思えば世の中が、移り変わって行くというその夢こそ、現実であったよな、かつて保元の頃には春の花のごとく栄華を極めた平家一門も、いま寿永の秋には散り行く紅葉のごとくにも散り散りとなってあてもなく海に浮かんでいる、一枚の葉の舟にことならぬ。見れば柳が浦の秋風も、追っ手のごとくに荒々しく、後《あと》に白浪を立てて追うてくる、また白鷺の群れている松を見ても、あれはもしや源氏が白旗を靡《なび》かせて追うてきた多勢《たせい》ではないかと肝を潰《つぶ》す。かくてここに清経は、心のうちに密かに思うことは、『もはやこうなったうえは、八幡のご託宣《たくせん》もあらたかに、心中深く残るその道理は、正真の真実にて、神は正直の頭に宿り給うということわざのその通りであったか…』と、ただ一筋にそう思い切って」

シテ「しょせんは無駄なことじゃ、いずれ消えてゆくべき露のように儚い我が身を…」

地「なおも消えずに葉末《はずえ》に置いている露の命は、浮き草さながら、波に誘われ船に漂って、こうしていつまで辛い目を見(み)ることであろう、いっそ水鳥(みずとり)が波に沈むそのように、波の下に沈み果てて、わが身も果ててしまおうと思い切り、されどもそれは人には言(い)わず、かの岩代(いわしろ)の松(まつ)ではないが、その時を待(ま)つことがあったのであろうか、清経は、暁の月に向かって歌を朗詠するかのような風情で船の舳先に立ち上がり、腰から横笛《ようじょう》を抜き出して、音も澄みきって吹き鳴らし、また今《いま》様《よう》を朗詠し、来《こ》し方行く末に思いを巡らして、やがてはいつか無常に消えて行く命も、空しく立つ波が、寄せては帰らぬそのごとく、再び帰らぬ命となって、帰らぬものは昔、とまらぬものは心を尽（つ）くしての物思い、ここは筑紫（つくし）の旅の空、いや、この世はすべて旅なのだから、ああ、何の思いも残すまいと、はた目にはただただ狂気の人と見るだろうか、よしよし人はなんと見（み）るとも、海松布（みるめ）を刈（か）りおるこの海に、なにごともかりそめの夜の空、西に傾く月を見れば、さあ、あの月とともに自分自身も西方浄土へ連れてゆこう、南無阿弥陀仏、弥陀如来、どうぞお迎えくださいと、ただ一声を最期として、船よりざんぶと落ち果てて、折しも至る落ち汐（引き潮）に呑まれて、海底の水屑《みくづ》と沈んで行く、辛い身の果ての悲しいこと…」

ツレ「それを聞くにつけても、わたくしの心は暮（く）れはてて、呉機織（くれはとり）ではないけれど水に浮（う）き寝（ね）の鳥さながら、憂（う）き思いに泣く音（ね）に沈む涙の雨が、思えば怨めしいばかりの二人の契りよ、ああ」

シテ「『言ふならく奈落の底に入りぬれば刹利《せちり》も首陀《すだ》もかはらざりけり（人の言うことには、いったん奈落の底に入ってしまえば、王族も奴隷もかわりはないのだ）』とありがたい歌にも諭《さと》してあるではないか、もう言うな、奈落（ならく）もこの世も同じこと、いずれ消えてゆく泡のようなものだ、その悲哀は誰も変わらぬものであったよな」

シテ「こうして修羅道に落（お）ちてみれば、遠近（おちこち）の」

地「こうして修羅道に落ちてみれば、『遠近《おちこち》のたづきも知らぬ山中におぼつかなくも呼子鳥《よぶこどり》かな（あちらかこちらかと行く道の手がかりも知らぬ山のなかで、おぼつかなくも呼ぶ呼子鳥よな）』の古き歌ではないけれど、どこへゆくべきかたづき（注、手がかりの意）もなく、ただあたりに立（た）つ木（き）は敵《かたき》に、雨はその矢先に思われ、土は下から突き上げてくる鋭い剣、山は堅固にして落とすべくもない鉄壁の城《じょう》に見えてくる。ひるがえる雲の旗手（はたて）（注、旗の先端）、その楯（たて）を突いて、奢《おご》り高ぶった心は剣となり、切っ先を揃えて向かってくる。また邪《よこしま》にゆがんだ眼《まなこ》の光、妄愛《もうあい》、欲望、貪《むさぼ》る心、怒り、愚痴心、そのなにもかもが綯《な》い交ぜになって闘諍《とうじょう》し苦しめ合い、迷妄《めいもう》に眩《くら》んだ心も悟った心も、入り乱れて懸かってくる敵、打つものは烈しい波、引くものは潮、なにもかも、西のかた九州、また四国の戦《いくさ》の因果の果てを見せて、もはやこれまでの命とて、清経真実の姿には、最期《さいご》の最期に南無阿弥陀仏の念仏をば、少しも乱れず唱えつつ、ありがたい仏法悟道の船に乗り、弥陀を頼むと願いの通り、疑いもなく、まことに心は清（きよ）き清経（きよつね）が、まことに心は清き清経が、成仏の善果《ぜんか》を得たこと、そのありがたさよ」

恋重荷《こいのおもに》

前シテ　山科荘司《やましなのしょうじ》
後シテ　荘司の亡霊
ツレ　女御
ワキ　臣下
アヒ　下人

ワキ〔名宣〕「さてもさても、これは白河院にお仕《つか》え申している臣下である。ところで、我が君は菊をたいそう愛好なさって、毎年数多くの菊を植え育てておられることじゃ。また、ここに山科《やましな》の荘司《しょうじ》とて、身分賤しき者がござる。この者に我が君は、いつも菊の下葉《したば》を取るという仕事をさせておられるゆえ、このたびもまた申し付けようと存ずるのでござる。また、聞き申すところでは、その者が、さてどんな折にであろうか、恐れ多くも女御《にょうご》の御姿《おんすがた》を拝見申し上げ、もったいなくも恋心を抱いたということを漏れ聞いておるほどに、その者を呼び出して尋ねようと存ずるのでござる。これこれ、誰かおらぬか」

アヒ「これにおります」

ワキ「山科の荘司に、こちらへ来るように申し付けよ」

アヒ「かしこまりました。…もしもし、山科の荘司はそこにおいでか」

シテ「どなたでござりましょうか」

アヒ「急いで参上せよとのご命令でござる」
シテ「かしこまってございます」
ワキ「これこれ、荘司。どういうわけで、最近はお庭をきれいに手入れせぬのじゃ」
シテ「さようでございます、最近はちと体の具合が悪くて休んでおりました。そのため、お手入れを怠ってございます」
ワキ「それならばしかたあるまい。ところで、そのほうは、恋をしているという噂があるが、それはほんとうか」
シテ「そのようなことを、どうしてご存知なのでございますか」
ワキ「いやいや、誰が教えずとも、それそのほうの顔にそう書いてあるということじゃ。…されば な、その事を、かたじけなくも女御さまがお聞きあそばされてな、すぐにこの荷を持って、お庭を百回も千回も巡るならば、その間《あいだ》に御《おん》姿を拝ませてくださる、とのお言葉があったぞ。どうじゃ、なんとしてもありがたい仰《おお》せ言《ごと》ではないか」
シテ「なんと、我が恋の事をお聞きあそばされて、その荷を持ってお庭を百回も千回も回れと仰せか…。百回も、千回も…とそのようになあ、いや、百回も千回もこれを持って回ったならば、その間にお姿を拝まれるようにしてくださろうというのでございますか」
ワキ「まことによく分ってくれたな、そのとおりじゃ。どうじゃな、なんとしてもありがたい御事《おんこと》ではないか」
シテ「そういうことでございましたら、その荷を、お見せくださいませ」

ワキ「さあさ、こちらへ来なされ。…これこそ、『恋の重荷』であるぞ。いかにも、美しい荷ではないか」

シテ「まことにまことに美しい荷でございます。たとえ私には無理な力わざであろうとも、女御さまの仰せとあらば、どうでもそのとおりにすべきもの。…まして私は下賤の身なれば、これは身にふさわしい力わざ」

シテ〔カヽル〕「我が身と全く無縁のこととは思えませぬ、重荷という名を聞くにつけても」

地〔次第〕「たとえ重荷であろうとも逢うまでの、どんなに重い荷であろうとも逢うまでの辛抱、せめては恋の荷運ぶ人夫になろうよ」

シテ〔一セイ〕「誰がいったい最初に足を踏み入れたために、この恋の道に」

地「…世の誰もがこの道に迷うのであろう」

シテ「されば、その名も道理よな、『恋の重荷』とは」

地「まことに、そんな重荷は持ちかねる、この老人の身よな」

シテ〔サシ〕「ああ思えば、この恋が及び難いことは、たとえば高い山を仰ぐが如く、しかし我が思いの深いことはあの大海の如くじゃ」

地「高いからとて諦めることもならず、この深い思いを捨てることもなりがたい…どちらもたやすいことではない。そうじゃ、軽いのは身分ばかりではない、我が心とて、なんの分別もなく軽々しいこと、それがかように汚れた浮世に生きながらえたばかりに、こんなわけもない物思いに苦しむことじゃなあ」

地〔ロンギ〕「せめてこの恋の煩悶《はんもん》が少しは慰められるかと、露のように儚い恨み言《ごと》を言(い)ううちに、それかの昔語りに「寄りてこそそれかとも見めたそかれにほのぼの見つる花の夕顔（もっと近寄ってこそ、それがだれかとも、はっきり分かりましょう。誰(た)そ彼(かれ)は、と判然《はっきり》しないたそがれのころにも、こうして白々とした光を宿した夕顔の花の、その夕べの顔を）」と歌われた夕顔(いうがお)の咲く、黄昏(たそがれ)時もはや過ぎてしまった。さあて、恋の重荷を持てるだろうか」

シテ「この荷がどんなに重いとしても、我が恋の思いは決して捨てはすまい。かの唐国《からくに》の故事を詠じた古歌に、『虎と見て射る矢は石に立つものをなど我が恋の通らざるべき（虎だと思い切って射る矢はそれが虎ではなくて石だったとしても突き刺さるというのだから、これほどまでに思い切った我が恋が、どうして相手の心に届かないということがあろうか）』ともあるほどに、石にだって突き立つ矢があることぞ、されば恋のためじゃ、こんなものは軽く持てるぞと思い切って、いかにも軽々と持とうよ」

地「そうそうその意気で持つのじゃ、そうやって持つのは、毎年諸国から朝廷に献上する『荷前《のさき》』の荷を運ぶという、その心は帝の為、そなたが担ぐ心は女御の君の為ぞと知る、されば、どんなに重くとも恋の心を力に添えて、持てや、持てや、下人《しもびと》よ」

シテ「よしよし、よしよし、どうせ我が身は取るにたりない軽い身じゃ、このまま無為に恋の奴隷に成り果てて、死んでしまったとしても辛くはない」

地「いやいや、このために死んでしまってはなんの甲斐もなきことじゃ、まことに大切なものは命ぞ、古歌にも『ただ頼め（ただ頼みにするがよい）…』」

シテ「『しめぢが原のさしもぐさわが世の中にあらんかぎりは（標茅《しめぢ》が原(はら)のさしも草（注、艾《もぐさ》の異名）ではないけれど、さしも辛いことがあろうとも、この私が世の中にあろう限りは救ってやろうほどに）』とあるけれど、ああ腹(はら)がたつ…」

地「わけもない恋をするほどに、菅筵（すがむしろ）に臥《ふ》しては見ても、寝られるものではないぞ。ああ、苦しいぞよ独り寝の、我が手枕《たまくら》の肩を替えて輾転反側《てんてんはんそく》するごとく、今又肩を替えて持ってみても、ああ持つことができぬ、こんなふうに持つことができぬ恋とは、いったい何の重荷ぞや」

シテ「『あはれてふ言《こと》だに無くは何をかは恋の乱れの束ね緒《つかを》にせむ（ああ、という嘆息の言葉すら無かったなら、俺はいったい何をもってこの恋に乱れた心をつなぎとめておくよすがとしたらよいのだろう）』と、いにしえ人の嘆きのとおり、いまこの私も『ああ』と嘆く言葉すらなかったら、何を以て、さてさて恋に乱れた我が心をつなぎとめておく紐としたらよいだろう…いやその紐ももはや絶え果ててしまった」

地「ままよ、恋に死ぬならいっそ死んでしまおう。それが因果応報で報《むく》うならば、畢竟《ひっきょう》あの女御さまのお心がけゆえというもの、いっそ祟《たた》ってあの方のお心も乱れ恋になして、思い知らせ申そうぞ…」

（中入）

ワキ「なんじゃと、荘司が亡くなったというのか。まことにもってのほかのこと…、それは近頃かわいそうなことでござったな。さて、惣《そう》じて恋と申すことは、身分が高いか卑《ひく》いかの区別などないことでござるが、…さはさりながら、あの老人の恋の心を押しとどめようという、いわばご方便のために、あの持ち上がらないような重荷を作って、その上を綺羅《きら》を尽くした美しい布を以てきれいに包み、いかにも軽そうに見せて、それであの者に持たせたならば、あの者はきっとこう思うであろう。『これほど軽そうな荷なのに持ち上げられないのは、これはきっと我が恋は叶わないのだろう、だから持ち上げられないのだ』と、そのように納得して、結句恋の心はとどまるに違いないと、そのような女御さまのお考えなのでござった。それなのに、ああした下賤の者の悲しさ、女御のお心を察しもせず、これを持ってお庭をぐるぐる回ったならば、ふたたびあのお姿を見せてくださるだろう、とそのことを喜び、全力を尽くして持とうとしたけれども、もとより持てるはずもない重荷であったから、やはり持ち上がらぬ。その持てぬことを恨み、嘆いて、ついにはこのように身を空しく致した事は、返す返すも気の毒な事でござった。この事をば、女御さまに申し上げようと思うのでござる」

ワキ「もしもし、女御さまに申し上げます。山科の荘司が、重荷を持つこと叶わず、お庭にて空しくなってございます。されば、こうした下賤の者の一念は、とかく怖ろしいものでございます。このうえは、なんの不都合がございましょうや、ちらりとお出ましあって、あの者の亡骸を一目だけでもご覧になってくだされませ」

ツレ「『恋よ恋、我が中空《なかぞら》になすな恋、恋には人の死なぬものかは（恋よ、恋よ、おのれの中途半端な心で恋などするものではない、その恋ゆえに人が死ぬることだってなくはないのだから）』という歌もあるに、まことに気の毒な、あの者の心よな」

ワキ「これはまた、なんとなんと、あまりにも恐れ多い有難い仰せでございます」

ワキ〔カヽル〕「そういうことであれば、さあさあさっそくお立ちになってくださいませ」

ツレ「いや、立とうとすると、なにやら大岩にでも押されたようで、どうしても立つことができませぬ」

地「因果応報を逃れることが出来ないのがこの世の中の習い…」

後シテ〔サシ〕「古歌に『吉野川岩切りとおし行く水の音には立てじ恋ひは死ぬとも（吉野川の急流が岩を穿《うが》ち通して流れてゆく、その激しい水の音ではないが、決して人の音《うわさ》に立つようなことはいたしますまい、たとえこのまま恋い死にに死んでしまおうとも）』と見えるごとく、思い込んで恋い死にをした、その恋の一念の限りもなき怨みゆえに死後鬼となることも、思えばただわけもない愚行であったな、もとより誠もなくして…」
シテ〔**一セイ**〕「成就するはずもないことをお命じになった御方《おんかた》に、うかうかとその気にさせられてしまった私は…」
地「まったく、なんと愚かしい心であったよな」
シテ〔**カヽル**〕「涙の海に浮く独り寝の辛い目ばかり見(み)る我は、やがて現世来世来来世の三世(みよ)(注、日本古典文学大系『謡曲集・上』(岩波書店刊)所収の観世小次郎元頼識語本の古いテキストでは、「三世」を「みよ」と訓じている。ここは「さんぜ」と読む観世流現行謡本の読みでは文意全く通じがたく、これを「みよ」と読んで、「浮き寝のみ⇓見る・三世」の掛詞による修辞とみなくては解釈しがたいので、あえて現行謡本の読みによらず、元頼識語本の古訓に従って解釈した)に夫婦の契りの成就するならば、諺にも言う『石の上にも三年』座す甲斐もあろうというものだが、我は愚かしくも最初から逢えるはずもない、なんの甲斐もない岩の重荷を…そんなものが持てるものか、ああ、ああ、恨(うら)めしい…、裏見(うらみ)は葛の葉の…」
(**立廻**《たちまわり》)
シテ「露の玉のような儚《はかな》さよ、その玉襷《だすき》(注、畝傍《うねび》にかかる枕詞)畝傍の山の山守《やまもり》だって」
地「それほどの重荷が、持てるはずもなく…」
シテ「いやいや、重荷(おもに)というのは、思(おも)ひの重さを喩《たと》えたものじゃ」
地「浅間(あさま)山の煙ではないが、あさましい呆れ返った我が身よな。これでは邪淫戒《じゃいんかい》を破った者の堕《お》ちる衆合地獄《しゅごうじごく》の、重い苦しみに苦しむ我ながら、邪淫の罪は同じそなたも、ともに地獄に堕ちてせいぜい懲《こ》りるがよい、さあ懲りなされ」

地「いまも恋の思ひという火（ひ）の煙は立ち別れ、思う火の煙は立ち別れて、『立ち別れいなばの山の峰に生《お》ふる松としきかば今かへりこむ（いまここで立ち別れ去(い)なば、因幡(いなば)の国へ旅立って行く…その行く先の稲羽(いなば)の山の峰に生えている松(まつ)、ではないが、あなたが待(ま)つと、それさえ聞いたならば、すぐにも帰ってまいりましょう)』の古歌にもある稲羽の山に嵐が吹き乱れ、恋路の闇に迷うことがあろうとも、もしわが跡を弔ってくださるなら、その恨みは、霜か、はたまた雪か、霰《あられ》か、いずれしまいには跡形もなく消えていくそれらのように、我が恨みも消えてしまうであろうよ。これまでじゃ、私はこの姫のために姫小松《こまつ》の葉を守る、葉守《はもり》の神と姿を変えて、愛《かな》しい姫さまの、千代《ちよ》までの長き弥栄《いやさか》をお守りいたしましょうよ、千代までの長き弥栄をお守りいたしましょう」

西行桜《さいぎょうざくら》

シテ　老桜の精
ワ　キ　西行
ワキツレ　花見の人
ワキツレ　同行者（数人）
ア　ヒ　能力

ワキツレ一同〔次第〕「ようよう待ちに待った桜狩りの頃となり、待ちに待ったる桜狩りの頃となったるうえは、さあさあ山路《やまじ》の春へと急いでまいろう」

ワキツレ（花見の人）〔名宣〕「こうしてまかり出でましたる者は、下京《しもぎょう》あたりに住まいおります者でござる。さてところで、私は毎年春になりますと、ここの桜、またあそこの桜と、諸所《しょしょ》の花を眺め、ただ花よ花よとばかり思うて、山野《さんや》に春の長日《ながび》を暮らすことでござる。昨日は、東山なる地主《ぢしゅ》の桜をば、ちと一見《いっけん》致してまいった。今日はまた、西山《にしやま》なる西行の庵室《あんじつ》の花が、今や花盛りだとか、聞き及んでござるほどに、ここに花見の人々を同道しつつ、ただ今西山西行の庵室へと急いでまいることでござる」

ワキツレ一同〔道行〕「『百千鳥《ももちどり》囀《さへづ》る春は物ごとにあらたまれども我ぞふりゆく（種々さまざまの小鳥たちが囀る春は、なにもかもが新しくなってゆくけれど、ただ私独りだけは老い古びて忘れられてゆく）』と古き歌にもあるごとく、小鳥どもの囀る春はなにもかもが新しくなってゆくけれど、その春もたちまち日数が経って、頃しも弥生《やよい》三月、春もたけなわの空の色となったぞよ、さあさあ花見の人々よ、ここに足を留《とど》めて花の友となり、『これやこの行くも帰るも別れては知るも知らぬも逢坂《あふさか》の関（ここが、このところが、東へ行く人も、また都へ帰る人もおしなべて、知る人も知らぬ人もここで逢（あ）うという逢坂（あうさか）の関でございますね）』と、いにしえ人の歌うたごとく、知る人も知らぬ人も諸共《もろとも》に、誰もみな花と浮き立つ心よな、誰もみな花と浮き立つ心よな」

ワキツレ「急いでまいったほどに、これは早くも西行の庵室に着いたことでござる。さあさ、皆々これに暫くお待ちくだされ。これよりかの庵室に案内を乞うことにいたしましょう」

ワキツレ「もしもし、ごめんくださいまし」

アヒ「これはどなたのご入来《じゅらい》でございましょうぞ」

ワキツレ「さよう、わたくしは都よりまいりました者でございますが、この御庵室《おんなんじつ》の花が、今や盛りということを仄聞《そくぶん》いたしましたるゆえ、はるばるとここまで参上いたしました。どうぞちらりとなりと、花をばお見せくださいませ」

アヒ「お目にかけるのは簡単なことでございまするが、今年は花見は禁制《きんぜい》、とそのように定められてございます。とは申せ、せっかくですから、庵主《あんじゅ》さまのご機嫌を伺って、ちょっと申し上げて見ようと存じます。どうぞしばらくそれにお待ちくださいませ」

ワキツレ「わかりました」

ワキ〔サシ〕「そもそも、春の花と申すものは、菩薩《ぼさつ》が天上に向かって、菩提成仏《ぼだいじょうぶつ》を求めようとする心が桜の梢に現れ、秋の月と申すものは、菩薩が下に向かって、無明《むみょう》の闇に沈む衆生《しゅじょう》を教化《きょうげ》して之を救おうとする心が水面《みなも》に宿るのである。されば、ああして流れゆく水には、九夏三伏《きゅうかさんぷく》の頃とてなんの暑さもなく、谷底の松に風が吹くと、その風声《ふうせい》によって常緑樹《ときわぎ》の松も秋を感じるもの、これらは、この世にありとある草木国土《そうもくこくど》おしなべて、すなわちこれ仏を見て仏法を聞くべき縁《えにし》を結ぶ機縁となることを教えておるのだが、しかし、この哲理をいったい誰がよく領得《りょうとく》していようか…さて。さはさりながら、春夏秋冬《しゅんかしゅうとう》の四季の循環のなかにも、花の咲くこと、実の生《な》ること、この二つはまた特に賞翫《しょうがん》すべきところであろうがな」

ワキ〔カヽル〕「ああ、さても素晴らしい花の姿じゃ…」

アヒ「これはこれは、日本一の上機嫌でおわすと見える。どれ、さっそく申し上げてみよう。もし庵主《あんじゅ》さまに申し上げます。都のほうから、このお庭の桜を拝見したいと申して、ここまで皆様おいでになっておられますが…」

ワキ「なんじゃと、都からと申して、この庵室の花を眺めるために、これまで皆々おいでになっていると、そう申すのか」

アヒ「さようでございます」

ワキ「およそ京の都の花盛りは、どこも素晴らしい眺めだとは言いながら、この西行の庵室の花ばかりは、花もただ一本、私もただ一人にて見ているものを、この花のせいで私がここに隠れているということを、人に知られてしまうことは、さあどんなものであろう…。とは申せ、こんなところまではるばるとやってきた人々の風雅の志を知りながら、こちらもしかるべき志を見せぬまま、なんとしてお帰しすることができようぞ。よしよし、あの柴垣《しばがき》の戸を開いて、こなたへお入れ申しなさい」

アヒ「かしこまりました。さあさ、皆様に申し上げます。ちょうど庵主さまのご機嫌のよろしき折を見計らって申し上げてみたところ、『お見せ申すように』との御事《おんこと》でございますゆえ、急いでこなたへお入りくださいませ」

ワキツレ「承知いたしました」

ワキツレ一同〔カヽル〕「『桜花《さくらばな》咲きにけらしな足引《あしひき》の山の峡《かひ》より見ゆる白雲《しらくも》（あれは桜の花が咲いているのに違いない、山と山の間から見えている白雲…のように見えるのが桜の花であったよ）』と古き歌さながらに、山と山とのはざまから、桜の花が咲いていると見えた、その木《こ》の下《もと》に立ち寄ってみると」

ワキ「私は、世俗の人とはまた違った心で眺めているこの桜花…すなわち、花の下にあって、春の散華《さんげ》と秋の落葉《らくよう》に世の無常を観念しつつ、こうして独り心を澄ましているところだというのに…」

ワキツレ「貴《たっと》き者も賤《いや》しき者もおしなべて、花見《はなみ》に群れる人々の、その出《い》で立ちも人柄も色とりどりながら、風雅を愛《め》でる心の花も今が盛《さか》りと見えるほどに…」

ワキ「せっかく行い澄ましていた我が心も、なにやら昔の世俗に帰ってしまう有り様は…」

ワキツレ「隠れ住むところの山とは言いながら」

ワキ「これではまるで花の…」

ワキツレ「都そのままで」

地〔上歌〕「世捨て人も、この花が咲いたならば、どうして隠れていられようか…この隠れ家の、花にはどうして隠れていられようか…この隠れ家の、所は嵯峨（さが）の奥ではあるが、春に大勢の花見客に訪ねられては、この山までも浮きたつのが浮世の性（さが）だというものを。なるほど、かくては世を捨てたとしても、この世の外《ほか》などという所は無いものを…、さてこんなことでは、いったいどこを私の最期の住処《すみか》として定めたらよいのだろう、いったいどこが最期の住処なのであろうぞ」

ワキ「さてさてみなさん、こんなところまではるばると花を見にお出でになったお心のありよう、返す返すも風雅を極めたものでございます…が、さりとは申せ、こうして世を捨てて住む世外《せいがい》の境《さかい》の友としては、あの花ひとりを持つだけの私ゆえ、この木《こ》の下《もと》に、我が身には客人の到来が待たれるというようなことはございませぬほどに、その花の友のご来入《らいじゅ》など、じつはいささか心外であります…されば、『花見んと群れつつ人の来るのみぞあたら桜の咎《とが》にはありける（花を見ようと思って多くの人が押しかけてくるということだけが、惜しくも桜の罪科《つみとが》というものであったな）』と歌に詠んだとおりのことであった」

地〔下歌〕「惜しくも桜の花陰は日暮れて、やがて月がさし昇ってくる夜の木《こ》の下《もと》に、もはや家に帰ることも忘れて皆共に、今宵は花の下《した》に臥《ふ》して、この夜と共に花を眺め明かそうよ」

シテ〔サシ〕「埋《うも》れ木のように、今私は、人に知られぬ身に沈淪《ちんりん》していること、あたかも古今集の序に『色《いろ》好《ごの》みの家に、埋れ木の人知れぬこととなりて（和歌は、今ではただ色好みの人々の間に、男女の恋のこと以外には人に知られないものとなってしまったが）』と嘆かれているところに近いけれども、いやいや、花鳥風月《かちょうふうげつ》の風雅を愛《め》でる心の花は、なお残っているものを…。なんとそこもとは『花見んと群れつつ人の来るのみぞあたら桜の咎にはありける』と詠じられるか…」

ワキ〔カヽル〕「不思議なことじゃ、あの朽ちた桜木の空洞《くうどう》から、白髪《はくはつ》の老人が現れて、この西行の歌を詠ずる有様…いかにも不思議な人物だな」

シテ「これは夢の中の翁であるが、今そこもとの詠《よ》まれた歌の本意《ほんい》をば、もう少し仔細《しさい》に尋ねたいと、そのためにやって来たのじゃ」

ワキ〔カヽル〕「ふむ、『夢の中の翁』と仰せあるは、夢のうちに現れ来たる人なのであろう。それはそうだとしても、ただ今の我が歌の本意を尋ねたいとは、なにやら歌に疑わしいところがあるのだろうか」
シテ「いやいや、西行上人の御歌に、なんで疑わしいところなどあろうか、とは思いながら、ただ『群れつつ人の来るのみぞあたら桜の咎にはありける』と、こう仰せある、さてその桜の罪科《つみとが》とは、いったいなんでありましょうぞ」
ワキ「いやなに、これはただ、私自身浮《うわ》ついた俗世を嫌って、この山に隠棲《いんせい》しているところに、ただこの桜の花のために都の貴賤諸人《きせんしょじん》が押しかけてくることが厭《いと》わしい…と、そんな思いを少しばかり詠じたまでで…」
シテ「恐縮ながら、そう仰せになるお考えこそ、いささか疑わしいところでございましょうぞ。浮ついた俗世と見るも、隠棲の山と見るも、ただその人の心次第。もとより情も知らず心も無きはずの草木ゆえ、その花に俗世の罪科《つみとが》はあるまいものを…」
ワキ「なるほどなるほど、それは道理《どうり》じゃ。はてさて、このように道理を説かれる、御身《おんみ》はもしや、花の木の精でもあろうか」
シテ「まことは花の精であるが、この木と同じく、我が身も共に老いたる桜の…」
ワキ〔カヽル〕「花はものを言わぬ草木だけれど」
シテ「我には罪科の無い仔細《しさい》を言(ゆ)うために、木綿(ゆう)花の（注、影を導く枕詞）…」
ワキ「影が唇を…ということ、あたかも『誰《たれ》か謂《い》っし花不語《はなものいはず》と、軽漾《けいよう》激して影唇《かげくちびる》を動かす（花は物を言わないなどと、いったい誰が言ったのであろう、花を映している池の水面にさざ波が立てば、花の影は揺れて唇を動かすではないか)』と古き漢詩《からうた》にあるとおり」

シテ「こうして、唇を動かすのじゃ」

地〔上歌〕「ああ恥ずかしい、老木《おいき》の我には、花も少なく枝も枯れ朽ちて、『あたら桜の（惜しくもこの桜は）』などと同情される身になってしまったけれど、ただし『あたら桜の咎にぞありける（惜しくも桜の罪科というものであったな）』と咎められたことの心外さに、花には罪科のない謂れを、申し開くためにやって来た、今開く花の精でございます。総じて心を持たぬ草や木も、花咲き実の生《な》る時節を忘れることがありましょうか。『草木国土悉皆成仏《そうもくこくどしっかいじゃうぶつ》（草も木も、国土ことごとく皆成仏するを得る）』と、それが仏法の理《ことわり》でございましょう」

シテ「ありがたいこと…、西行上人にこうしてお目にかかり、そのご縁に引かれて、仏法のお恵みの露にあまねく浴《よく》することのかたじけなさに、あたかも『花檻前《はなかんぜん》に笑《ゑ》んで、声未《こゑいま》だ聴《き》かず、鳥林下《とりりんか》に啼《な》いて、涙《なんだ》乾《かは》き難《がた》し（花は欄干《らんかん》の前に笑うがごとく咲いているが、その声は未だ聴いたことがない。鳥は林に啼いて、その涙はいつまでも乾くことがない）』と古き漢詩《からうた》にあるとおり、花は物言わずとも笑《え》むように咲き、鳥は林に啼いて泣いて、その涙は尽きる時がない」

地〔クリ〕「そもそも、古き漢詩に『朝《あした》には落花《らくくわ》を踏《ふ》んで相伴《あひともな》つて出《い》づ、暮《ゆふべ》には飛鳥《ひてう》に随《したが》つて一時《いちじ》に帰《かへ》る（朝には落花を踏んで友と共に出かけ、夕べには飛ぶ鳥が塒《ねぐら》に帰るのに随って時を同じくして帰る）』と歌うてある通りの春の遊楽《ゆうがく》…」

シテ〔サシ〕「九重《ここのえ》の雲の上なる宮居《みやい》には咲くとも、花は八重桜《やえざくら》にて」

地「さていったい幾代《いくだい》の御世《みよ》の春を重ねてきたのであろう」

シテ「そういうなかで、花の名高いものは」
地「まず真っ先に初花《はつはな》を急ぐという近衛殿《このえどの》の糸桜《いとざくら》」
地〔クセ〕「『見渡せば柳桜《やなぎさくら》をこき交《ま》ぜて、都《みやこ》ぞ春の錦《にしき》なりける（こうして見渡すと柳の芽吹き桜の花の色々をかれこれ混ぜ合わせて、この都の景色こそが春の錦というものであったよ）』と詠《なが》めたる、その春の錦は燦然《さんぜん》ときらびやかに輝いている。千本《ちもと》の桜を植え置いて、その艶《あで》やかな色を所の名にも見せている千本《せんぼん》の桜の花盛りを、行けば花の雲の道を通うにも似て、散ればその花びらは雪とも見えて残るであろう。また、東山の毘沙門堂《びしゃもんどう》の花盛りの美しさは、須弥山《しゅみせん》にあるという四王天《しおうでん》の栄華もとうてい及ぶまい。上のほうには黒谷《くろだに》、また下河原《しもがわら》の花々や、昔僧正遍照《そうじょうへんじょう》が……」
シテ「浮ついた世を厭うて隠遁《いんとん》したという華頂山《かちょうざん》に」
地「鷲《わし》の御山《みやま》という霊鷲山《りょうじゅせん》の花の色を思うほどに、釈迦入滅《にゅうめつ》のその時に、沙羅《しゃら》の木の花が、枯れて鶴の羽《は》の如く白く色を変じた故事までも思い合わされて、心に深く感じ入る。清水寺《せいすいじ》の地主《ぢしゅ》の桜に、松吹く風の音も高き音羽山の花、そしてこの嵯峨の里はまた、嵐山や戸無瀬《となせ》の激湍《げきたん》に、たぎり落ちる滝（たき）の波にまで、花は大（おお）いに散り落ちる大堰川（おおいがわ）の、その堰《せ》きとめた川面《かわも》にも、雪のように花は散りかかっていることであろう」
シテ「ややっ、あれは数多く打つ時の鼓よ」
地「さては暁も近き後夜《ごや》の鐘の音、その響きも相添《あいそ》うて聞こえてくる」
シテ「ああ、名残惜しい、夜の遊楽よな。惜しむべし、惜しむべし、再び得難いものは時、また逢い難いものは友というべきぞ。『春宵一刻値千金《しゅんせういっこくあたひせんきん》、花に清香《せいきやう》有り月に陰《かげ》有り（春の宵は一刻が千金にも値する、見よ、花には清らかな香りがあり、月はぼおっと霞んでいる）』と歌うた漢詩さながらの、この美しい春の夜の…」

（序之舞《じょのまい》）

シテ〔ワカ〕「花の影はふわりと白く見え、そのあたりから明け初めて…」

地「『明くる間の鐘をも待たぬつらさかな夜深《よぶか》き鳥の声に別れて（こうして夜が明けることを告げる鐘の音も待たずに早くも帰っていかねばならぬ辛さよ、いままだ夜深きに一番鶏の声に急《せ》かされて別れては…）』と嘆いた歌は後朝《きぬぎぬ》の別れ、今、明け六つの鐘もまだ聞こえぬというに、後朝でもあるまいに、はやくも別れなくてはならないのか、そんな別れがあるものか、そんな別れがあるものか」

シテ「いや、待てもう少し、もう少し。夜はまだ深いぞ」

地「や、なるほど白んで見えたのは、花の影であったよな。外はまだ小暗（おぐら）い小倉（おぐら）の山陰に残る夜の闇にまだ残る夜桜（よざくら）の、その花を枕にして見ていた」

シテ「夢は、覚めてしまった…」

地「夢は覚めてしまった、嵐山の花も夜嵐に雪と散っては地に敷いたほどに、かの名高き漢詩に『花を踏んでは同じく惜しむ少年の春（散り敷いた花を踏んでは、友と心を同じくして惜しむ少年の春よ）』と詠嘆したごとく、惜しむべき春の夜は、ついに明けてしまったのであろうか、もはや老い古《ふ》りた桜木ばかりが残って、かの翁は跡形《あとかた》もなく消えてしまった、翁の姿は跡形もなく消えてしまった」

桜川《さくらがわ》

前シテ　母
後シテ　（同人）狂女
子方　桜子
ワキ　磯部寺の住僧
ワキツレ　従僧（二〜三人）
ワキツレ　里人
ワキツレ　人商人

ワキツレ（**人商人**）〔**名宣**〕「ここにまかり出た者は、東国《とうごく》の方《ほう》の人買い商人《あきびと》でござる。自分は、ここ久しく都にいたのでござるが、この度は、筑紫《つくし》（注、九州の意）なる日向《ひゅうが》の国へまかり下り来たところでござる。また、昨日の暮れごろに、幼き人を買い取ってござる。その人が申されることには、『この手紙と、身代《みのしろ》金《きん》とを、桜《さくら》の馬場《ばば》の西辺《にしあた》りで桜子《さくらご》の母と尋ねていって、たしかに母に届けてほしい』と、そのように仰せなさるほどに、只今桜子の母のもとへと急ぐところでござる。さてさて、この辺りのようじゃな。まずまず案内を乞《こ》いたいと存ずることでござる。もしもし、案内を乞い申します。桜子の母はおいでござろうか」

シテ「どなたでございましょうぞ」

ワキツレ「さよう、ここに桜子の御許《おんもと》よりお手紙がござる。またその文《ふみ》と一緒に、これこうして身代金を確かにお届け致せと、そのように仰せなされたほどに、ここまで持ってまいったのでござる。さあ間違いなく、確かにお届け申しまするぞ」

シテ「ああ、思いもかけぬことよ、まずまず、その手紙を見てみることにいたしましょう」

シテ〔文〕『さてもさても、この何年間かの母上さまのご様子は、見るにつけても余りの悲しさに、わたくしは人買い商人に自分の身を売って、東国のほうへ下ることになりました…』なな、なんと、その子は決して売るなんてことはできぬ子でございますものを、やや、ああ、悲しいことよ…と文を読んでいるうちに、今の人もはやどこかに行方《ゆきがた》も知れずになってしまったが、これは、どうしたものであろう…

〔文の続き〕『これを世を厭《いと》う機縁《きえん》として、どうか、ご出家なされて尼に姿をお変え下さいませ。ただただ、返す返すも、おん名残《なごり》惜しいことでございます』

地〔下歌〕「名残惜しいのであれば、どうして一緒に暮らさずに、この母と別れるのであろうか」

地〔上歌〕「独り身《み》にて貧しく伏(ふ)せ暮らす草葺《くさぶ》きの伏屋(ふせや)の戸の、独り身にて貧しく伏せ暮らす伏屋の草の戸を、開(あ)けたり閉めたりして明(あ)け暮れする日々、辛い時も子を見ればこそ心も慰められるというものじゃに…、かくなる上は我が信じて頼みにしている、神様の木華開耶姫《このはなさくやひめ》さま、あの子は姫さまの御氏子《おんうじこ》にあたるものを、どうか桜子を引き留《と》めてくださいませ、それでなくとも住み憂(う)き思いでうかうかと暮らす故郷《ふるさと》なるに、今こうなっては何を頼みにこの辛い明け暮れを、堪《た》えて住むことができようか、そんな我が身でもないほどに、それならいっそ我が子の行方《ゆくえ》を尋ねようと、泣く泣く故郷《ふるさと》を迷い出でて行く、泣きながら迷い出でて行く」

〔中入〕

ワキ・ワキツレ〔次第〕「ようやく待ちに待った桜狩りの季節になった、やっと待ちに待った桜狩りの頃になったほどに、山路《やまじ》の春へと急ぐことにしよう」

ワキ〔名宣〕「これは常陸《ひたち》の国の磯部寺《いそべでら》に住まいする僧でござる。また、ここに連れている幼き人は、どこの誰とも知らぬ者ながら、愚僧を師匠として頼りたいということを仰せでござるほどに、師弟の契約をいたし申してござる。また、この辺《あた》りに桜川《さくらがわ》といって桜花の名所がござる。今その桜が盛りじゃと申すほどに、幼き人を伴ない、只今桜川へと急ぐところでござる」

ワキ・ワキツレ〔道行〕「『筑波嶺《つくばね》のこのもかのもに影はあれど君がみかげにます影はなし（筑波山のこなたにあなたに木陰はあるけれど我が君のお陰（かげ）よりも勝《まさ》る影（かげ）など世にありはせぬ）』と古歌に歌うてあるが、見れば筑波山のこなたにあなたに桜は花盛り、こなたにあなたに花盛り、雲のごとくに咲く花の林の木陰（こかげ）は繁りあって、緑の空もその色に映（うつ）ろうかと見え、空の緑が移（うつ）ろう松の葉の色も春めいて、折しもの春嵐《しゅんらん》も花を吹き散らしては水面《みなも》に浮かぶ花の波、その名のとおりの桜川にも着いたことだ、桜川にも着いたことだ」

ワキツレ（里人）「ちと申し上げます。どういうわけでこんなに遅くお出でになったのでございますか。お待ち申しておりました」

ワキ「さよう、こうして皆々お供を申すことになったほどに、なにかと手間《てま》がとれて遅くなったのでござる。ああ見事じゃなあ。花は今が盛りと見えてござる」

ワキツレ「まことにさようで、花は今が盛りでございます。またここに、面白いことがございます。ちょうど女物狂《おんなものぐるい》がまいっておりますが、それが美しい抄網《すくいあみ》を持って、桜川に流れている花びらを抄《すく》うのでございますが、まことになみなみならず面白く舞う芸をいたします。これに暫くお休みくださって、幼い人にもその物狂《ものぐるい》の手わざを見せてあげてくださいまし」

ワキ「それならば、その物狂をばこちらのほうへお呼びなされよ」

ワキツレ「心得《こころえ》ましてございます。…おいおい、あそこにいる物狂に、いつものとおり抄網《すくいあみ》を持って、こちらのほうへ来るようにと申し付けよ」

後シテ〔カヽル〕「もし、そこもと道行《みちゆ》くお方にお尋ね申します。あの桜川には、もう花が散っておりますでしょうか。…なんと、もはや散りかかっている、というのでございますか。ああ、悲しいかな、それでなくても過ぎ去り易い春の、その春の水が、流れゆく花を誘うのでもございましょうか」

シテ「『花散れる水のまにまにとめ来れば山にも春はなくなりにけり（花の散っている川水に沿って、花を求めて来てみれば、もはや上流の山にも、春はなくなってしまっていた）』と古歌にも歌うてあると聞くほどに、ここに少しの間《ま》でも足を停めてみると、肝心の花にはもはや縁遠くなって、ただ水面を雪のように蔽《おお》って流れている花びらの色ばかり、その桜花《さくらばな》よ」

〔翔《かけり》〕

シテ〔一セイ〕「『桜花ちりぬる風のなごりには…（桜花を散らしてしまった風のなごりとしては…）』」

地「『水なき空に浪ぞ立ちける（水もないはずの空に花びらの浪が立っている）』と古歌にも歌われている景色を目にしては」

シテ「わたくしの思いも深くして、その花の雪が深く積っているさまに」

地「散るものは花ばかりでなく涙もまた流れ散るそれは涙の、川のようだ」

シテ〔サシ〕「ここに罷り出でましたる物狂《ものぐるい》の、故郷《こきょう》は筑紫（つくし）なる日向《ひゅうが》の国の者、さしも恩愛《おんあい》の思い深き子を失って、思いは乱れ心尽(づ)くしのあまり、その筑紫(つくし)の海山《うみやま》を越えて箱崎《はこざき》の、波の立(た)ちいる港から立(た)ち出でて、やがて須磨《すま》の浦を過ぎ、またその先に駿河《するが》の海も過ぎゆきて、多くの日(ひ)も経(た)ちこの常陸(ひたち)とかいうところまで下って来た。まことに親子恩愛の道に引かれてのことでなかったら、こんなに遥々《はるばる》とした旅を、どうしてすることができようか」

シテ「ここにまた、その名も世上に普《あまね》く流布《るふ》している桜川といって、まことに趣深《おもむきぶか》い名所がある」

シテ「別れた子の名前も桜子なのだから、その形見《かたみ》といい、花咲く今の季節柄といい、名も懐かしい桜川に」

地〔下歌〕「散っては浮く花の雪を汲みとって、自(みずか)らこの水(みず)から汲み上げた花、その花衣《ごろも》をば春の形見に残そうよ」

地〔上歌〕「散る花も渡る鳥も、いずれ立ち別れるのが定めとはいえ今こうして立ち別れた親と子が、立ち別れてしまった親と子が、たがいの行方《ゆくえ》も知らずして天離《あまざか》る（注、空の彼方《かなた》へ離れてゆくという程の意味だが、ここは次の「鄙《ひな》」を導く枕詞《まくらことば》）、鄙《ひな》へ下る長旅に我が面立《おもだ》ちもすっかり衰えてしまったほどに、仮に逢えても親と子互いにその顔を見忘れていたならどうしようぞ。古き歌に『難波津《なにはづ》に咲くやこの花冬籠《ふゆご》もり今は春《はる》べと咲くやこの花（難波の海辺に咲いている木《こ》の花よ、しばしは冬籠もりをしていたけれど、今は春になったとばかり咲くよ木の花が）』と歌うてあったごとく、この寒い暫くの間こそ冬籠もりして花は見えなかったとしても、今はもう春になっているものを、我が子桜子のその花はなぜ咲かぬのか、我が子の花はなぜ咲かぬのか」

ワキ「なるほど、あの里人の言っていたのは、この物狂のことであるようじゃ。ちと立ち寄って尋ねてみたいと思うのでござる。ああこれこれ、そこな狂女《きょうじょ》。そなたはどこの国のどの里の人かな」

シテ「これは遥か遠くの筑紫の者でございます」

ワキ「それではそこもとは、どういうわけでそのように狂乱《きょうらん》の姿となっているのであるか」

シテ「さようでございます。ただ一人おりました忘れがたい形見(かたみ)の幼子《おさなご》に生きながら離れてしまいましたほどに、思いが乱れたのでございます」

ワキ「おお、それは気の毒なことじゃ。また、ふと見申すにそこもと美しい抄網《すくいあみ》を持ち、川面《かわも》を流れる花びらを抄《すく》い、あまつさえその花を鑽仰《さんぎょう》する風情《ふぜい》が見えなさることじゃが、それはどういうことなのでござろうか」

シテ「さようでございます。我が故郷《ふるさと》の神様は木華開耶姫《このはなさくやひめ》と申しまして、その御神体《ごしんたい》は桜の木でいらっしゃいます。ですから、別れた我が子もその姫神《ひめがみ》の御氏子《おんうじこ》なので、桜子と名をつけて育てておりましたところ」

シテ〔カヽル〕「神のお名前も開耶姫《さくやひめ》、我が尋ね求める子の名も桜子にて、またこの川も桜川とあっては、その名も懐かしいほどに、水面《みなも》に散(ち)り置いた花の塵(ちり)も、無駄にはすまいと思うのでございます」

ワキ「ことの謂《い》われを聞けば興深《きょうぶか》いことよ、なるほど何事にも縁《えん》というものがあるのであったよなぁ。それほど遠い筑紫から、この東路《あずまじ》の桜川まで、お下《くだ》りなさったということも縁《えん》というものよのう」

シテ「まずこの川が桜を名に負《お》うていること、それが都から遥か遠くにあるということに就いて名誉《めいよ》とすることがあります。それ、あの貫之《つらゆき》の歌はどうでありましょうか」

ワキ〔カヽル〕「おお、なるほどたしかに昔の貫之も、遥か遠く離れた花の都から」

シテ「いまだ見たこともない常陸《ひたち》の国に」

ワキ「『その名も桜川と…』」

シテ「『いう川があると聞いて』（注『後撰集』に「さくら河といふ所ありと聞きて」と詞書《ことばがき》あり）」

地〔上歌〕「『常《つね》よりも春《はる》べになれば桜川…（春の頃になるとあの桜川では、常よりも…）春べになれば桜川、波の花こそ（波に散り浮く花が）、間《ま》なく寄《よ》すらめ（隙間《すきま》もなく岸に寄せていることであろう）』と詠んでいるので、花の雪（ゆき）も貫之（つらゆき）もその古き名ばかりが今に残る世の、桜川の、瀬々《せぜ》の白波《しらなみ》がしきりに立つので、そのあたりの霞（かすみ）を押し流し、霞ヶ浦（かすみがうら）なる信太《しだ》の浮島（うきしま）をくっきりと浮（う）き上がらせ浮き上がらせて、また浮かべ浮かべている水面《みなも》の花びらの景色はまことに興深い川瀬《かわせ》よな、なるほど面白い川瀬よな」

ワキ「ああこれこれ、ちと伺いたい、この物狂は面白く狂うて芸をすると仰せであったが、今日はどうして狂って見せぬのじゃ」

ワキツレ（里人）「さようでございます、あの者を狂わせるにはやり方がございます。まずもって『桜川に花の散る…』と、このように声を掛け申すなら、きっと狂いますほどに、まずは一段狂わせてお目にかけるといたしましょう」

ワキ「ならば、急いでお狂わせなされよ」

ワキツレ「心得ましてございます。では…『おやおやこれは残念な、俄《にわか》に山颪《やまおろし》が吹いて桜川に花が散りますぞ』」

シテ「これはわけもなき事を言（い）う、夕（いう）べの山風が、奥山の桜花の散るを誘うものとみえる。どれ、流れ去る前に、この花を抄《すく》いとろう」

ワキ〔カヽル〕「なるほどなるほど、見てみれば山颪《やまおろし》が、木々の梢《こずえ》に吹き落ちて」

シテ「こうして積る花の水嵩《みかさ》は真白にして」
ワキ「白波かと見れば上のほうから散ってくる」
シテ「桜か」
ワキ「雪か」
シテ「波か」
ワキ「花かと」
シテ「浮き立つ雲のあたりから」
ワキ「吹いてくる川風に」
地〔次第〕「散るからこそ波にも花の咲(さ)く桜川(さくらがわ)、散るからこそ波に花咲く桜川、どれ流れる花を抄おうよ」
シテ〔一セイ〕「『花の下《もと》に帰《かへ》らんことを忘るるは美景《びけい》に因《よ》つてなり(花の咲いている下で帰ることを忘れてしまうのはそのあまりに美しい景色のせいなのだ)』と古き漢詩《からうた》にも謳《うた》われたとおり、わたくしもこの美景を目の当《ま》たりにして帰ろうことも忘れて、忘れ水が(注、忘れ水は野中《のなか》を人知れず流れる川の意味の歌語)」
地「雪を受(う)けたるごとくに桜を浮(う)けたる、この花の袖」
〔イロエ〕
シテ〔クリ〕「古き禅語《ぜんご》に『落花流水《らくかりうすい》甚《はなは》だ茫々《ばうばう》(花が落ちて水に流れてゆくその様はどこまでも果てしがない)』とあるごとくに、今この水の流れに花が落ちている景色を見れば、春は果てしもなく永遠にあるかのようだが」

地「また『月冷《つきすさま》しく風高《かぜたか》し古岸寒檜《こがんかんくわい》（月は冷ややかに風は高く吹いて、淋しい岸べには孤独な檜《ひのき》が立っている）』とも詠じてあるが、我が心はそのように寒々《さむざむ》と孤独で、この孤独な心に鶴が帰ってくることがない…愛《いと》しい我が子は帰ってこない」

シテ〔サシ〕「『岸花紅《がんくわくれなゐ》に水を照らし、洞樹緑《とうじゆみどり》に風を含む（岸辺に咲く花は紅に水面《すいめん》を照らし、仙人が洞中《とうちゆう》に植えた樹は緑色にして枝に風を含んでいる）』とも古き漢詩《からうた》に謳い」

地「禅語にはまたこうも言ってある。『山花開《さんくわひら》けて錦《にしき》に似たり、澗水湛《かんすゐたた》へて藍《あゐ》の如し（山の花々が満開になって美しいことは錦に似ている、澗《たに》の水はたっぷりと湛《たた》えてその色は藍のごとくである）』」

シテ「ああ面白い、その面白さに思わずここに浮かれて来てみれば」

地「その名も懐《なつ》かしくして、我が子と同じ名の桜川の、『一樹《いちじゆ》の蔭《かげ》に宿り一河《いちが》の流れを汲むも他生《たしやう》の縁《えん》（たまたま同じ樹の木陰に宿り、または同じ河の水を汲むだけの縁であっても、じつは前世からの因縁があってのこと）』とやら諺に申すごとく、いまこうしてこの流れの水を汲むほどに初めて知った、その名も花の名所にふさわしい桜川とは、まさによく名《な》と実《じつ》とが合（あ）った所ゆえに、ここで桜子に逢（あ）ったなら、これもまた他生《たしよう》の縁というべきであろう」

地〔クセ〕「さてさて、古き歌に『年を経《へ》て、花の鏡となる水は、散りかかるをや、曇《くも》ると云ふらん（もう長いこと花の鏡となってきた川水は、花が散（ち）りかかると水面が見えなくなるから、なるほど塵（ちり）かかると鏡が見えなくなるのを曇るというのであろうか）』と歌ってあるごとくに、まことにこうして散り落ちてしまえば、その後は塵《あくた》となる花だったと、思い知るほどにさて我が身もこの先はどうなっていくのであろうか。いやいや、その我が身とてもしょせんは夢のように儚《はかな》いものを、散るのは花のみだと見ることの儚さよ。

さればこれも古き歌にこうも詠《なが》めてある…『枝よりもあだに散りにし花なれば落ちても水の泡(あは)とこそなれ（あの枝からも儚くも散ってしまった花だけに、落ちても水の泡のように儚く流れて消えることよ）』と…そのごとくに梢《こずえ》から、儚く散った花ゆえに、水面《みなも》に落ちても水の泡(あは)と消え去ることの哀(あは)れさも、いざ知(し)らずして白波(しらなみ)の上に浮かべる花を愛《め》で馴れていたことも、今となっては先立たぬ後悔というもの、これも古歌に『先立たぬ悔《く》ひの八《や》千度《ちたび》かなしきは流るる水のかへり来《こ》ぬなり（後悔先に立たずと言いながら今八千回悔いたとしても及ばぬほど悲しいのは一旦流れ去った水は二度と帰っては来ないことだ）』と嘆いてあることも身に沁みる。そういえばまた『百千鳥《ももちどり》花に馴《な》れたるあだしめははかなき程も羨まれけり（うぐいすが、花に馴れてはあちらの花こちらの花と移り気に暮らしているのは、それがほんのかりそめばかりの身の上だと知っていても羨ましく思われてならぬ）（注、この歌、謡本の注には『古今六帖』の歌とするが、現存の諸本には見えない。『三流抄』所引の原歌はこのまま「あだしめ」に作る。「あだしみ」の訛であろう）』と歌う古歌さながらに花に馴れたる鶯《うぐいす》の徒《あだ》し身《み》（注、移り気な様）が羨ましく思われて、思えば、『花を愛《め》で、鳥をうらやみ、霞《かすみ》をあはれび、露《つゆ》をかなしぶ心、ことばおほく、さまざまになりにける（花を愛で、鳥の自由な身を羨み、霞に心動き、露の儚さを悲しむ心、そのように動く心も様々多きがゆえに、様々の歌となったのである）』という『古今集』の仮名序さながらに心動いて、という心で狂うのじゃ」

シテ「それにしても、名にのみ聞いて遥々《はるばる》と」

地「思い渡ってきた桜川の、波のかかる常陸(ひたち)の国に、名高き常陸帯(ひたちおび)は、神の御前《みまえ》に掛(か)けて恋を願うとかや、せめてはその託言《かごと》（注、ここでは願い事というほどの意味）にもなろうかと、水面に散る花を無駄にはすまいとて、水を堰《せ》きとめ雪のような花びらを湛《たた》えて浮く波の、花の柵《しがらみ》を掛(か)

けるのは、古歌に『桜散る水の面《おも》にはせきとむる花の柵《しがらみ》掛くべかりけり（桜が散っている川の水面には落花が流れ失せないように堰《せ》き止める柵《さく》をかけておけばよかった）』と歌うた心、そうして、かけまくもかたじけなき神に祈る…これとても、木華開耶姫《このはなさくやひめ》の御神木《しんぼく》の桜の花であるから、『春風は花のあたりを避《よ》ぎて吹け心づからやうつろふと見ん（春風よ、その桜の花のあたりを避《よ》けて吹いてくれ、桜が風に吹き落されるのでなくて自らの心で散るのかどうかを見たいから）』と古歌にあるように、風よどうかその花のあたりを避《よ》けて吹いておくれ、そして花の影を映している水を濁《にご》してくれるなと、そんな願いばかりにわたくしはこの袂《たもと》を水に浸《ひた》し裳裾《もすそ》も濡らし萎《しお》れさせて、花に寄るほどに神にも寄る辺《べ》の水を堰き止めて、さあ、桜川になそうよ」

シテ「とはいえ古歌に『花見《はなみ》んと群《む》れつつ人の来るのみぞあたら桜の…（花を見ようとして群れになって人がやって来るそのことだけが惜しくも桜の…）』」

地「『…あたら桜の咎《とが》にぞありける（惜しくも桜の欠点であったよ）』と歌うてあるけれど、いやいや惜しくも桜の欠点というべきは、ただ散ることだけが怨みであったこと、まことにこれも古歌に『花も憂《う》し嵐もつらしもろともに散ればぞ誘《さそ》ふ（花も悩ましい、嵐も辛い、いつもいっしょで、花が散れば風を誘い…）』」

シテ「『…誘へばぞ散る（…風が誘えば花が散るのだから）』と歌うてある…その散る花の蔓《かづら》を」

地「ただかけて詠《えい》じたのは」

シテ「『ももしきや大宮人《おほみやびと》の玉鬘《たまかづら》かけてぞなびく青柳《あをやぎ》の糸《いと》（百敷《ももしき》の大宮人が美しい鬘をかけて靡《なび》いているような、あの青い柳の糸のような枝よ）』と古歌にも歌われた青柳の糸にもなぞらえるべき糸桜《いとざくら》」

地「霞《かすみ》の晴れ間《ま》には」

シテ「あの『源氏物語』の紫上にも喩えられたる樺桜《かばざくら》」

地「雲かと見えたのは」

シテ「三吉野《みよしの》の…」

地「三吉野の、三吉野の、川の淀《よど》みや滝の波の、花を抄《すく》ったならば若《も》しや、国栖魚《くずいお》（注、鮎の異名）がかかるであろうか、花が吉野川に落ちて国栖魚となると言い伝えてあるほどに、またの名を桜魚《さくらいお》という、そんなふうに聞くも懐かしいことよ。いずれも白妙《しろたえ》の、花も、桜も、雪も、波も、みなそれぞれに、抄い集めて持ってはみたけれども、これは木々の花に過ぎぬもの、本当は、我が尋ねる、桜子こそが恋しいよ、我が桜子こそが恋しいよ」

地〔ロンギ〕「これはどうしたことじゃあの狂人の、言《こと》の葉《は》を聞けばなんと不思議なことよな。もしやそなたは筑紫の人であろうか」

シテ「今までは、こなたは誰ともいざ知（し）らぬものを不知火（しらぬい）で名高い、筑紫の人かとお訊《たず》ねになるのは、なんのためにお問いになられるのやら」

地「さては何を今更《いまさら》隠しだていたしましょうや。さあ、親子の契《ちぎ》りは朽《く》ちてはおらぬ、その花の桜子がここにおるぞ、ご覧ぜよ」

シテ「なに、桜子と…桜子と、聞けば夢かうつつか見分けもつかず、さあ、どの子が私の子でしょうか」

地「三年《みとせ》という日数のずいぶん長い時が経って、別れは遥か遠くなり、その遠く離れた親と子の」

シテ「昔の姿とはすっかり変ってしまったけれども」

地「それでも昔見馴れていた面《おも》ざしを」

シテ「よくよく見れば」

地「桜子の、桜の花のように美しい顔ばせの、これは我が子であったぞよ鶯《うぐいす》の、鶯鳥（おうちょう）の子に逢（お）う時も鳴く声こそは、嬉し泣きの涙であったぞや」

地〔キリ〕「こうして親子一緒に故郷に立ち帰り、こうして一緒に立ち帰り、母をも助けつつやがて諸共《もろとも》に様《さま》を変えて出家し、成仏《じょうぶつ》するための機縁《きえん》ともなったのであった。親子は二世《にせ》の契《ちぎ》りと申すとおり、二世に亘《わた》る安楽《あんらく》の縁《えん》も深き、親子の道は世にも希有《けう》なることである、親子の道はありがたくも希有なることである」

須磨源氏《すまげんじ》

前シテ　尉
後シテ　光源氏
ワキ　藤原興範
ワキツレ　従者たち
アヒ　里人

ワキ・ワキツレ〔次第〕「八重《やえ》の波立つ海路《うなじ》もはるかな旅の空、八重の波立つ海路もはるかな旅の空、九重《ここのえ》の雲の上なる都はどこであろうか」

ワキ〔名宣〕「さてもさても、これは日向《ひゅうが》の国、宮崎の神社に仕《つか》える神官にて、藤原《ふじわら》の興範《おきのり》と申すは自分のことである。しかるに自分は田舎に住まいしておるゆえ、未《いま》だ伊勢大神宮《いせだいじんぐう》へ参詣いたしてござらぬほどに、この度《たび》思い立って、伊勢参宮に志したことでござる」

ワキ・ワキツレ〔道行〕「旅の衣を裁(た)ちて着て、思い立(た)ちたるその朝《あさ》に立(た)ち込めたる朝霞《あさがすみ》、思い立ちたるその朝に立ち込めたる朝霞、春弥生《はるやよい》の空も月半《なか》ばにて、日の光も長閑《のどか》な海を行く舟の、浦々を過ぎてはるばると、波の泡(あわ)立つ淡路(あわじ)島を遠く見て、須磨の浦にも着いたことだ、須磨の浦にも着いたことだ」

ワキ「おいおいと急いでまいったほどに、摂津《つ》の国、須磨の浦に着いてござる。この所は、噂に聞き及んでいる光源氏の大将が住んでおられた在所《ざいしょ》でござる。それについてまた、源氏の君が植えさせたと聞き及んでいる『若木《わかき》の桜』をも、さっと見物したいものと思うことでござる」

シテ〔**一セイ**〕「この辛《つら》い俗世《ぞくせ》を渡るなりわいの業《わざ》に、今も懲（こ）りずまに（注、懲りぬままに、の意）住（す）む、須磨（すま）の里に、今もなお樵（こ）り尽《つ》くさぬものは、塩焼くための柴木《しばき》よな」

シテ〔**二ノ句**〕「遠くに霞む松の影でもないところにまた煙っているように見える、おお、これこそはまさにその塩焼く柴の、煙の影であろうぞ」

シテ〔**サシ**〕「これは須磨の浦に、朝《あした》に夕べに釣り糸を垂れ、塩を焼かぬ隙《ひま》には、そのための柴木《しばき》を運び、辛い俗世を渡っている者でござる。またこの須磨の山陰に、一木《ひとき》の桜がござる。これこそは、光源氏が庭に植えさせた木として、その名も高き『若木《わかき》の桜』に相違ない。さればいにしえ、光源氏がお住まいになっていた旧跡も、此の所であるらしく思われる」

シテ〔**下歌**〕「それがしなどは賤《いや》しい身の上であるが、その昔の『雨夜《あまよ》の品定《しなさだ》めの物語』（注、『源氏物語』帚木《ははきぎ》の巻で頭中将《とうのちゅうじょう》や左馬頭《さまのかみ》らが女性論を闘わす有名な場面）を」

シテ〔**上歌**〕「聞くにつけても懐かしさに涙に袖を濡らして、聞くにも袖を濡らしては、山の薪《たきぎ》は重（おも）いけれどもその上に、思（おも）いは頻（しき）りに起るゆえ、樒（しきみ）の枝をも折って添え持ち、これぞ光源氏にゆかりの古墳だという木綿（いう）花《ばな》の、手向《たむ》けにせんと梢を折（お）りては、折々（おりおり）に回向《えこう》の心でお参りするばかりなのじゃ、回向の心でお参りするばかりなのじゃ。どれ、しばらくこの柴を下ろして、花でも眺めようと思うことでござる」

ワキ「これこれ、そこなる老人に尋ねたいことがござる」

シテ「何事でござろうか」
ワキ「見ればその身は賤しい山賤《やまがつ》ではあるが、あたかも『花の下《もと》に帰らむことを忘るるは美景《びけい》に因《よっ》てなり』と詠《えい》じたる漢詩《からうた》さながらに、この花に眺め入って帰る家路を忘れた様子じゃ、もしや、この桜花はなにか由緒のある木でござろうか」
シテ「賤しい山賤じゃと仰せじゃが、恐れながら、そういうそなたのほうこそ、田舎人《いなかびと》と拝見申してござる。さはさりながら、この須磨の『若木《わかき》の桜』を、名木《めいぼく》かとのお訊ねは、分かりきったることを今更にお訊ねなさることよ」
ワキ〔カヽル〕「そうかそうか、なるほど須磨の山桜のなかでも、名に負《お》うて知られた『若木の桜』の花だとあって、はるばる此処《ここ》まで分け入って」
シテ「わざわざ賞翫《しょうかん》したいとの御志《おんこころざし》ながら」
ワキ「早くも日暮《ひぐ》れてあたりも静(す、)みゆく須磨(す、ま)の浦の」
シテ「かくては須磨の里にもお泊(と、)、、まりにはならずして」
ワキ「野を分けて山に」
シテ「来なさったのは」
地〔上歌〕「名高き歌枕の『須磨の関』よりも、この花に心止(と、)、、まるゆえであろうか…この須磨の浦に、花に心止まるか須磨の浦に、近い後ろの山里の、柴というような物までも、かの源氏の物語に『煙のいと近く時々《ときどき》立ち来るを、これや海士《あま》の塩焼くならむとおぼしわたる（煙がすぐ近くに時々立って通《かよ》って来るのを、これがあの歌にも歌われる海士の塩焼く煙であろうとお思いになる）』と書かれてあるほどに、須磨の塩木《しおき》として名を取（と）り得たる名物、それもとりどりの身分に応じたなりわいの業《わざ》であるものを、ただ風情《ふぜい》もなき田舎住まいだと、人よどうか賤しく見てくださるな、人よ賤しく見てくださるなよ」

ワキ「どうじゃご老人、いにしえこの所は光源氏のご旧跡の由、しかもそなたはずいぶん年長《た》けた者じゃほどに、光源氏の御事跡を物語ってくだされよ」

地〔クリ〕「もうすっかり忘れて過ごしていたいにしえを、語ったならば涙で袂《たもと》が萎《しお》れるであろう。我今かの『空蝉《うつせみ》』…すなわち蝉の抜け殻のように空虚なこの世を案じてみるに、『桐壷《きりつぼ》』の御方《おんかた》空しくなられて、野辺《のべ》の送りの夕べの煙と消えたことは、桐壷の帝には堪え難き物思いの、その涙を添えて…」

シテ〔サシ〕「『いとどしく虫の音《ね》しげき浅茅生《あさぢふ》（こんなに夥《おびただ》しく虫も鳴き私も泣く草深《くさぶか》い野）』の…」

地「『…（その浅茅生に）露おき添ふる雲の上人《うへびと》（そんな草深い宿に、なおもまた、新しく涙の露を添えてくださる雲の上人ですこと）』と桐壷の御方の母君は、露と涙に濡れそぼった草深い宿に、日を明かし暮らしていたが、桐壷の帝が『宮城野《みやぎの》の露吹きむすぶ風の音《ね》に小萩《こはぎ》がもとを思ひこそやれ（この宮居《みやい》の野を吹く風音《かざおと》を聞くにつけても、もしや、あの小さな萩の花に障《さわ》りはせぬだろうかと、ただ思いやられるばかりだ）』と、光君《ひかるきみ》の淋しい身の上にまで御心をかけ給うて、篤《あつ》く育《はぐく》んでくださった御《おん》恵み…」

地〔上歌〕「そのまことに恐れ多い帝の御命令により、光君は、十二歳にて元服し、高麗国《こうらいこく》の人相見《にんそうみ》が、その名を付けた初めから、光源氏と名を呼ばれたのであった。『帚木《ははきぎ》』の巻では近衛《このえ》の中将《ちゅうじょう》となり、『紅葉《もみじの》賀《が》』の巻にて、正三位《じょうざんみ》に叙《じょ》せられ、『花宴《はなのえん》』の巻の春の夜には、『照りもせず曇りもはてぬ春の夜の朧月夜（おぼろづきよ）に似るものぞなき（皓々《こうこう》と隈無《くまな》く照るのでもなく、曇ってまったく見えぬでもない、ただ夢のようにほんのりと見えている春の夜の朧月夜ほどすてきなものはない）』と歌うていた女君《おんなぎみ》と、先々《さきざき》まで朧（おぼろ）けならぬ契りを結んでは、『深き夜のあはれを知るも入《い》る月のおぼろけならぬ契りとぞ思ふ（あなたが深夜の情趣をご存じなのも、西に入（い）る月が朧（おぼろ）けならず光っている、その光ではないが、こうしてここに入（い）る私との間に、朧けならぬ因縁があったからだとわたくしは思いますぞ）』と嘯《うそぶ》いた、その朧けならぬ契りのせいで、やがて二十五歳というその年に、摂津の国の『須磨』の浦に流寓《りゅうぐう》して、あたかも海士人《あまびと》のようにはかなく暮らし、海士人が塩焼くための柴木《しばき》を摘（つ）むごとくにも、嘆きという木（き）を身に積（つ）み、やがて次の春、播磨《はりま》の国の明石《あかし》の浦へ浦伝いに移られたのは、『明石』の巻に、夢の告げによって明石の入道が源氏を迎えに来たのだと問わず語りしたのだが、その夢のことをさえ、あからさまに語る人もなかった。そうこうするうちに、また桐壺の帝の亡霊が光君の夢枕《ゆめまくら》に立たれて、『これより内裏《だいり》の帝《みかど》に奏上《そうじょう》すべきことがある』と仰せになり、また都には天下に変事《へんじ》がさまざまあって、いずれも畏《かしこ》き天のお告げであったほどに、やがてまた都に召し返されて、権中納言《ごんちゅうなごん》に任ぜられ」

シテ「その後《のち》引き続いて」

地「『澪標《みをつくし》』で内大臣《ないだいじん》に、『少女《おとめ》』の巻では太政大臣《だいじょうだいじん》、『藤裏葉《ふじのうらば》』に准太上天皇《じゅんだいじょうてんのう》と、このように栄華《えいが》を極めて光り輝いたゆえに、光君と申し上げるのである」

地（ロンギ）「さてさて源氏の旧跡は、さても源氏の旧跡は、とりわけどのあたりであろうか、詳しく教えてくだされよ」

シテ「さあ、どこじゃともいさ知（し）らぬが、白波（しらなみ）立つこのあたりは、皆その旧跡だと言（い）うほどに、夕暮（いうぐれ）となり、やがて月の夜を待たれるがよい、さればもしかしたらありがたい奇跡を御覧になるであろう…」

地「そのありがたい奇跡を見るだろうというのは、何を待つべきなのであろうか、待つ月影の」
シテ「光るなかに、光源氏の御住家は」
地「昔は須磨にあったが」
シテ「今は兜率《とそつ》の」
地「天に住んでおられるゆえ、月宮殿《げっきゅうでん》の光のうちに天降《あまくだ》って、この海にお姿を現してくださるであろう。こんなことを申しているこの老人も、そのさまざまの物語を語り終えて、源氏の巻の名にそうあったろうか『雲隠《くもがくれ》』のそのままに、雲隠れして姿を消してしまった、雲隠れして消えてしまった」

(中入)

ワキ「あれは源氏の大将が、かりそめに人間の姿となって現れ、それがしに言葉をおかけくださったのであったか」
ワキ(カヽル)「さあさあ今宵はここに居て、さらにありがたい奇跡を拝もうとする」
ワキ・ワキツレ(待謡)「須磨(すま)の浦、野山の月のもとに旅寝をして、野山の月のもとに旅寝して、心を研《と》ぎ澄(す)ます須磨(すま)の磯辺《いそべ》の枕、波音に紛《まぎ》れてやがて音楽が聞こえてくるその声のありがたさよ、聞こえてくる声のありがたさよ」
後シテ(サシ)「ああ、素晴らしく美しい海原《うなばら》よな、私が現《うつ》し世にあった時は、光源氏と呼ばれ、今は兜率《とそつ》天《てん》に帰って、天上《てんじょう》の住まいであるが、この月光に感応《かんのう》して俗世《ぞくせ》に降《くだ》り、所も須磨の浦とあって、青海波が立つその景色に、昔『青海波(せいがいは)』を舞った…なつかしい遊楽《ゆうがく》の想い出に引かれてやってきたが、月の夜《よ》に寄せては返す潮《しお》の波」

シテ〔一セイ〕「返すと聞けば、波の花散るありさまは天人が白衣《はくえ》の袖を返して舞うにも似て」

地「玉のように美しい笛の音《ね》も澄みわたり」

シテ「笙《しょう》・笛《ちゃく》・琴《きん》・箜篌《くご》の天上《てんじょう》の楽音《がくおん》が片雲《へんうん》のままに響くその様は、さながら『笙歌遥《しやうがはる》かに聞こゆ孤雲《こうん》の上《うへ》、聖衆来迎《しやうじゆらいかう》す落日《らくじつ》の前《まへ》（笙の音《ね》が遥かに聞こえてくる片雲の上に、もろもろの仏たちがお迎えに来てくださる落日の前に）』と詠じた漢詩《からうた》にことならぬ」

地「その天上の世界が目の当《ま》たりに映じている須磨の浦の、荒海《あらうみ》の波風《なみかぜ》も今はシーンと静まり返っている」

（早舞《はやまい》）

地〔ロンギ〕「古き漢文《からぶみ》に『旦《あした》に朝雲《あさぐも》と為《な》り、暮《ゆふべ》に行雨《かうう》と為る』とあるにも似て、明け方には雲であったものが、いつしか夕方の雨となる。朝《あした》か、夕《ゆうべ》か、雲か、雨か、なにもかも渾沌《こんとん》として夢とも現《うつつ》とも分明《ぶんみょう》ならぬに、天上から光が射して、その妙光《みょうこう》のうちにあらたかなるお姿の、少年が現れて来られたぞよ。あれは名にも光る君と申し上げる、光源氏の尊霊《そんれい》であろうか」

シテ「その名も広く知（し）られているが、白波（しらなみ）の立つこの海辺、物語にも『波ただここもとに立ちくるここちして（もうすぐそこまで波が打ち寄せて来そうな気がして）』と書かれてある我が住家《すみか》はここであったが、今はなおも多くの衆生《しゅじょう》を済度《さいど》したいと願って、兜率天《とそつてん》から、ふたたびここに天降《あまくだ》ってきたのだ」

地「ああ、なんとありがたい御事《おんこと》でありましょうか、ところも須磨の浦なれば」

シテ「物語にも『四方《よも》の嵐《あらし》を聞きたまふに（四方に吹き渡る嵐の音をお聞きになると）』と書かれたとおり、今また嵐が吹きおろして」

地「『薄雲《うすぐも》』の巻名のごとく薄い雲がかかっている」

シテ「春の空に」

地「梵天《ぼんてん》・帝釈天《たいしゃくてん》・四王天《しおうてん》に住むべき身ながら人間世界に、天降《あまくだ》ってくださったかと思うことじゃ。みればその出立《いでた》ちは、物語に『山賤《やまがつ》めきて、ゆるし色の黄《き》がちなるに、青鈍《あをにび》の狩衣《かりぎぬ》、指貫《さしぬき》、うちやつれて、ことさらに田舎《いなか》びてもてなしたまへる（まるで山賤めいて、薄紅《うすくれない》の黄色がかった袿《うちき》に、青鈍色《あおにびいろ》の狩衣《かりぎぬ》、そして指《さし》貫《ぬき》にいたるまで、ぐっと窶《やつ》して、ことさら田舎風に装《よそお》っている）』と描かれたるそのままの装束を、いかにも優美にお召しになって、その袖を須磨の嵐に翻《ひるがえ》し、かの『紅葉賀《もみじのが》』の折に舞った『青海波《せいがいは》』を彷彿《ほうふつ》とさせ、颯々《さっさつ》と鳴る衣擦《きぬず》れの音は駅路《えきろ》の鈴かと聞き紛《まが》う、こうして駅路に旅寝《たびね》の一夜《いちや》は、はや東の山から明けてきたのだろうか、夜は山から明けてきたのだろうか」

関寺《せきでら》小町《こまち》

シテ　小野小町
子方　稚児
ワキ　関寺の住僧
ワキツレ　従僧（二、三人）

ワキ・ワキツレ〔次第〕「この日を待ち得て今ようやく秋に逢う、この日を待ち得て今ようやく秋に逢う、秋の一夜を待って逢う牽牛織女《けんぎゅうしょくじょ》の二つ星を祭る七夕《たなばた》の祭仕度《まつりじたく》を急ぐことにしよう」

ワキ〔名宣〕「ここに出てまいったのは、近江の国関寺《せきでら》に住まいする僧でござる。今日《きょう》は七月七日じゃほどに、七夕の祭を執《と》り行うことでござる。また、この山陰に、一人の老女が庵を結んで住んでござるが、歌道を極めたと申しておるほどに、稚児どもを伴い申して、その老女の、歌にまつわる物語など聞かせてもらおうと思うことでござる」

ワキ・ワキツレ〔サシ〕「古き漢詩《からうた》に『蕭颯《せうさつ》たる涼風《りやうふう》と衰鬢《すいびん》と、誰《たれ》か計会《けいくわい》して一時《いつし》に秋《あき》ならしむ（ぞっくりと吹いてくる涼風と、その風に吹き乱される我が鬢《びん》の白髪《はくはつ》と、四時《しいじ》の移り行きに我が身の衰えを合わせて、いったい誰が一時に秋を催させるように計らうのであろうか）』と嘆いたごとく、颯々《さつさつ》たる秋風と我が衰えた白髪《はくはつ》とが、申し合わせたように一時にやってくる初秋《はつあき》、その七月七日の七夕星祭りの夕べに、早くもなったことよ」

ワキ「今日の七夕の星への手向《たむ》けとして、色糸かけた竹に添えて、琴や笛、呂律《りょりつ》の楽《がく》の音も色々に」

ワキツレ「事を尽くして」

ワキ「敷島《しきしま》の」

ワキ・ワキツレ〔上歌〕「やまと歌の道の上達を願うて、懸け垂《た》らす五色の糸を延(は)えて、その色も美しく映(は)え、歌道上達を願う五色の糸長く色も映(は)え、また糸を延(は)えて織るのは、あれは錦の旗か、旗のように風になびく薄《すすき》の、花をも添えて手向ければ、秋草に宿る露の玉までもほろほろ落として、あたかも玉のように美しい琴を掻《か》き鳴らすのは松風よ、それも季節柄の手向けとしてふさわしい夕べよな、手向けにふさわしい夕べよな」

シテ〔サシ〕「朝《あした》に一鉢《いっぱつ》の施《ほどこ》しを得られぬことがあっても、それを強いて求めることもできぬ。この貧しい衣では寒い夕べに膚《はだえ》を隠すことができないけれど、これを繕《つくろ》い直すべき方便もない。いにしえの漢詩《からうた》に『花は雨《あめ》の過《す》ぐるに因《よ》つて紅将《くれなゐまさ》に老いたり、柳は風に欺《あざむ》かれて緑漸《みどりやうや》く低《た》れたり（花は雨が降るごとにその紅の色が褪《あ》せて老いてゆく、柳は風に吹き荒らされて緑がしだいに垂れてゆく）』ともある。なるほどまた、こんな漢詩もある。『人更《ひとかさ》ねて少《わか》きことなし、時須《ときすべから》く惜《を》しむべし』とな、されば人というものは、ひとたび老いれば、もう一度若くなるということはあり得ぬ。春が過ぎても鳴いている老いた鶯には、やがてまたしきりに囀《さえず》る春は巡ってくるけれども、それでも昔に帰るという秋《とき》は来ぬものじゃ。ああ、過ぎ去った日々が恋しや、ああ、ああ、帰らぬ昔が恋しやな」

ワキ「これこれ、そこな老女に申すべきことがござる。拙僧は関寺に住む者でござる。当寺の稚児達が、歌をお稽古なさっているのでござるが、ここな老女の御事を聞き及ばれてな、どのように歌を詠んだらよいのか、その有りようをも訊ね申し、また歌について諸々《もろもろ》の御物語《おんものがたり》なども拝聴したいものと思うて、稚児達もここまでお出でになってござる」

シテ「これはまた、思いも寄らぬことをお聞きするものじゃ。『古今集』の序に教えるところ、『いまの世の中、色《いろ》につき、人の心、花になりにけるにより、あだなる歌、はかなきことのみ、いでくれば、色好《いろごの》みの家に、埋《む》もれ木《ぎ》の、人知れぬこととなりて、まめなる所には、花薄《はなすすき》、穂《ほ》に出《いだ》すべき事にもあらずなりにたり（当世では、とかく色めいたことのみもてはやして、人の心が浮ついたものになってしまった結果、軽佻浮薄《けいちょうふはく》な歌、とりとめのないことばかりが詠まれるようになってしまった。そこで、色好みの家々に埋《うず》もれた木のようになって、人の知らぬこととなり、改まったところには、花すすきの穂ではないけれど、表立《おもてだ》って出すこともないような存在に成り果ててしまった）』とあるとおり、まことに嘆かわしい世の姿がある。しかも此の身は、その埋もれ木のように人知れぬ者となりはててしまって、とうてい華々しく人前に出るような身でもありませぬ。しかしながら、もとより歌というものは、これも同じき序に、『やまとうたは、人の心を種《たね》として、よろづの言《こと》の葉《は》とぞなれりける（和歌というものは、人の心を種として、そこから芽が出て無数の葉が茂るように、多くの歌の言葉となったものである）』と教えてあるとおり、なるほど、心を種として、言葉の花を色香も美しく咲かせようならば、どうして風雅の境地に至らぬことがありましょうか。思えば、まことに嗜《たしな》み深くも、かような幼き人のお心に、歌の道を好みなさるものでございますね」

ワキ「まずまず、世間では普通、人が賞翫《しょうかん》するところは、『難波津《なにはづ》に咲くや木《こ》の花《はな》冬ごもりいまは春《はる》べと咲くやこの花（難波の浜に咲いているなあ、梅の花が。冬ごもりを経て今は春になったと、咲いているなあ、梅の花が）』という古歌にして、およそこの歌をば、文字《もんじ》の手習いをする人の、手始めに書く歌とすべき由《よし》よく知られていることじゃ、そうであろう」
シテ「そもそも、歌は神代《かみよ》の昔に始まったことながら、その時分には、文字の数も定まらず、何を訴えたい歌なのか、その心も分明《ぶんみょう》ならぬものだったにちがいございますまい。下《くだ》って今、人の代《よ》となって後、仁徳天皇ご即位のめでたさを言祝《ことほ》いで詠んだ、その初めての歌だからというので、この難波津の歌を世に賞翫するのでございます」
ワキ「また、『安積（あさか）山影《やまかげ》さへ見ゆる山の井《ゐ》の浅（あさ）き心をわが思はなくに（安積山の泉、我が影さえ映って見えるほど清らかな水だけれど、あんなに浅い心で私が君を思うたことではございませぬに）』という歌は、葛城王《かづらきのおおきみ》の御心《みこころ》をやわらげた歌のゆえに、これまた賞翫すべき歌じゃ、そうであろう」
シテ「まことによく御存知でございます。この二つの歌をば、和歌の父母《ちちはは》といたしますほどに…」
ワキ〔カヽル〕「手習いをする人の書き始めの歌となって」
シテ「身分の高い人も低い人も、分け隔てなく」
ワキ〔カヽル〕「都人《みやこびと》、鄙人《ひなびと》、さらに遠い国の鄙人から」
シテ「たかがわたくしごとき名も無き者までも」
ワキ「風雅を好む心に…」
シテ「合（あ）ふこととなって、近江（あふみ）の湖《うみ》の」
地〔上歌〕「小波（さざなみ）よせる、楽波（さざなみ）や（注、「楽波や」は近江・浜を導く枕詞《まくらことば》）浜の美しい砂が尽きてしまったとしても、浜の真砂《まさご》が尽きてしまったとしても、また古き歌に「わが恋は詠むとも尽きじ荒磯海《ありそうみ》の浜の真砂は読み尽くすとも（私の恋の思いは、どんなに歌に詠んでも詠んでも尽きるということはないだろう、たとえ海辺の浜の砂の数を数え尽くすことがあろうとも）」と詠じたる如く、詠む歌の数々は決して尽きることはあるまい。青柳は糸のように細い枝でも、たやすく絶えぬ如く、あるいは松の葉はいくら散っても木に葉の失せぬ如く、歌の種として尽きぬものは、この心だとお思い下されよ。たとえ時代が移り行き、万事が転変し果てたとしても、この歌の文字さえあるならば、鳥の足跡のような仮名文字も尽きることはあるまいぞ。鳥の跡のような文字も尽きはすまいぞ」

ワキ「ありがたいことでござる。古い歌人の詠草は数々多しと言いながら、女の歌は稀であるのに、この老女のような御方《おんかた》は類いも少ないことでござる。それでは、『我が背子《せこ》が来《く》べき宵《よひ》なりささがにの蜘蛛《くも》の振舞《ふるまひ》かねて著《しる》しも（私の愛しい人がきっと今宵《こよい》は来るにちがいない。神の使いの蜘蛛の動きから、前もってそのことははっきりとわかりますもの）』と詠じたのは、これは女の歌でござろうか」

シテ「これはその昔、衣通姫《そとおりひめ》が詠まれた歌です。衣通姫とは、允恭天皇《いんぎょうてんのう》のお妃でおわしました。私も形《かた》どおりその流れを汲んで和歌を学んでいるのでございます」

ワキ「なるほどそうでしたか。衣通姫の流れを汲んで和歌を学んでおられるのですか。近ごろ評判の小野小町《おののこまち》その人が衣通姫の流れを汲む人だとは聞き及んでおります。かの『侘《わ》びぬれば身を浮草《うきくさ》の根《ね》を絶《た》えて誘《さそ》ふ水あらば往《い》なんとぞ思ふ（もう落ちぶれて世を悲観しておりますから、いっそ我が身は浮き草のような根無し草となって、誘ってくれる水があったら、それに乗って往ってしまおうと思います）』という歌、これはその小町の歌でございますな」

シテ〈カヽル〉「これは、大江惟章《おおえのこれあきら》が心変わりをしたゆえに、もう男女《おとこおんな》の世の中がすっかりいやになっていたところ、文屋康秀《ふんやのやすひで》が三河守《みかわのかみ》となって任国《にんごく》に下《くだ》って行こうとした時、『せめて田舎《いなか》で心を慰めたらよかろう』といって、私を誘ってくれたので、詠んだ歌です。ああ、すっかり忘れて何年も過ごしてきたものを、こんなことを聞けば、涙の降(ふ)る思いのうちに、古(ふる)い事がまた思い出される悲しさよ」

ワキ「不思議なことよ、『侘びぬれば…』の歌は、自分が詠んだものだ、と承《うけたまわ》る。また、衣通姫の流れを汲むと評判のお人は小町じゃ。そこでなるほど、年月《ねんげつ》をかれこれ考えてみると、この老女は百歳になろうとしていると言うから、仮に小町がまだ生き長らえているとして、おおそうか、まだ此の世に生きている筈であるから、今は疑うところもなく、御身《おんみ》は小町の老いらくの姿にちがいあるまいぞ」

ワキ〔カヽル〕「どうかさように包み隠しなされますなよ」

シテ「いやいや、小町などとは…恥ずかしいぞよ。『色見《いろみ》えで移《うつ》ろふものは世の中の人の心の花にぞありける（表には見えないまま、いつのまにか色褪《あ》せてゆくものは、男女《おとこおんな》の世の中の人の心の花であったことよ）』と詠みたるごとく」

地〔上歌〕「いつしか色褪せてしまうものは人の心の花、私の心の花も移ろうたことが見えてしまったのであろうか。ああ、恥ずかしい…されば、『侘びぬれば…』の歌のごとくにも、もうこんなに悲観しつくした命、身を浮き草のような根無し草にして、誰でもよいから、誘ってくれる人があれば、今にもさすらって往ってしまおうと、そう思うことじゃ、恥ずかしや」

地〔クリ〕「まことに、その昔に『つつめども袖にたまらぬ白玉《しらたま》は人を見ぬ目の涙なりけり（どんなに包み隠しても、袖に留めておくことができぬ白玉は、ありがたい経典に言う宝珠《ほうじゅ》なんかではなくて、あなたに逢えないために私の目から落ちる涙でございましたよ）』と詠みおかれたるごとく、恋しい人に逢えない悲しみの涙など、昔のことばかり思い出しては、思い草（注、ナンバンギセル、女郎花《おみなえし》、露草《つゆくさ》など諸説ある）ではないけれど物思いの材料となって、その花も萎《しお》れてしまったような老残《ろうざん》の身の果てとなろうとは、あの頃はなにも知（し）らずにいたものを、今なにゆえに白露（しらつゆ）のような涙を流して名残を惜しむのであろう」

シテ〔サシ〕「『思ひつつ寝《ぬ》ればや人の見えつらん夢と知りせば覚めざらましを（あの人を思いながら寝たから、それが夢に見えたのであろうかしらん、ああ、いっそ夢だと知っていたなら覚めないでいたかった）』と…」

地「詠んだのも今は昔のこととなり、我が身の上に長々と過ぎてきた年月《としつき》を、送り迎えて春になりまた秋になり、やがて秋の露も去って冬の霜がやって来ると、草の葉も色を変じ、虫の音《ね》も枯れてしまった…」

シテ「我が命もすでに限りを迎えて」

地「『松樹千年終《しょうじゅせんねんつひ》に是朽《これく》ちぬ、槿花一日自《きんくわいつじつおのづか》ら栄《えい》をなす（松の木は千年の長命だというが、結局は枯れ朽ちてしまう。槿花《あさがおのはな》はたった一日の短命だけれども、その短い命の栄えを楽しんでいる）』と古き漢詩《からうた》に歌われた、槿《あさがお》の花のたった一日の短い命の栄えに同じこととなった」

地〔クセ〕「『あるは無く無きは数添《かずそ》ふ世の中にあはれ何《いつ》れの日まで嘆《なげ》かん（生きてある人は亡き人となり、亡き人の数ばかり増えてゆく世の中だというに、ああ、私はいつの日まで生き長らえてそのことを嘆くことであろう）』と詠じたのも私ながら、木蔦（いつまでぐさ）ではないけれど、いったいいつまで生きて、花散り葉も落ちてしまった老残の姿となって残っているのは、露のように儚《はかな》いはずの命であったぞや。恋しの昔よ、懐かしいいにしえの身よと、そんなことを思っていたあの頃もまた、はや古い事になって行く身であってみれば、せめて、せめて今はまた、老いを感じ始めた四十路《よそじ》時分が恋しい…。ああ、思えばまことにいにしえは、仮初《かりそ》めに一夜《ひとよ》泊まっただけの宿にさえ、鼈甲《べっこう》の美しい細工《さいく》を飾り、垣根には黄金細工《こがねざいく》の花を懸け、戸には水晶《すいしょう》を連ねつつ、帝《みかど》の御輿《みこし》に臣下《しんか》の牛車《ぎっしゃ》の行列には、玉の如く美しい衣の色を飾り敷（し）

き、敷妙(しきたへ)の（注、枕を導く枕詞）枕を並べる妻(つま)となって、その妻屋(つまや)（注、寝室）の内にあっては、花のように美しい錦《にしき》の褥《しとね》の上に起き伏ししていた我が身であったけれど、今は粗末な小屋(こや)住まい、ああ此(こ)や、かつて玉を敷いていた床《とこ》の成れの果てなのであろうかや」

シテ「関寺の鐘の声を…」

地「『諸行無常《しょぎょうむじょう》（すべての行いは無常である）』と聞くとかいうが、老いてろくに聞こえぬ耳にはなんの御利益《ごりやく》もない。逢坂山《おうさかやま》の山風《やまかぜ》が、『是生滅法《ぜしょうめっぽう》（生まれたものは必ず滅びるのが世の定め）』の道理を教えてゆくが、そんなことも得心できるものではない。花が散り葉が落ちる、春や秋のそうした折々は、もとより歌を詠むのが好きな道とて、この草庵に、硯《すずり》の音を立てては筆を染めて、海士《あま》の掻(か)く藻塩草《もしおぐさ》でもあるまいが、書(か)くのは歌の言の葉、その歌の言葉も枯れがれとなり、哀れな様相にして強からず…おお、それもかの『古今集』の序に『小野小町は…あはれなるやうにて、つよからず、…つよからぬは、女《をうな》の歌なればなるべし（小野小町の歌は、…しみじみとして強からぬ詠みぶりである、…強くないのは女の歌だからであろう）』と評されたことであったが、いや今となっては、女だからこそ、身も甚だしく老いて、弱りゆく果ての悲しいことよ」

子方「もしもし申し上げます。七夕の祭に遅刻してしまいます。この上は、その老女をも、お連れ申してください」

ワキ「どうじゃ、老女、七夕の祭をば、草庵からお出ましになって、ご覧なされよ」

シテ「いやいや、かような老女のことゆえ、遠慮申すべきところでございますほどに、同行などは思いも寄らぬことでございます」

ワキ「別になんの問題もあるまいぞ。さあ、ただただお出でなされと申すに…」

地〔上歌〕「七夕の、織姫が織る糸に因《ちな》んで、糸を竹に懸けて星への手向《たむ》け草とする、そんな習いもどれほどの年月を経て来たことであろうか、そのように長い年月生きて、今は陽炎《かげろう》のようによろよろとして、小野小町は百歳に及ぶかや、高きに及ぶ空の上では、牽牛織女《けんぎゅうしょくじょ》が一年に一度の逢瀬《おうせ》をしているというこの夜、その空の雲の上を思えば、かつては雲の上人に馴れ親しんで、交《か》わしあっていた袖も、今は麻の粗末な衣《ころも》に変じ、ああ呆れたことよ、傷《いた》ましいことよ、この目も当てられぬ有様となって、それでも今宵は七夕の、それでも今宵は七夕の、手向けの数も色々に、五色の色々の糸をば竹に懸け延べて、糸竹管絃の音楽に乗せて廻《めぐ》らす盃《さかずき》の、ゆきつ戻りつするほどに、月光に映《は》えて雪（ゆき）を受けたかと見ゆる、稚児の舞の袖の、ああ面白いこと」

地〔一セイ〕「星を祭っているよ、日も暮（く）れて、呉竹（くれたけ）の（注、「よ」を導く枕詞）」

シテ「代々（よよ）を重ね年を経て住む、その行《ゆ》く末《すえ》の」

地「幾《いく》久しいことよ、万歳楽《まんざいらく》、万歳楽」

シテ「ああ、面白い、只今の舞の袖じゃなあ。昔、宮中にて豊明《とよのあかり》の節会《せちえ》の折に、五節《ごせち》の舞姫《まいひめ》が、その袖を五度《いったび》返して舞ったことじゃったが、これは七夕の星への手向けの袖だから」

シテ〔カヽル〕「七度《ななたび》返して舞うべきか、諺に『狂人《きょうじん》走れば不狂人《ふきょうじん》も走る』とある、されば、今の稚児の舞の袖の面白さに引かれて、物狂いとなって我も走り舞うことでございます。『百年《ももとせ》は…』」

〔序之舞《じょのまい》〕

シテ〔ワカ〕「『百年は花に宿りて過ごしてきこの世は蝶《てふ》の夢にぞありける（この百年の間というもの、花に宿って過ごしてきた、さて此の世は荘周《そうしゅう》の言う胡蝶の夢であったことよ)』と古歌に歌うてあるごとくにも、この百年は、ただ花に宿って遊ぶ蝶のような、その胡蝶の舞…」

地「ああなんとしたことじゃ、ああ悲しいことじゃ、老い木の花の枝…」

シテ「差す袖も、その舞の手を忘れて」

地「裳の裾も、足下がおぼつかず」

シテ「ゆらゆらと漂う波のように」

地「立ち舞う袂《たもと》はひるがえすことができても、昔にかえす袖などあろうはずもなく」

シテ「ああ、恋しのいにしえよなあ」

地「そうこうするうちに、初秋《はつあき》の短夜《みじかよ》とて、はや明けそめて、明け方の関寺の…あの鐘」

シテ「時を告げる鳥も、頻《しき》りに鳴いて」

地「朝が来たことを告げ渡る、東雲《しののめ》(注、明け方のこと)の、朝間(あさま)ともなって、わが姿があさま(注、浅ましく露わなこと)に見られてしまったなら…」

シテ「恥(は)ずかしや、羽束師(はづかし)の森の」

地「羽束師の森の、木陰に隠れることなど、よもやできまい。されば、これにて暇《いとま》を申して帰るよとて、杖に縋《すが》ってよろよろと、もとの藁屋に帰っていった。百歳《ももとせ》の姥《うば》と評判されていたのは、小町の老いの果ての名であったよ、小町の成れの果ての名であったよ」

高《たか》砂《さご》

前シテ　尉（住吉の松の化身）
後シテ　住吉明神
ツレ　姥（高砂の松の化身）
ワキ　阿蘇宮神主友成
ワキツレ　従者（二人）
アヒ　高砂の浦人

ワキ・ワキツレ〔次第〕「いま出発する旅の衣、これより始める旅の衣の紐（ひも）を締め、日（ひ）も重なる旅の行く末も、御世《みよ》の栄《さかえ》も、久しいことぞ」

ワキ〔名宣〕「さてさて、これは九州肥後《ひご》の国、阿蘇神社の、その神主友成《かんぬしともなり》とは我がことである。私はいまだ都を見たことがござらぬほどに、この度思い立って、都にのぼることにいたした。また、ちょうど良いついでであるから、この際播州《ばんしゅう》高砂の浦をも道すがらにひとつ見物したいと存ずるのでござる」

ワキ・ワキツレ〔道行〕「旅衣を着て、ゆく先もはるばる（注、衣と「張《は》る」は縁語）と遠い都への道、今日思い立つ（注、衣と「裁《た》つ」も縁語）ほどに、ああして立つ浦の波を越えてゆく、船路ののどかに行くと、のどかな春風の吹くにまかせて、さて幾日《いくか》来たのであろう、名高き歌に『旅人の衣《ころも》の関のはるばると都隔《みやこへだ》て幾日来ぬらん（旅人の衣を着て、あのみちのくの衣の関が、はるばると都路《みやこじ》を隔てている道を、いったいもう幾日旅してきたのであろう）』とあるごとく、これまで過ぎてきた方《かた》も、またこれから進む方も、とんと知（し）らぬほど白雲(しらくも)が前後を隔てて立ち込めている、はるばると遠い旅路をたどるうち、ぜひ一見しようと思っていた、かの高砂の浦に着いたことだ、こうして高砂の浦に着いたことだ」

シテ・ツレ〔一セイ〕「高砂の、松の梢《こずえ》には日がな春風が吹き渡り、古き歌には『高砂の尾上《をのへ》の鐘の音すなり暁《あかつき》かけて霜や置くらん（高砂の浦の後ろの峰からは明け方の鐘がするようだ。さては暁の時分になってさぞ霜が置くことであろう）』とあるが、後ろの峰から、今は入相《いりあい》の鐘の声も響いてくる」

ツレ〔二ノ句〕「波は春霞たちこめる磯に隠されて見えぬけれど」

シテ・ツレ「だんだん波音が高くなるのは、潮の満ちてきたためであろう」

シテ〔サシ〕「『誰をかも知る人にせん高砂の松も昔の友ならなくに（いったい誰を、わが知り人としたらいいのであろう。旧知の人は皆世を去って、あの高砂の松だって昔からの友ではないのだから…そのくらい、私もすっかり老いに老いてしまったことよ）』の古歌さながら、この高砂の松も、私よりは若い木で、昔からの友でもない…」

シテ・ツレ「思えば、過ぎてきた世々《よよ》がどれほど長いことになったかは、もはや知(し)らぬほど、白雪(しらゆき)の積もりに積もるように世々を重ねて、はや二人共に白髪(しらが)となり、もはや老いてしまった鶴が、音(ね)を立てて鳴き鳴き、塒(ねぐら)に残り、空には残る有明の月、春の夜に霜が置(お)き、目ざとい老人の私たちは、はやく起(お)きてしまうので、あの松の梢を渡る風の音のみ聞き馴れて、その風雅の心を友とする、この菅筵(すがむしろ)を延(の)べて臥《ふ》しつつ、過ぎし昔の感懐を述(の)べるばかり…」

シテ・ツレ〔下歌〕「音立ててやってくるものは、ただあの訪れを待(ま)つ松(まつ)に、言葉をかける浦の風ばかり…その浦風が、吹き落とす葉の降りかかる袖を、この箒に掛け添えて、木蔭《こかげ》の塵《ちり》を掻《か》こうよ、さあこの木蔭の塵を掻き清めようよ」

シテ・ツレ〔上歌〕「所と申せば高砂の、この所を言えば高砂の、峰の上の松もすっかり年を重ねて、老いの波も浦波のように寄せてくるよ。いま私たちは、この木の下の落葉を掻(か)くところに、かくも老いさらばえるまで命長らえて、この先いったいいつまで生(い)きようというのか、かの生(いき)の松原ではないけれど、それもここと同じく、昔からの松の名所よな、それも所に久しい名所よな」

ワキ「里人をこうして待っているところに、老人夫婦がやってきた。…おいおい、そこなる老人に尋ねたいことがござるぞ」

シテ「お尋ねとは、わたくしのことでございますか。いったいどんなことでございましょう」

ワキ「名高い高砂の松、というのはどの木をそう申すのであろうかな」

シテ「それならば、ただいま私どもが木蔭を掃き清めておりました木こそ、その高砂の松でございます」

ワキ「それでは尋ねるが、昔から高砂と住吉《すみのえ》の松をさして『相生《あいおい》の松』という名がある。不審なのは、この場所と住吉とは、国を隔てた遠方にあるのに、どういうわけでまた、相生の松などと申すのであろうかな」

シテ「おっしゃるとおり、『古今集』の序に、『たかさご(高砂)、すみのえ(住吉)のまつも、あひをひ(相生)のやうにおぼえ』とあります…ですが、この老人は摂津《せっつ》の国住吉《すみよし》の者、ここにおります老女こそ、当所高砂の人であります。(姥に向かって)これこれ、そなた知っている事があるならば、とくと申し上げなされよ」

ワキ〔カヽル〕「これは不思議だ、こうして見る限り、老人の夫婦はここ一所《ひとところ》にいるにもかかわらず、片や遠き住吉、片やこの高砂の浦と、海山《うみやま》遠く国を隔てて住むと言う…それはいったいどういう事であろうかな」

ツレ「それはいかにも不本意な仰せでございましょうぞ。山川万里《さんせんばんり》を隔てていても、互いに通う心、その心遣いを以てする妹背夫婦《いもせふうふ》の道は千里も一里、少しも遠からぬものを…」

シテ「そうとも、まあ考えてもごらんなされ…」

シテ・ツレ〔カヽル〕「高砂と住吉《すみのえ》の松、その松のような心なき物じゃとて、こうして通い馴れ住み馴れて、相生の松という名があるではないか。ましてや、心ある生身《なまみ》の人間として、もう何十年と久しい間、住吉からこの高砂へ、通い馴れた間柄の、この爺と婆は、これらの松ともろともに齢を重ねて、かかる高齢になるまで、相生の…生涯を共にする、夫婦となったものを」

ワキ「ご夫婦の謂《いわ》れを聞けば、なるほど面白いことじゃ。さりながら、それはそうとして、さきほどお尋ね申しておいた『相生の松』にまつわる物語など、この所に言い伝えている伝承はないのか」

シテ「なんでも、昔の人の申しておったことは、この高砂とは、賞賛すべき世の喩えなのじゃと申す」

ツレ〔カヽル〕「さようでございます。高砂というのは、高い高い上《うえ》の世、すなわち上代《じょうだい》の、『萬葉集』の編《あ》まれた頃、そんな昔のことを意味します」

シテ「そうして住吉《すみよし》と申すことは、こうして平和で皆が住み良い只今の御代《みよ》に住まわれます延喜《えんぎ》の帝《みかど》(注、醍醐天皇《だいごてんのう》)の御事《おんこと》と承知いたしております」

ツレ〔カヽル〕「また、松と申すことは、常に緑尽きぬめでたい木の、その限りない松葉のように、尽きせぬ言の葉、和歌の道の…」

シテ「栄えていることは、『萬葉集』の上代も、『古今集』の当代も、まったく同じことと…」

シテ・ツレ〔カヽル〕「古《いにし》えと今の御代《みよ》を尊崇《そんすう》すべきことの、ひとつの喩えであります」

ワキ「なるほどなるほど、よくよく聞けば、ありがたいことじゃなあ。それを伺って、今という今、わが不審もすっきりと晴（は）るる、春（はる）の日の」

シテ「光も和《やわ》らぐ…仏菩薩《ぶつぼさつ》がその威光《いこう》を和らげて衆生《しゅじょう》を済度《さいど》してくださる、西方浄土《さいほうじょうど》さながらの西の海の」

ワキ「はるか彼方はそもそも住吉の神が天下《あまくだ》り給うた日向《ひゅうが》の地」

シテ「そしてここは高砂」

ワキ「その松も緑の色添いて」

シテ「春も」

ワキ「長閑《のどか》に」

地〔上歌〕「東西南北四方《よも》の海ことごとく波静かにて、国も平和に治まるこの時に当たり、御代を寿ぐ風も静かに、そよとも枝を鳴らさぬほど、平和なご聖代であるぞ。かかる御代に遭（あ）いに遭うて、しかも相生（あいおい）の松ということは、まことにめでたいことである。なるほど、どんなに鑽仰《さんぎょう》してもし足りないくらいの、こんなありがたいご聖代に、住んでいる民として、豊かな大君《おおきみ》の恵みは、ああ、なんとありがたいこと、この君の恵みのありがたいことよ」

ワキ「さらにさらに、その高砂の松がめでたい存在だということの謂れを、詳しくお話しくだされ」

地〔クリ〕「そもそも、草や木には心がないとは申すけれど、考えてみれば、花が咲き実がなる、そのそれぞれの時を草木は違《たが》えたことがない。温かな春ともなれば、その陽気を受けて、『誰《たれ》か言《い》つし春の色の東《ひんがし》より到ると、露暖《つゆあたた》かにして南枝《なんし》に花始《はなはじ》めて開《ひら》く（いったい誰が言ったのであろう、春は東方から来るなどと、見ればこうして露が暖かく降りるころ、梅の花は南の枝のほうから開いてくるというのに）』と古き漢詩《からうた》にも歌われているとおりだ…」

シテ〔**サシ**〕「しかしながら、この松ばかりはその姿が永劫で、花や葉が四季に従って移り変わったりせぬ」

地「四季が移りゆく果てに、冬が来たとしても、古き漢詩《からうた》に『十八公《しふはつこう》（注、松の字を分解すると十、八、公となる）の栄《えい》は霜《しも》の後《のち》に露《あら》はれ、一千年の色は雪の中《うち》に深し（松の木の誉《ほまれ》は霜が降って後《のち》の季節によく見える。一千年も色変えぬ緑は、雪のうちにしてますます色深く見えるから）』と歌うたごとく、一千年も変わらぬ緑は、白雪のうちにますます色深く、また古き漢詩に『徳《とく》は是《こ》れ北辰《ほくしん》、椿葉《ちんえふ》之《の》影再び改《あらた》まる。尊《そん》は猶《な》ほ南面《なんめん》、松花《しようくわ》之色《のいろ》十廻《とか》へり（帝王の徳は北極星のようなものだ、かの八千年に一度春を迎えるという大椿《だいちん》の葉が再び改まろうとも、決して揺らぐことはない。至尊は常に南面して、一千年に一度花咲くという松が、十回咲いたとて変わりはない）』とも謳われたごとく、松の花は一千年に一度咲いて、それが十遍繰り返すほどの命長い木だとも言い伝えている」

シテ「こうした善《よ》き時の到るを待（ま）つ、命も長き松（まつ）の枝の茂るがごとくに…」

地「繁《しげ》き言《こと》の葉草《はぐさ》、すなわち和歌詠草《えいそう》の道にあっては、この松こそが、草葉の露の玉のように光り輝く歌の素材ともなり、以て心を磨く種となること、かの『古今集』の序に『やまとうたは、人の心を種《たね》として、よろづの言《こと》の葉《は》とぞなれりける（大和の国の歌の和歌というものは人の心を種として、それが芽吹き枝葉を広げて無数の言の葉となったものだ）』と教えてある通りだ」

シテ「また『花に鳴く鶯《うぐひす》、水にすむ蛙《かはづ》の声を聞けば、生きとし生けるもの、いづれか歌をよまざりける（梅の花に鳴く鶯や、水に住む蛙の声を聞けばわかるように、この世に生きとし生けるもので、いったい誰が歌を詠まぬということがあろうか）』ともあるほどに、こうして今生きているあらゆる者だれもだれも…」

地「敷島《しきしま》の道、すなわち和歌の世界に心を寄せるとか…」

地〔クセ〕「さるほどに、かの藤原長能《ながとう》の遺した言葉にも、『有情《うじやう》非情《ひじやう》のその声みな歌に洩《も》るる事なし。草《そう》木《もく》土砂《どしゃ》、風声水音《ふうせいすいおん》まで、万物《ばんぶつ》の籠《こも》る心あり。春の林の、東風《とうふう》に動き、秋の虫の、北露《ほくろ》に鳴くも、皆《みな》和歌の姿ならずや（心を持った人間だけでなく、心なき物にいたるまで、その声はみな歌を成すこと例外がない。すなわち、草木土砂、風の声水の音にいたるまで、それぞれの物の籠る心がある。春の林が東風に動き、秋の虫が北天の露に鳴くことも、みな和歌の姿ではなかろうか）』と教えてある。その万物のなかにもこの松は、すべての木に勝《すぐ》れ、十八公《しゅうはっこう》と呼ばれて位も高き品格を持《じ》し、千年の長きにわたり緑をなして、古今不易《ふえき》にして色を変えぬ。その昔、秦《しん》の始皇帝《しこうてい》が泰山《たいざん》に行幸《みゆき》の砌《みぎり》、松蔭《まつかげ》に雨を避け、松が君を雨から守った忠義によって、五位の叙爵に与《あずか》ったほどの木、それが松である。それほどめでたい木だというので、異国唐土《もろこし》にあっても、またわが日本《にっぽん》においても、万民《ばんみん》等しく、これを賞翫《しょうかん》するのだ」

シテ「おお、かの古歌に『高砂の尾上《おのへ》の鐘の声すなり…』と歌うてあるごとく、後ろの峰の上から鐘の声がしてくるのが聞こえる」

地「さては、『暁かけて霜や置くらん』ともあるからには、昨夜からこの暁にかけて霜が置いただろうけれど、松の枝の、葉の色は少しも変わらず、同じ深緑も鮮やかに、その木蔭（かげ）に立ち寄る我らの影（かげ）も浅（あさ）い色になる朝（あさ）夕に、日々松の落葉を掻いても掻いても尽きせぬことは、まことにこれも『古今集』の序に、『松の葉の散り失《う》せずして、正木《まさき》の葛《かづら》、長く伝はり…（松葉が散っても散っても無くならぬように、また柾木葛のごとく延々と後世にまで伝わって…）』と、喩えごとに引かれている、松は常盤木《ときわぎ》のなかにもまた一段と名の高い、高砂の松（まつ）、それも末代（まつだい）までの、嘉例《かれい》にも合（あ）いてよろしき相生（あいおい）の松、これこそ万木《ばんぼく》に勝《まさ》ってめでたいことよ」

地〔ロンギ〕「なるほど、その名も高き松の枝の、名木《めいぼく》の名を得たる松の枝の、老木《おいき》の昔語りは承《うけたまわ》ったので、こんどはその老人《おいびと》がたの昔を明らかにして、どうかその名をお名のりくだされよ」

シテ・ツレ「今さら何を隠しましょうぞ。これは高砂と住吉の、相生の松の精が、今かりそめに夫婦の姿となって現れ来たったのである」

地「不思議なことよ、それでは、名所の松がその奇瑞《きずい》を見せ、ここに姿を現して…」

シテ・ツレ「草木には心はないけれど」

地「畏《かしこ》き聖代《せいだい》として」

シテ・ツレ「土も木も」

地「わが大君の物だと、そういう国なのだから、この後いつまでも、君の代に住（す）み良（よ）しと、その住吉（すみよし）に、私どもがまず先に行き、あちらで皆様のお出でを待ち申しましょうと、言（い）うかと見れば夕波（いうなみ）の汀《みぎわ》にあった、海士の小舟に、さっと乗って、折しも至る追い風に任せつつ、沖に向かって漕ぎだして行った、沖のほうへ漕ぎだして行ってしまった」

（中入）

ワキ・ワキツレ〔待謡〕「高砂の、この浦から浦漕ぐ舟に帆を上げて、この浦から浦漕ぐ舟に帆を上げて、月の出と共に沖へ出て行けば、折しも海は出潮（いでしお）（注、満ち潮の意）の、波の泡（あわ）たつ淡路（あわじ）島の島影も、遠くなるころには、鳴尾（なるお）の浜の沖を過ぎて、早くも住吉《すみのえ》に着いたことだ。早くも住吉に着いたことだ」

後シテ〔サシ〕「『我見ても久しくなりぬ住吉《すみよし》の岸の姫松いくよへぬらん（こうして私が見初《みそ》めてからも、ずいぶん久しいことになった、住吉の岸辺の姫松は、さてさて生えてからいったいどのくらいの御代を重ねたのであろうか）』、そしてまた、『むつましと君は白浪瑞垣《みずがき》の久しき世よりいはひそめてき（帝と我とは、もうずっと昔からご縁があったことを、君は知（し）らないけれども、白波（しらなみ）寄せる神籬《かみがき》の、久しい昔から私は君の御世《みよ》を祝福し始めていたのである）』と古歌にある通りだが、それをわが大君は知らぬのであろうか、この神籬の、久しい昔から、世々を重ねてきたこの神が、自ら舞うて奉る神の神楽《かぐら》、折しも夜の鼓の拍子を揃えて、打ち囃《はや》し踏み鎮《しず》め、神の心を慰め清め給え、神官たちよ」

地「『西の海やあをきが原の潮路より現はれ出でし住吉《すみよし》の神（西の海、日向《ひゅうが》の国、檍《あおき》が原の潮の間から、現れ出でた住吉の神よ）』と古歌に歌われたそのごとく、西海《さいかい》なる檍が原の波間から」

シテ「現れ出でたる神、その神の宿る松が、春となったからであろうか、残った雪ももう浅くなった、浅香の干潟に…」

地「『夕さらば潮満ち来《き》なむ住吉《すみのえ》の浅香の浦に玉藻刈りてな（夕方になったら潮が満ちてくるだろうから、そうならぬ今この住吉の浅香の浦の浅いうちに、美しい海草を刈ろうよ）』と歌うた古歌に見ゆるごとく、ああして美しい海草を刈っているらしい岸の陰の」

シテ「松を見れば、古き漢詩に『松根《しょうこん》に倚《よ》って腰を摩《す》れば（松の根方に倚りかかって腰をさすれば）…」

地「千年《せんねん》の翠《みどり》、手に満てり（千年の命を保つという松の緑が、我が手に満ちる）』とあるのが思い出される」

シテ「また、同じく『梅花《ばいくわ》を折《を》って頭《かうべ》に挿《さ》せば（梅の花を折って、頭《あたま》に挿《かざ》してみると）…」

地「二月《じぐゑつ》の雪衣《ゆきころも》に落つ（花びらは二月の雪のごとく、はらはらと衣に散りかかるよ）』とも詠《なが》めてあったな…」

（神舞《かみまい》）

地〔ロンギ〕「なんとありがたい神様の来臨じゃ、ああ、ありがたい来臨じゃ、月影も澄（す）みきった、ここ住吉（すみよし）の神さま御自《おんみずか》らの舞楽《ぶがく》の、そのお姿を拝む奇特《きどく》のあらたかなことよ」

シテ「なるほど見れば、さまざまの舞姫の歌う声も澄（す）みきって聞こえる、ここ住吉（すみのえ）の、松影も映るという青い海の、『青海波』という舞は、これであろうぞ」

地「神の道、君の御政道、いずれも真っ直ぐにして、そのように真っ直ぐな道を、都の春に向かってそなたは行こうというのであろう、されば」

シテ「それこそ都城《とじょう》へ還《かえ》ると名にし負《お》う『還城楽《げんじょうらく》』の舞であろう」

地「その上で、また君の齢の長きを祈る『萬歳楽《ばんぜいらく》』の…」

シテ「小忌衣《おみごろも》（注、清浄潔斎《しょうじょうけっさい》を表わす舞人《まいびと》の衣）を身に帯びて」

地「指し延べる腕《かいな》を以ては、悪魔を払い除け、入り納める手を以ては、長寿と富貴《ふっき》を抱き、『千秋楽《せんしゅうらく》』の楽を以ては、民を優しく労《いたわ》り撫でて、『萬歳楽《まんざいらく》』の舞を以ては、君の命長《いのちなが》かれと祈る。かくてこの相生の松風は颯々《さっさつ》と吹き渡る、その声を楽しむよ、颯々の声を楽しむ」

忠《ただ》度《のり》

前シテ　尉
後シテ　薩摩守忠度の亡霊
ワキ　西国行脚の僧（もと俊成の家人）
ワキツレ　従僧（二、三人）
アヒ　里人

ワキ・ワキツレ〔次第〕「花をさえ心憂《こころう》きものと思うて捨ててしまった出家の身ゆえ、花をも憂きものと思い捨てた出家の身ゆえ、月を雲が隠したからとて、厭《いと》わしいとも思うまい」

ワキ〔名宣〕「これは俊成卿《しゅんぜいきょう》のご家中《かちゅう》に仕《つか》えていた者でござる。さてさて、俊成卿もお亡くなりになっての後、このような出家姿となったことでござる。また、西国《さいこく》をいまだ見たことがないゆえ、この度思い立って、西国行脚《さいこくあんぎゃ》へと志したところでござる」

ワキ〔サシ〕「都を出てから、まず城南《せいなん》の離宮《りきゅう》（注、鳥羽離宮《とばのりきゅう》）に向かえば、山が都を隔てている山崎を経て、関戸《せきど》の宿《しゅく》に着いてみれば、宿《しゅく》とははや名ばかりで、今はただの旧跡にして泊ることはできぬが、いつまでも泊ることができぬのは、先を急ぐ旅の習い、憂きことばかり多いこの身が、いつも交わる塵《ちり》にまみれたこの浮世（うきよ）、塵《ちり》の浮く芥川《あくたがわ》（注、塵と芥は縁語）を渡り、猪名《いな》の篠原《ささはら》の小篠《おざさ》を踏み分けて過ぎゆくほどに……」

ワキ・ワキツレ〔下歌〕「ここは月も宿を借りる小屋（こや）なのでもあろうか、昆陽（こや）の池に来てみれば、水底《みなそこ》までも澄（す）みわたったところに月は住（す）みなしている」

ワキ・ワキツレ〔上歌〕「岸辺《きしべ》の芦《あし》の葉を分ける風の音《おと》、芦の葉を分ける風の音など、聞くまいとしてもなお耳に入り、また世の中の憂きことのあれこれも、こうして世を捨てた我が身にも聞えてくることが有（あ）り、みればあの有馬山（ありまやま）の隠れもなきが如く、我が身もまた隠れかねている世の中の、憂《う》さ辛《つら》さに、我が心はひたすら空しいあだごとと観《かん》じられ、ふと空しい旅寝《たびね》の徒夢（あだゆめ）も、ハッと醒《さ》めては枕に鐘の遠音《とおね》が聞こえてきて、あれは難波（なにわ）の寺の鐘か、なにもかも道の後《あと》になるほどに、鳴尾（なるお）の干潟《ひがた》も今は沖のほうに波は遠く、その沖遠くに見える小舟《おぶね》よな、沖の波に遠く見える小舟よな」

シテ〔サシ〕「まことに、世を渡るなりわいとして、このような辛い仕事にも懲《こ》りずまの（注、懲りもせずの意）、須磨（すま）の潮《うしお》を汲《く》まぬ時にも、塩焼《しおや》くための木を採って運ぶほどに、潮《うしお》に濡れた衣は乾《ほ》しても乾しても、乾《かわ》くひまもない潮馴《しおな》れ衣の裏…浦から山へかけて住（す）む、須磨（すま）の海は…」

シテ〔一セイ〕「海士《あま》の呼び声が絶えることなく聞こえ、しきりに鳴く千鳥の、音《ね》も遠い」

シテ〔サシ〕「そもそもこの須磨の浦と申すところは、淋しいところとして昔から名高く、古歌に『邂逅《わくらわ》に問《と》ふ人あらば須磨の浦に藻塩《もしほ》たれつつ侘《わ》ぶと答へよ（たまさかに私の消息を尋ねてくれる人があったなら、あいつは須磨の浦に藻塩（もしお）垂（た）れながら、しおたれて（涙にくれて）世を悲観して暮らしていると、そう答えておくれ）』とも歌われてある。なるほど見れば漁《いさ》りする海士の小舟と、藻塩焼《や》く煙と、松の風と、どれもこれも淋しくないというものはない。またこの須磨の山蔭に、一本の桜がござる。これは『ある人』の亡き跡の墓標《はかじるし》じゃ。ちょうど只今は時節として春の花の頃、その『ある人』への手向けのために、仮初めの縁《えん》とは申しながら…」

シテ〔下歌〕「あしびきの山から、あしをひきずりながら、帰ってくる度ごとに、山で取った薪《たきぎ》に花を折り添えて、その桜に手向《たむ》けをなして帰ろうよ、手向けをなして帰ろうよ」

ワキ「もしもし、そこなる老人よ。そなたはこの辺りの山賤《やまがつ》でおわしますか」

シテ「さようでござる。この浦の海士でござる」

ワキ〔カヽル〕「なんと、海士ならば浦にこそ住んでいるはずではないか。それなのに、こうして山のあるほうへ通っているならば、それは山人《やまびと》と言うべきではないかな」

シテ「そもそも、その海士びとが汲んだ潮を、焼かずにそのまま置いておいてよいであろうか」

ワキ〔カヽル〕「なるほど、それは道理じゃ。藻塩を焼くときく夕煙《ゆうけむり》」

シテ「それも絶えず焚《た》き続けなくてはならぬゆえ、せっせと塩木《しおき》を採る…」

ワキ「その道こそ違うけれど、いずれ『源氏物語』にも書かれてあるとおりの、里離れたところ」

シテ「人声なども稀にする須磨（すま）の浦に」

ワキ「近い後ろの山里に」

シテ〔上歌〕「柴《しば》という物がござるほどに」

地「柴という物がござるほどに、その塩木の為にこうして通ってくるのだ」

シテ「それを山人ではないかなど、あまりに迂闊《うかつ》な、お僧の申されようじゃなあ」

地「なるほど須磨の浦は、ほかのところとは格別なのであろう。思えば、花にとって辛《つら》いものは、嶺の嵐や山颪《やまおろし》の、音をこそ嫌がるべきもの、しかし須磨の若木《わかき》の桜は、こうして海と少しも隔たっておらぬゆえ（山からの風ではなくて）、海から通って来る風に、山の桜も散るというところが格別じゃ」

ワキ「いかにご老人、もはや日も暮れてござるほどに、一夜《いちや》の宿をお貸しくだされ」

シテ「なんと迂闊《うかつ》なことを仰せじゃ。この花の蔭ほどのよいお宿がほかにござろうかな」

ワキ「それもそうじゃ。これはたしかに花のお宿、とはいいながら、この木の主《あるじ》はどなたなのであろうぞや」

シテ「『行《ゆ》き暮《く》れて木《こ》の下蔭《したかげ》を宿《やど》とせば花や今宵《こよひ》の主《あるじ》ならまし（行き暮れて、こうして花の木の下に宿ることにしたならば、花が今宵の主としてもてなしてくれることであろう）』と…」

シテ〈カヽル〉「詠じた人は、この苔の下、ああいたわしいことじゃ、わしのような賤《いや》しい海士《あま》ですら、こうして常に立ち寄ってお弔《とむら》いを申すというのに、お僧たちは、どうして仮初《かりそ》めのご縁ではあっても弔いなさらぬのじゃ。なんと迂闊なる人々じゃなあ」

ワキ「ふむ、『行き暮れて木の下蔭を宿とせば花や今宵の主ならまし』…と、」

ワキ〈カヽル〉「詠じた人は、おお、薩摩守《さつまのかみ》…」

シテ「忠度《ただのり》と申した人は、この一の谷の合戦で討たれた。そのゆかりの人が植え置いた、墓標《はかじるし》の木でござるぞよ」

ワキ〈カヽル〉「これはまたなんと不思議な前世《ぜんせ》からの因縁《いんねん》であろうか。あれほどにも俊成《としなり》の…」

シテ「和歌の友として、浅からぬ縁《えにし》のあった」

ワキ「宿りの木こそが、今宵の…」

シテ「主の人であったか」

地「名も忠度（ただのり）と、ただ宣（の）りなさる、今は法（のり）の声を聞いて、どうか極楽《ごくらく》の蓮《はちす》の花の上に往生《おうじょう》なされませ」

シテ「ありがたや、今からは、このようにお弔いくださる読経の声を聞いて、往生し得《う》るだろうことの嬉しさよ」

地「不思議だ、今の老人は、手向《たむ》けの声を自分のことのように受けて、喜ぶ様子が見えたのは、さていったいどういうわけであろうかな」

シテ「お僧にお弔い頂きたいと思って、これまでやってきたのだと」

地「言（い）ううちに、夕（いう）べの花の蔭に寝て、夢のお告げをもお待ちください。都へ言伝《ことづ》て申したいことがある…と言って、花の蔭に宿るかと見えたが、行方《ゆくえ》も知れず飛んでゆく宿木（やどりき）の種のように、ふっと行方も知らず、消えてしまった。行方知れずになってしまった」

（中入）

ワキ「まずまず、ここから都に帰って」

ワキ〔カヽル〕「定家卿《ていかきょう》にこのことを申し上げようと…」

ワキ・ワキツレ〔待謡〕「言（い）ううちに、夕月（いうづき）の光が早くも翳（かげ）ろうとして、夕月の光も早や翳ろうとして、蜉蝣（かげろう）の小野（おの）（注、奈良の地名）ではないが、おのれの友を呼び群れる千鳥《ちどり》の、その足跡《あしあと》も見えぬ闇《やみ》のなか、磯辺《いそべ》の山の夜《よ》に桜の花のもとに旅寝をしていると、古き歌に『今日《けふ》くれぬ明日《あす》もきてみむ桜花《さくらばな》こころしてふけ春の山かぜ（今日はもう日が暮れてしまったから、明日もまたここに来て眺めようと思うこの桜花を、だからどうか散らさぬようにして吹いておくれ春の山風よ）』と願うてあるごとくに、この浦の風までも花を散らさぬように心して吹いてほしいものだが、そんな花咲く春に聞くからだろうか、なんだかちょっとした風でも音が凄《すご》いように聞こえる、この須磨の関屋《せきや》の旅寝よな、須磨の関屋の旅寝よな」

後シテ〔サシ〕「恥ずかしいことよ、討死《うちじ》にしたその場所に、姿を蘇《よみがえ》らせるのはお僧の夢のうち、いま現世《うつしよ》に目覚めてみれば我が心は、なお過ぎ去った昔に迷っている、その迷妄《めいもう》はまるで『源氏物語』の雨夜《あまよ》の物語(もゝのゝがゝたゝりゝ)のようだが、これから自分も亡霊(もゝのゝ)の語りを申し上げたいために、こうして幽霊《ゆうれい》の姿になってやってきたのだ。それでなくても妄執《もうしゅう》ばかり多い娑婆世界《しゃばせかい》であるのに、なんだといってまた、なまじっかに『千載集《せんざいしゅう》』の歌の一首には選び入れられなどしたものだろう。たしかに選ばれたけれども、朝敵《ちょうてき》となった身の悲しさ、我が名は顕《あらわ》されずただ『読人知《よみびと》らず』と書かれた事、これこそ我が妄執のなかの妄執である。しかしながら、それを撰者《せんじゃ》として選んでくださったのは、ほかならぬ俊成卿《しゅんぜいきょう》、その俊成卿ももはや空しくなられて…そして御身《おんみ》はそのご家中に仕えていた人だから、お願いしたいことは、今の定家君《ていかきみ》によく申し上げて、もしできることなら、作者名を付けて下さいませと…夢のなかで物語を申すほどに、どうか須磨の浦風もお僧の夢を醒《さ》まさぬように、心せよ」

地〔クリ〕「まことに、和歌の家に生まれ、その道をたしなんで、敷島《しきしま》の道(注、歌道のこと)の陰に身を寄せたることは、人間として誰もが願うことであったが…」

ワキ〔サシ〕「なかでもこの忠度は、文武両道《ぶんぶりょうどう》を身につけて、世上《せじょう》に高く仰ぎ見られている」

地「そもそも後白河院《ごしらかわいん》の御代《みよ》に、『千載集』の撰進《せんしん》に当たっては、五条《ごじょう》の三位俊成《さんみしゅんぜい》の卿《きょう》が勅《ちょく》を奉《ほう》じてこれを撰《えら》ばれた」

地〔下歌〕「年は寿永《じゅえい》の秋の頃、平家が都落《みやこお》ちをした時であったが」

地〔上歌〕「あれほど慌ただしい身であったに、あれほど慌ただしい身であったに、その心は花と薫《かお》れる蘭《らん》に菊《きく》、古き漢詩《からうた》の『狐蘭菊《きつねらんぎく》の叢《くさむら》に蔵《ひそ》む』の句ではないが、狐川《きつねがわ》の辺《あた》りから引き返して、俊成卿の家に行き、せめて一首なりとも歌を勅撰集にと望んで嘆願《たんがん》したが、その望みは聞き入れられたゆえ、また弓矢《ゆみや》の道に携《たずさ》わって、西海《さいかい》九州《きゅうしゅう》の波の上を転戦《てんせん》の後《のち》、しばらくはここでと頼みにしたのが須磨の浦、しかし、須磨は光源氏の住んだ所なれば、源氏には縁《えん》のあるところでも、平家の為にはなんの縁もないと、知らずにいたのは、まことに儚《はかな》いことであった」

地「さてさて、一の谷の合戦も、いまは勝敗《しょうはい》が決したと見えたゆえ、皆々船に取り乗って、海上《かいしょう》に浮かんだほどに」

シテ「我も船に乗ろうとして、汀《みぎわ》のほうへ馬を馳《は》せさせて行ったところ、ふと後ろを振り返ると、武蔵《むさし》の国の住人にて、岡部《おかべ》の六弥太《ろくやた》忠澄《ただずみ》と名乗って、六、七騎にて追いかけてきた。おお、これこそ望むところだと思い、駒《こま》の手綱《たづな》を引いて取って返すと、六弥太はすぐにむんずと組み付いて、両馬《りょうば》の間にどーんと落ちる、そこでこの六弥太を取り押さえて、今まさに刀に手を掛けたところで」

地「六弥太の郎等《ろうどう》が、忠度の御後《おんうしろ》に立ち回り、上になっておられた忠度の、右の腕《かいな》を斬り落した。すると残った左の手にて、六弥太をひっ摑《つか》んで投げとばし、もう今はこれまでだと思し召して、『そこをお退《の》きなされ人々よ、これより西方浄土《さいほうじょうど》のかたを拝もうほどに』と仰せになって、『光明遍照十方世界《こうみょうへんじょうじっぽうせかい》、念仏《ねんぶつ》衆生摂取不捨《しゅじょうせっしゅふしゃ》（御仏《みほとけ》の光明《こうみょう》は遍《あまね》く十方世界《じっぽうせかい》を照らし、念仏する衆生《しゅじょう》を一人残らずお済《す》い下さって、見捨てられることはない）』とお唱《とな》えになった、そのお声の終らぬそのうちに、いたわしいことや、あえなくも、六弥太が太刀《たち》を抜き持って、ついに忠度のお首を打ち落す」

シテ「六弥太が心に思うたことは」

地「ああ、おいたわしい、その人の、御亡骸《おんなきがら》を拝見すると、そのお年もいまだ若くして、この先の命も長(なが)かろうと思われた。頃は長月(ながづき)ころの薄曇《うすぐも》り、降ったり晴れたり定まらぬ空を、時雨《しぐれ》の通《とお》ってゆくままに斑《まだら》に色染めた紅葉《もみじ》のような、錦《にしき》の直垂《ひたたれ》を見ればこの方は凡俗《ぼんぞく》の人ではよもやあるまい、きっとこれは平家のしかるべき公達《きんだち》のお一人であろうと、そのお名前を知りたく思っていたところ、ふと箙《えびら》を見ると、なんと不思議なことに、そこに短冊《たんじゃく》が付けられてあった。見れば『旅宿《りょしゅく》の花』と題を据《す》えて」

地「『行《ゆ》き暮れて木《こ》の下蔭《したかげ》を宿とせば…』」

(立廻《たちまわり》)

シテ「『…花や今宵《こよい》の主《あるじ》ならまし、忠度《ただのり》』と書かれてあった」

地「それでは疑いもあらじ、これは嵐(あらし)のように高く音《おと》に聞こえた薩摩守《さつまのかみ》でおわしますことのいたわしさよ」

地〔キリ〕「お僧が、この花の、蔭に立ち寄ってくださったので、こんなふうに物語を申そうとて、強《し》いて日を暮れさせてここにお引き止めしたのである。今は疑いもなきことであろう。古き歌に『花《はな》は根《ね》に鳥《とり》は古巣《ふるす》に帰るなり春のとまりを知る人ぞなき(花はやがて散って根に帰り、鳥は古巣に帰るものだが、春がどこに行ってしまうのか、それを知る人はいない)』と詠《なが》めたごとく、私はまた冥界《めいかい》に帰るほどに、どうか私の菩提《ぼだい》を弔って下されよ。ああ、この木蔭《こかげ》を旅の宿とするときは、花こそが宿の主《あるじ》であったなあ」

融《とおる》

前シテ　尉《じょう》
後シテ　融大臣《とおるのおとど》の亡霊
ワキ　東国の僧
アヒ　所の者

ワキ〔名宣〕「これは東国《とうごく》の方から出てまいった僧でござる。自分はまだ都を見たことがござらぬによって、このたび思い立って都へのぼるところでござる」

ワキ〔下歌〕「古き歌に『思ひ立つ心ばかりをしるべにてわれとは行かぬ道とこそ聞け（修行というものは、仏道に志す心だけを道標《みちしるべ》としてひたすらたどりゆくべきもので、自分でどのように行こうと定めるものではないと聞く）』とあるように、廻国《かいこく》修行の旅を思い立った心、それこそが道標として私を雲の彼方《かなた》の都へ導いてくれるはず、舟で海を渡り、あるいは山を越え、たとえ千里《せんり》の道であっても、昔の賢人が『千里の行《こう》も足下《そっか》に始まる（千里の行旅《こうりょ》もこの足もとの一歩一歩の積み重ねによる）』と教えたごとく、一足《ひとあし》一足の積み重ね、千里の道も一足ずつの積み重ね」

ワキ〔上歌〕「こうして一日また一日と夕べを重ねて朝ごとに、夕べを重ねて朝ごとには、宿への名残《なごり》を惜しむことも日々に重なって、いつしか都に早くも着いたことだ、思いがけず早く都に着いたことだ」

ワキ「急いでまいったほどに、これはこれは、早くも都に着いたことでござる。このあたりをば、六条河原の院とやら申すことじゃ。しばらくここに歩みを休めて一見したいものと思うことでござる」

シテ〔一セイ〕「月も、はや出(で)てきた、折しもたそがれて出汐(でじお)(注、満ち潮のこと)となってきたほどに、塩竈《しおがま》の浦(うら)は、どこもうら寂しいありさまよな」

シテ〔サシ〕「『陸奥《みちのく》はいづくはあれど塩竈の浦漕《こ》ぐ舟の綱手《つなで》かなしも(みちのくでは、ほかのところも良い所はいろいろあるけれど、まずはあの塩竈の浦を綱に牽《ひ》かれて漕いでいく舟のありさまがしみじみと心にしみるなあ)』と、古歌に詠《なが》めた塩竈の浦、その浦(うら)を見(み)ながら、ままならぬ身を恨(うら)みつつ世を渡る老いの身は、浦に寄る波さながらに、寄る辺もさてさて定めなく、ただしこうして心ばかりは澄んでいる、あの澄んでいる水の面《おもて》に、皓々《こうこう》と照っている月よ、ふと月の日数《ひかず》を数えてみれば、かの古き歌に『水の面《おも》に照る月並《つきな》みを数ふれば今宵ぞ秋の最中《もなか》なりける(ああして皓々と水面に照っている月、その月の日数を数えてみれば、ああそうだ、今宵こそ中秋の名月、秋の最中に当たるのであった)』と詠《なが》めてあるごとく、今宵は、秋の最中に当たっているのであったな。おお、そうじゃった、かの陸奥の塩竈をここに再現したのだから、この中秋の名月は塩竈の月を、都のただ中で見ていることになるな」

シテ〔下歌〕「秋ももう半ば、我が身はすでに、老いの波も重なって、いまでは髪も真っ白の…」

シテ〔上歌〕「…雪さながらに、積もり積もった年月《としつき》の、積もり積もった年月の、春を迎え、また秋の風情《ふぜい》を添えての後に、時雨《しぐれ》に打たれる松の、その松風の蕭条《しょうじょう》たる寂《さび》しさまでも、我が身の上であったなあと、こうして潮を汲んではつくづくと思い知る、この涙と潮に濡れてくしゃくしゃになった衣の、その袖も寒くして、寒い浦辺《うらべ》の秋の夕べであったな、浦辺の秋の夕べであったよな」

ワキ「これこれ、そこなご老人、御身《おんみ》はこの辺りの人であろうかな」

シテ「さようでございます。この所にて潮を汲むことを生業《なりわい》としておりますものでございます」

ワキ「これは不思議なことを言われる。ここは海辺《うみべ》でもないというに、潮を汲むとは、何か間違っているのではないか、ご老人」

シテ「おやおや、なんとがっかりするようなことを仰せじゃ。さては、ここをば何処《どこ》だとお心得になっておられましょうかの」

ワキ「この所をば…さよう、六条…河原の院と、そのように伺いましたが」

シテ「そのとおり、河原の院こそは、塩竈の浦にほかならぬぞ。融の大臣《おとど》が、陸奥の千賀《ちか》の塩竈を、都のうちに再現された、その海辺《かいへん》なのじゃから…」

シテ〔**カヽル**〕「その名も世にあまねく流れたる、河原の院の、その河の水を汲もうとも、または池の水を汲もうとも、ここは塩竈の浦、自分はその浦人じゃほどに、その私が汐汲みをする者だと、どうしてお思いにならぬのかな」

ワキ「なるほどなるほど、陸奥の千賀の塩竈を、都のうちに再現されたこと、たしかに聞き及び承知しておりまする。…とすると、あれ、あそこに見えるのは、籬《まがき》が島でござろうか」

シテ「いかにもさようでございます。あれこそ籬が島でございます。融の大臣が、常々お舟を漕ぎ寄せさせて、ご酒宴の管絃の楽やら舞楽やら、さまざまなさった所でございますぞ。…やや、月が、月が出てまいりました」

ワキ「まことにまことに、月が出てまいったぞや。あの籬が島の森の梢《こずえ》に、鳥が止まって囀《さえず》り、また四方《しほう》の門《もん》に映る月影までも」

ワキ〔カヽル〕「もしや我が身がはるかいにしえの秋に帰ってきたのかと（注、観世流現行謡本では「孤舟に帰る」と字を宛てるが、それでは意味が通じにくいので、ここは「古秋に帰る」と解した）、つくづく床《ゆか》しい昔が思い出されてまいります」

シテ「これはなんとおっしゃる…ただ今の、この眼の前の景色が、お僧のおん身の上のこととして思い出されるとは、…さて、それはもしや、唐土《もろこし》の賈島《かとう》が詠じた漢詩《からうた》のことではございませぬか」

シテ〔カヽル〕「『鳥《とり》は宿《しゅく》す池中《ちちゅう》の樹《き》（鳥は宿る、池のなかの樹に）』と…」

ワキ「うむ、『僧は敲《たた》く月下《げっか》の門《もん》（僧は叩く、月光のもとの門を）』とな」

シテ「これを推《お》すとするか、それとも…」

ワキ「敲《たた》くとするか…」

シテ「いずれにしても昔の人の心が…」

シテ・ワキ「さながら今、目の前の秋の暮に現前《げんぜん》している」

地〔上歌〕「なるほど、遠き昔のことどもも、こうして月の前では近々（ちかぢか）と実感される千賀（ちか）の塩竈の、月のもとでは近く思える千賀の塩竈の、浦のあたりの秋も半ばの季節にて、折しも松風が立つことであろうか、また立つ霧が籬のように視界を遮《さえぎ》って、籬が島はその陰に隠れているほどに、さあさあ自分もあの島へ立ち渡り、河原の左大臣の昔の跡をも見（み）、陸奥（みちのく）の千賀の浦のあたりを眺めようぞ、千賀の浦辺を眺めようぞ」

ワキ「塩竈の浦を、都のうちに再現されたという、その謂《いわ》れを、語ってお聞かせくだされよ」

シテ〔語〕「さよう、あれは嵯峨天皇の御代《みよ》でございました。融の大臣が、陸奥の千賀の塩竈の眺望をお聞き及びになられまして、このお邸《やしき》に塩竈の景色をさながら再現されて、あの難波《なにわ》の御港《おんみなと》の浦からわざわざ、毎日潮を汲んで運ばせ、ここのお庭で海士《あま》の塩焼きを再現させつつ、一生ご遊興のよすがとなされたことじゃ。さりながら、亡くなっての後は、この邸を相続して同じように賞翫《しょうがん》する人もなかったゆえ、庭の塩竈の潮は引いたまま干上がってしまい」

シテ〔カヽル〕「いま池のあたりにわずかに残っている溜り水は、単なる雨の残りの水溜りにすぎませぬ。こうしてすっかり忘れられてしまった入江には、落ち葉が一面に散り浮いて、かくては松の枝陰の月すらも、澄(す)まぬ池《いけ》の面《おも》には住(す)まぬこととなり、まして人っ子一人住(す)まぬ荒れ邸となって今はただ、秋風の音ばかりが消え残っているのでございます。されば、『君まさで煙絶《た》えにし塩竈のうら淋しくも見え渡るかな（主《あるじ》の君ももういらっしゃらなくなって、塩焼く煙もすっかり絶え果てた塩竈の浦(うら)の、なんとうら寂しく見渡されることであろうか）』と、こう紀貫之も詠嘆したところでございます」

地〔下歌〕「まことにそのとおり、こうして眺めてみると、もう潮は満ちることもなく、ただ月ばかりが満月となった塩竈の、貫之の歌ったとおり、浦(うら)の景色のなんとうら寂しくも荒れ果ててしまった後の世の現在までも、こんなに潮の気《け》に染まりながら汐汲みを続けて、もうすっかり老いの波が寄せたというに、その波の返すように思いは昔に返っていくのであろうか…ああ、昔が恋しいぞ」

地〔上歌〕「恋しいぞ、恋しいぞと、去りし昔を慕ってみても、嘆いてみても、なんの甲斐(かい)もなき…貝(かい)も無(な)き渚(なぎさ)の浦の千鳥《ちどり》どもが、声を立てて鳴(な)いているばかりである。ただ声を上げて泣(な)いているばかりである」

ワキ「どうじゃな、ご老人。ああして見渡される山々は、みなさぞや名所なのでござろう。ひとつお教えくだされよ」

シテ「さようさよう、皆名所でございます。一つ一つお尋ねなされよ。逐一お教え申し上げましょうほどに」

ワキ「ではまず、あそこに見えるのは音羽山《おとわやま》でござろうか」

シテ「さようでございます。あれこそ音羽山でございます」

ワキ「『音羽山音《おと》に聞きつつ逢坂《あふさか》の関の此方《こなた》に年をふるかな（音羽山ではないが、音《おと》にのみ聞いて、いまだ逢うこともなく逢坂の関のこちらがわに荏苒《じんぜん》と年月《としつき》を無駄に送っていることだ）』と昔の人は歌に詠んだくらいだから、その逢坂山《おうさかやま》も遠くはないのであろうな」

シテ「仰せのごとく、その古歌に『関の此方に』とは詠まれてありますが、じつは遠く向こうのほうに当っておりますので、逢坂の山は、音羽の峰に隠れて…」

シテ〔カヽル〕「この辺からは見えませぬ」

ワキ「さてそれでは、音羽の峰続きに、次々と連なっている山並みの、名所名所をお語りくだされよ」

シテ「語れとの仰せながら、なかなか語り尽くせませぬ言の葉の（注、「言の葉の」は次の「歌」を導く序詞《じょことば》）、歌《うた》の中山《なかやま》とも申します清閑寺《せいがんじ》…」

シテ〔カヽル〕「また今熊野《いまぐまの》神社と申すは、あのあたりでございますぞ」

ワキ「それでは、その向こうに続いている、里のあたりに鬱然《うつぜん》たる森の木立が見えますが…」

シテ「おおそれそれ、それを目印にご覧なされよ。まだ時雨《しぐれ》も来たらぬ秋最中なれば、紅葉《もみじ》もまだ青き…さよう古歌に『時雨する稲荷《いなり》の山のもみぢ葉は青かりしより思ひそめてき（時雨の降る稲荷山の紅葉の葉ではないけれど、私はまだ青いうちから——時雨が木々の葉を赤く色染(そ)めるように——思い初(そ)めておりました)』とございます、あの稲荷山」

ワキ〔カヽル〕「しだいに風も日暮れに赴《おもむ》いてゆくほどに、あの空を行(ゆ)く雲のはずれあたりの、梢も青いままの秋の色を見せているのは…」

シテ「なにぶん今は秋ながら、所の名は体を表して、春の頃には花を見た、あの藤の森」

ワキ〔カヽル〕「緑の空もしだいに夕光蒼然《せきこうそうぜん》としてくるなかに、あの野山に続く里はいかがであろうか」

シテ「あれこそ、それあの古歌に『夕されば（夕方になってくると）』

ワキ「『野辺の秋風（野を渡ってくる秋風が）』」

シテ「『身にしみて（じんわりと身にしみて）』」

ワキ「『鶉《うづら》鳴くなり深草《ふかくさ》の里（鶉が鳴く声の聞こえるという深草の里よ）』とかや詠まれたる」

シテ「さよう、その深草山よ」

地〔下歌〕「なお木幡山《こわたやま》、伏見《ふしみ》の竹田《たけだ》、淀《よど》、鳥羽《とば》までも見えているぞや」

地〔ロンギ〕「ここから遠く眺めやる、それその方《ほう》の空はどことも知(し)らぬところながら、白雲(しらくも)が、早くも暮れはじめた遠山《とおやま》の、峰《みね》も鬱蒼《うっそう》と木が茂っているように見えているのは、あれはどういう所であろうかな」

シテ「あれこそ古歌に『大原《おほはら》や小塩《をしほ》の山も今日《けふ》こそは神代《かみよ》のことも思ひいづらめ（大原野《おはらの》神社の神も、また小塩山の神も、今日という今日は神代の昔をゆかしく思い出していることであろう）』と詠まれた、大原、そして小塩の山なるが、それも今日こそ初めてご覧になったことでございましょうな。もっともっとお尋ねなされませ」

地「老人の教えを聞くにつけても、それは秋風の吹き来る西の方角であろうか、そこからまた峰続きの西のほうに見えるのは、どこであろうぞ」

シテ「秋も早や、ああ、秋も早や、なかばを過ぎて更（ふ）けてゆく…かしこには松の尾の山、そしてまた嵐山《あらしやま》も見えている」

地「嵐が吹（ふ）けば、更（ふ）けてゆく秋の夜の空は澄み、そして澄み切った光を放って昇ってくる月影に」

シテ「さし寄せてくる満潮《みちしお》の、潮時《しおどき》もはや過ぎて」

地「一寸《いっすん》の暇《ひま》も惜（お）しんで汐汲みながら、押（お）し照る月を賞翫《しょうかん》しつつ」

シテ「興《きょう》を催《もよお》して」

地「つい我が身のほどを忘れてしまったことよ。されば秋の夜長（よなが）の長（なが）物語《ものがたり》などまことにつまらぬこと、こんなことをしていないで、さあさあ、潮を汲もうよと言って、老人が持ったものは汐汲みの担桶（たご）、さては田子（たご）の浦、東《あずま》の海士《あま》どもがするという『東《あずま》からげ』とかや、潮染《じ》みた衣の裾《すそ》をからげて帯に挟《はさ》み、潮を汲むとて濡れたる袖に月を宿して袖に持（も）ち、折しも望潮（もちじお）、すなわち満月の潮の汀《みぎわ》に、老人は帰（かえ）ってゆくと見えたが、返（かえ）ってはまた寄（よ）る波の夜（よる）のうちに、老人の姿と見えていたその人影は、濛々《もうもう》たる潮煙《しおけむり》にかき消され紛れるごとく、影も形も見えなくなってしまった、跡形《あとかた》も残さずに消えてしまった」

（中入）

ワキ〔**待謡**〕「磯の岩を枕に、一人寂しくこの貧しい僧衣《そうい》を苔の上に敷いて、貧しい僧衣を一人敷いて、ゴツゴツした岩を寝床に、夜もすがら、今ひとたびあの不思議の老人に見《まみ》えることができるかと、夢見ることを待ちながらの旅寝よな、夢待ち顔の旅寝よな」

後シテ〔サシ〕「俗世のことなど忘れて年月《としつき》を経てきたものを、またその昔に帰（かえ）ること、寄せては返（かえ）る波が、満ちてくる潮（しお）の塩竈（しおがま）の浦、その浦人となって、今宵《こよい》の月を見（み）ては陸奥（みちのく）近（ちか）い千賀（ちか）の浦、そのあたりからは遠き都で、遠き昔に、その名を残す重臣《じゅうしん》にて、融の大臣《おとど》と申したはこの私のことである。私は塩竈の浦に心を寄せ、あの籬が島の松蔭に、明月を愛《め》でて舟を浮かべ、月の御殿《ごてん》の天人《てんにん》たちが十五人揃うて舞い遊ぶ白衣《はくえ》の袖は、この十五夜に見えようもの、すなわち『三五夜中《さんごやちゅう》の新月《しんぐゑつ》の色《いろ》（あの十五夜の夜に、つい今しがた姿を現した新鮮な月の色は）』と漢《から》詩《うた》にも歌われてある」

シテ〔一セイ〕「その白い袖を重ねがさねにうち振って、あたかも風に舞う雪のようにひらりひらりと舞い廻《めぐ》らす、雲のように軽い袖を…」

地「指《さ》せば、月に生えるという桂《かつら》の木の枝々に」

シテ「月光が映じて、きらきらと散る花のような美しさ」

地「ここ都のうちにも、その名のとおり水清き白河《しらかわ》があって、その川波《かわなみ》のありさまも」

シテ「ああ、ああ、面白や、白河の水を引き入れた六条院に、曲水《きょくすい》の宴《えん》の盃《さかずき》を」

地「受けたぞや、また受けたぞや、管絃や舞楽の袖、また盃には月の光も受けたぞや」

（早舞《はやまい》）

地〔ロンギ〕「ああなんと面白い管絃そして舞遊びであろう、がさて、そもそも明月《めいげつ》はこんなに明るいものなるに、まだ月はじめの宵ごとに、見る三日月のその光も形も少ししかないのは、どういう理由があってのことであろう」

シテ「それは、西の山峡《やまかい》に入っていく夕陽《ゆうひ》が、まだ没し切っていないため、その残光《ざんこう》にかき消されて月の光が目立たないのである。喩《たと》えていえば、月の皓々《こうこう》たる夜には、星の光が淡くみえるというようなものにほかならぬ」

地「さてまた東より来る春の初めには」

シテ「夕べに霞んで見えている西かたの遠山は」

地「あたかも『宛転《えんでん》たる双蛾《そうが》は遠山《えんざん》の色《いろ》（ふわりと円弧《えんこ》を描いた二つの眉は遠く煙る山々の色にも似る）』と漢詩《からうた》に詠《なが》めた眉墨《まゆずみ》の色にも見（み）える、三日月（みかづき）の」

シテ「姿は舟にも喩えてある」

地「またこの三日月を見て、水中に遊ぶ魚《うお》どもは」

シテ「もしや釣り針ではないかと疑うこと、これも漢詩《からうた》に『月鉤《げっこう》水に蘸《ひた》せば魚鉤《つりばり》に驚《おどろ》く（三日月が鎌のような姿を水に浸すと魚は釣針かと驚く）』と歌うてあるとおりだ」

地「また雲の上を飛ぶ鳥は」

シテ「もしや弓の影ではないかとも驚くこと、これも『雲雁《うんがん》は弓張《ゆみはり》に怯《おび》ゆ』とも古き漢文《からぶみ》に見えている」

地「たとえどれほど水に月影が映《えい》じたとて、一つとして水中に降《くだ》ってもいかず」

シテ「水はどれほど月を映《うつ》したとて、どの水も天上に昇っていきはしない」

地「鳥は池のほとりの樹に宿り」

シテ「魚は月下《げっか》の波に隠れ臥《ふ》す」

地「ああ、この音楽といい、対話といい、聞くとも聞くともまだ聞き飽(あ)きはしない、この秋(あき)の夜の趣《おもむき》」

シテ「おお、一番鶏《いちばんどり》も鳴いた」

地「暁《あかつき》の鐘も聞こえて」

シテ「月も、もはや」

地「その光は西に傾いて、古き漢文《からぶみ》に『旦《あした》に朝雲《あさぐも》と為《な》り、暮《ゆふべ》に行雨《こうう》と為る』とあるにも似て、明け方には雲であったものが、いつしか夕方の雨となる。朝《あした》か、夕《ゆうべ》か、雲か、雨か、なにもかも渾沌《こんとん》として夢のようだ。いまこの月の光に誘われて、融の大臣の姿は、すーっと月の都にお入りになるようだ。そのお姿の、ああ名残《なごり》惜しい面影《おもかげ》よ、名残惜しいその面影」

難《なに》波《わ》

前シテ　尉
後シテ　王仁《おうにん》
前ツレ　男
後ツレ　木華開耶姫《このはなさくやひめ》
ワキ　朝臣
ワキツレ　従者（二人）
アヒ　梅の精、または難波の里人

ワキ・ワキツレ〔次第〕「遠山も霞み浦辺にも霞が立つ春、山も浦も霞む春、波も風も静かなことである」

ワキ〔名宣〕「そもそもこれは、今上陛下《きんじょうへいか》にお仕え申し上げる臣下である。自分は熊野の三所権現《さんじょごんげん》を信仰し、毎年そちらにお籠《こも》りをして年を越すことでござる。この度は、かねて願をかけていた事が成就し、新たな年の立ち返る春にもなったことでござれば、只今神前より下《さが》って都に向かうところでござる」

ワキ・ワキツレ〔道行〕「春が立つと、なるほどその名のとおりのどかな風凪（かざなぎ）（注、風凪浜という地名）の、なるほどその名のとおりのどかに風（かぜ）の凪（な）いだ浜の、浜の真砂《まさご》にも今春風が吹（ふ）き、吹上（ふきあげ）の浜へと浦伝いして行くほどに、早くも紀路《きじ》の関所を越えて、ここもかつては都だったとか…摂津《せっつ》の国の、難波の里に着いたことだ。難波の里に着いたことだ」

シテ・ツレ〔一セイ〕「古歌に『難波なる長柄《ながら》の橋も造《つく》るなり今は我が身を何にたとへむ（難波の里の有名な古《ふる》

橋《はし》の長柄の橋といっても、聞けば新しく造っているものだそうだ、となれば、この老い古びた我が身をいったい何に喩《たと》えたらいいのであろう）』とあるが、我が君の御代も、長（なが）かれとて長柄（ながら）の橋も造ったものと聞く、さればこの古都難波の春も幾久《いくひさ》しきことに…」

ツレ〔二ノ句〕「『難波津《なにはづ》に咲くやこの花冬籠り今を春べと咲くやこの花（難波の湊《みなと》にこうして咲いている木（こ）の花、この梅の花は冬籠りをして、やがて今は春辺《はるべ》になったとて咲いている、木（こ）の花よ）』と詠《よ》まれたごとくに、雪の季節は梅も冬籠りしていたが」

シテ・ツレ「今は春辺の景色（けしき）になったと、咲きほこっている気色（けしき）よな」

シテ〔サシ〕「そもそも『新葉《しんよう》集』の序にも『天《あめ》長く地《つち》久しくして、神代《かみよ》の風はるかに仰《あふ》がざらめかも（天も地も長く久しく続くものゆえ、神代以来変らぬ和歌の風雅を遥かに鑽仰《さんぎょう》せずにはおくまい）』と教えてあるとおりに、神代のいにしえよりの和歌の風雅が、この春風が長閑《のどか》に吹き続くごとく、今も泰平《たいへい》の御代に伝わっており」

シテ・ツレ「今上陛下の恐れ多くもめでたき御代《みよ》のご政道は広々として、国を豊かにし民を慈《いつく》しむを以て、東西南北いずれも良く治まっているこの大八洲国《おおやしまぐに》の、いずこの海も波静かに恩沢《おんたく》の日影（ひかげ）（注、日の光のこと）は静かに万民を照らしておられる、わが日の本は、君のお陰（かげ）も豊かなる時とか承《うけたまわ》る」

シテ・ツレ〔下歌〕「『春日野《かすがの》に若菜《わかな》摘《つ》みつつ万代《よろづよ》を（春日野に出て若菜を摘みながら、我が君の万年もの命を…）』」

シテ・ツレ〔上歌〕「『祝《いは》ふ心は神ぞしるらん（祝い申しております心は、春日《かすが》の神がご照覧《しょうらん》でありましょう）』と古歌にも祝っていると聞く、その祝福の心も明らかに一点の曇りもない、祝福の心も明らかに曇りもなき、この曇りもない天（あま）つ空のもと、天（あま）つ日嗣《ひつき》の君へのお祝いの御調物《みつきもの》が、続々と運ばれていく道という道や都大路、その都大路が真っすぐなように直（すぐ）なるこのご治世を仰ぎ見ようと、諸街道の関所の戸も鎖《さ》すことなく千里（ちさと）の道も自由に通い、君のご威光は千里（ちさと）の果てまでも残るくまなく普《あまね》く照らしてくださる、まことにありがたい日の光よな、普く照らしてくださるありがたい日の光よな」

ワキ「ああこれこれ、そこなる老人に尋ねたいことがござる」

シテ「わたくしの事でござりますか。お尋ねとは何事でござりましょうや」

ワキ「不思議なことよ、ここにはもろもろの木がたくさんあるなかに、これなる梅の木陰《こかげ》から立ち去らずして、その木陰を掃《は》き清めつつ賞翫《しょうかん》なさるのは、いかにも不審なことぞ。もしや、この梅は名木《めいぼく》として知られた木でもござろうか」

シテ「そこもとのお姿を拝見申しまするると、都のお人でござりましょうが、この難波の浦において、格別に色深い梅の花をご覧になって、いまさらながらに名木かとのお尋ねは、いかにも風流のお心をお持ちでないようでござりまするな」

ツレ〔カヽル〕「そもそも概《がい》して申すならば春の花として、木々の花盛りは多いけれども、諸木《しょぼく》の花どものなかにも、この梅はいち早く咲き始めるものゆえに、古き漢詩《からうた》にも、『香《かう》を含み素《そ》を体《てい》にして城《しろ》を傾《かたむ》けんと欲《ほっ》す、山礬《さんはん》は是れ弟《をとと》梅は是れ兄《あに》（良い香りを発し、真っ白な体を以て君を惑わし城を傾けようとする、山礬《さんばん》（注、沈丁花《じんちょうげ》の漢名か）は水仙の弟、梅は兄に当る）』と詠み置かれて、梅花をば花の兄とも言っております」

シテ「その上、梅の名所名所は、国々に所も多けれども、『古今集』の序に挙げられている歌の六義《りくぎ》とて六つの詠み方があるというその第一たる、風歌《そえうた》（すなわち物に喩《たと》えて密《ひそ》かに思うところを述べる歌）の例歌にも、『難波津に咲くやこの花…』とて、難波の梅が詠まれております」

ツレ〔カヽル〕「その歌の徳にて聖代《せいだい》も開けて、豊かに栄えていることと言い」
シテ「世にあまねく咲く花々の善《よ》き先例であることと言い」
シテ・ツレ〔カヽル〕「そういう意味でもこういう意味でも、摂津の国の、ここが都への道なる難波の津に、歌で名高い木という名声を得て咲く、その『咲くや木《こ》の花』の木をば、名木かなどとお尋ねあるは、今更わかりきったることを仰せになるものじゃ」
ワキ「ごもっともごもっとも、たしかに難波の梅のことをば、名木だろうかなどと尋ねたのは、愚かなる問いごとであったよな。さればもう一つお尋ねするが、歌にも『難波津に、咲くや木《こ》の花冬籠り、今は春べと咲くや木の花』とあって木の、花をば春と冬とにまたがって詠んでいる」
ワキ〔カヽル〕「その歌の心はいかなる事であろうぞ」
シテ「それこそが、帝《みかど》の御事《おんこと》をば密《ひそ》かに喩《たと》えた風歌《そえうた》の心と言葉が現れているのじゃ。難波の御子《みこ》が、身分としては皇子《おうじ》であって、いまだ帝位にお即《つ》きにならなかったことゆえ、それを冬に咲く梅の花のようだと喩え」
ワキ〔カヽル〕「その後ご即位があって、難波の御子が仁徳天皇として、皇位にお即《つ》きになられた時は」
シテ「今こそ時を得て咲いた花の如く」
ワキ〔カヽル〕「天下《てんが》の春をお治めになったので」
シテ「『今は春べと咲くやこの』」
ワキ「『木(こ)の花』の、盛りは大鷦鷯《おおさざき》の」
シテ「帝《みかど》、すなわち仁徳天皇を花に喩《たと》えた、風歌(そえうた)でありまして…」

ワキ「ご治世よろしく天下の風も収まり」
シテ「立つ波も」
地〔上歌〕「凪(な)いで、『難波津(なにわづ)に、咲くや木《こ》の花冬籠り』、咲くべき木の花が冬籠もりしていたものが、『今は春べ』になって良い匂いが通《かよ》って来て、春風は吹くけれど、それも梅の風にて穏やかに、風が枝を鳴らさぬ平和な御代と申すべきことかな。なるほどまことに摂津の国の、難波(なにわ)の浦の、何(なに)は彼《か》にはと総《すべ》てのことに及ぶ、豊かなる御代《みよ》の例《ためし》にて、それこそご政道の広く正しいご治世であった、まことにご政道の広く正しいご治世であった」
地〔クリ〕「そもそもこの故に『古今集』の序にも『難波津の歌は帝のおほむ始めなり（難波津の歌は帝のめでたい御代のおん始めである）』と言い、さらには『浅香山《あさかやま》の歌の言葉は采女《うねめ》の…土器《かわらけ》とりて詠めるなり（浅香山の——安積山《あさかやま》影さへ見ゆる山の井《ゐ》の浅き心をわが思はなくに（安積山の影までが映って見えている山の湧き水のように浅い心で私は思っていたわけではございませぬに）——という歌は、国司《こくし》の饗応《きょうおう》に当った地元の采女が土器をとりつつ一献《いっこん》差し上げながら、詠んだものだ）』とも言うてある、そのようにいずれもとりどりの深い謂《いわ》れが籠《こも》っているのだ」
シテ〔サシ〕「昔、唐土《もろこし》の国の聖帝《せいてい》堯舜《ぎょうしゅん》の御代にも勝《まさ》る帝のご治世に違いない」
地「重要な政《まつりごと》のなにもかもが穏やかに行われて、慈悲《じひ》の波は四周《ししゅう》の海にまで広く及んで、特に権力を以て治めずとも国は自然と泰平そのものであった」
シテ「いにしえの唐土の教えに『君君《きみきみ》たれば、臣《しん》も臣《しん》たり（君主が君主としてその本分《ほんぶん》を尽せば、臣下もまた臣下としての忠義を尽す）』とも言い」

地「また『君《きみ》は舟《ふね》也、庶人《しょじん》は水《みづ》也、水は則《すなは》ち舟を載《の》せ、水は則ち舟を覆《くつがへ》す（君主は舟であり、人民は水である。水は則ち舟を載せるが、また水は則ち舟を覆すこともある）』とも言うてあるという」

地〔クセ〕「『高き屋《や》に、上《のぼ》りて見れば煙立《けむりた》つ、民《たみ》の竈《かまど》は、賑《にぎは》ひにけり（高い楼台に上って望見すると、そちこち煙の立つのが見える。さては今は民の竈は豊かになったことであるぞ）』と古歌にあるとおり、仁徳天皇が民の暮らしにまで、ご叡慮《えいりょ》をかけて徴税《ちょうぜい》を免除してくださったことも、かたじけなく恐れ多いことに思い申し上げる。さればこの君のご治世をば、後世代々《こうせいよよ》に善政の好例として引くことも、まことに希有《けう》にしてありがたい徴税免除の詔勅《みことのり》でありました。この詔勅によって諸国あまねく、三年の間は御調《みつき》のことを免除された、その三年という年月《としつき》も事終わったゆえに、浜の真砂《まさご》の如く無数の御調物《みつきもの》も積り積りてゆき、雪（ゆき）は豊年の吉兆《きっちょう》とやらにて、まさに豊年満作の御調物《みつきもの》が、この三年間貢納《こうのう》を免除されたが故に、かえっていや増しとなって運び来る御宝《みたから》の、千秋万歳《せんしゅうばんぜい》に末長く、千箱《ちわこ》の宝玉《ほうぎょく》を納めたてまつる」

シテ「こういうわけであるから、『普《あまね》きおほん慈愛《うつくしみ》の波は八洲《やしま》のほかまで流れ、広きおほん恵《めぐ》みの陰《かげ》、筑《つく》波山《ばやま》のふもとよりも繁《しげ》くおはしまして（天皇の至らぬくまなきご慈愛《じあい》は、日本国の外までも流れゆき、その広いご恩恵《おんけい》の陰は、筑波山のふもとの森よりも繁《しげ》く濃密でいらっしゃる）』と『古今集』の序にあるとおり、仁徳天皇の普く行き届いた御心の」

地「慈《いつく》しみは深くして、大八洲国《おおやしまぐに》の外《ほか》に至るまで波も立たず、広いお恵みは隅々《くまぐま》まで至り、筑波山のふもとの森陰よりも、濃密なお恵みはすなわち大君の、国であるから、『土も木もわが大君の国なればいづくか鬼の宿と定めん（土も木もみな我が大君のみそなわす国であるから、どこをさしていったい鬼の宿と定めることなどできようか）』と詠じた古歌のごとく、この土も木も、栄えに栄える摂津の国の、難波の梅として名に負《お》うている名木の、その芳香も四方《よも》に普《あまね》くして、『一花開《いっけひら》くれば天下皆春《てんがみなはる》（一輪の花が開いたので、天下はみな春となった）』と古き教えにあるごとく、梅の花咲く春であるからには、万代《よろずよ》の末までも、なお安全《あんせん》に治まって行くであろうことのめでたさよ」

地〔ロンギ〕「なるほどなるほど、万代までも栄える春の花、まことに万代の春の花が、栄えて久しい難波津の昔物語の面白いこと」

シテ「そのとおり、名にし負う難波津に、鳥の一声《ひとこえ》が折しもふさわしげに、啼《な》く鶯《うぐいす》の春の曲…『春鶯囀《しゅんのうでん》』の曲を奏《かな》でようぞ」

地「不思議なことじゃ、御身はいったい誰人《たれびと》ゆえに、こんなにも風雅の心ある花の曲、舞楽を奏でることがお出来になるのか」

ツレ「私は…ご存じないのか、この梅の、春ごと年々《としどし》に咲く花の精《せい》」

地「今ひとりの老人は」

シテ「今こそ正体を顕《あら》わす『難波津に…』」

地「『…咲くや木の花』と詠じつつ、以《もっ》て仁徳天皇に即位を御勧め申した百済国《はくさいこく》の王仁《おうにん》であるぞ、今もこの花に戯れ、限りなく囀《さえず》りの声を立てて、春の鶯の舞の曲『春鶯囀』を舞って夜もすがら、お慰め申しましょうぞ、まずは花の下《した》に臥《ふ》してお待ちなされ、花の下臥《したぶ》しにてお待ちなされよ」

（中入）

ワキ・ワキツレ〔待謡〕「見て暮らす花の、その花の下臥しをして更《ふ》ける夜の、花の下臥しに更けてゆく夜の、月影も共に静かなる、景色に沁み入るように調和する音楽が、花のあたりに聞こえてくる、この不思議さよ、花に聞こえてくる不思議さよ」

後シテ〔サシ〕「『誰《たれ》か言《い》ひし春の色の東《ひんがし》より到《いた》ると、露暖《つゆあたた》かにして南枝《なんし》に花始《はなはじ》めて開《ひら》く（いったい誰が言ったことであろうか…春の景色は東のほうからやってくる、また露も暖かな南の枝から花は開き始める）』と古き漢詩《からうた》には詠じてあるけれど、たしかに春色《しゅんしょく》は東方《とうほう》から来るけれども、不思議に南の枝に花は開き始めるものだ。ここは場所柄も西の海に向いている難波、その春の夜の、月の光も白々《しろじろ》と落ちて恰《あたか》も雪が降った如く見えるほどに月も雪もここに住（す）みつつ冴え冴えと澄（す）みわたる浦の波、夜の舞楽はああ面白いぞ、どうかこの夢を覚《さま》してくださるなよ」

後ツレ「これは、難波の浦に長い年を経て、このところに開けた泰平《たいへい》の御代《みよ》の恵みを受けている、木華開《このはなさく》耶姫《やひめ》の神霊《しんれい》であります」

シテ「私はまた百済国《はくさいこく》からこの国に渡り、君を崇《あが》め国を守る、王仁《おうにん》と呼ばれた人相見《にんそうみ》である」

地「昔、仁徳天皇のご治世にあっては、御代《みよ》の政《まつりごと》の陰《かげ》りをば鏡に映《うつ》して判《はん》じ諌《いさ》め」

シテ「以て治まる御代の栄華をもたらしたのも」

地「この梅の花の匂いの賜物《たまもの》」

シテ「また、花の開くがごとくに開けてきた和歌の言の葉の緑《みどり》も豊かに」

地「『津の国のなにはのことか法《のり》ならぬ遊び戯《たはむ》れまでとこそ聞け（摂津の国の難波（なにわ）では、なにはそもそも仏法にはずれたことだと申せましょうか、遊女の遊戯に到るまでも御法《みのり》の契機となると聞いておりますものを）』と古歌に歌うてあるごとく、この難波（なにわ）では、何（なに）はと申して仏法に無縁ではあり得ぬほどに、こうして管絃の楽に遊び舞い戯れて、色々とりどりの舞楽をなすこと、ああ面白い」

（天女舞《てんにょのまい》）

ツレ（ワカ）「『梅《むめ》が枝に来居《きゐ》る鶯《うぐひす》春かけて（梅の枝に来ている鶯が春を心にかけて）』

シテ「『啼《な》けどもいまだ雪はふりつつ（啼くけれどもいまだに雪が降っていることよ）』と古歌に歌うてあるとおり、鶯は春を心にかけて啼くけれども雪は、降（ふ）るそのなかを、古（ふる）き鼓の、苔むしているのを、かの古歌に『打ち鳴らす人しなければ君が代にかけし鼓《つづみ》も苔生《こけお》ひにけり（諫《いさ》め申しのために設けた鼓《つづみ》をば、打ち鳴らす人もいないので、万事平らかに治まる君が代には、その鼓にも苔が生えてしまったことだ）』と歌うたごとく、我が君の御代には諫鼓《かんこ》を打ち鳴らす人も無いほどに、打ち鳴らす人も無いほどに、君が代に」

地「懸《か》けおいた鼓も」

シテ「今では単に時を知らせる道具となって、その時刻を見守る役人も眠り」

地「目覚める時には、難波の」

シテ「大寺《おおてら》四天王寺《してんのうじ》の鐘も響き」

地「浦には潮《うしお》の」

シテ「波の声がしきりに聞こえ」

地「入り江の松風」

シテ「草むらの蘆《あし》の葉音《はおと》」

地「いずれの音を聞くのも人々の喜びの、歓呼（かんこ）に聞こえるほどに諫鼓（かんこ）は用無しとなって苔むした結果、難波（なにわ）では何（なに）はの鳥も、鼓の音に驚くことのない、ありがたい御代となった、ありがたいことよ」

（神舞《かみまい》）

地〔ロンギ〕「ああ面白い管絃の音楽よ、時節がらの調子に相応《ふさわ》しく、『春鶯囀《しゅんのうでん》』の楽《がく》をば」

シテ「春風《はるかぜ》と諸共《もろとも》に、花を散らして、ドーンと打つ」

地「『秋風楽《しゅうふうらく》』はどうであろう」

シテ「秋の風も諸共に、波を響かせてドーンと打つ」

地「『万歳楽《ばんぜいらく》』は」

シテ「ああも打ちこうも打ちさまざまに打つ」

地「『青海波《せいがいは》』とは青海《あおうみ》の」

シテ「波を立てて強く弱く打ち、また強く弱く変化豊かに打つのは、『採桑老《さいしょうろう》』」

地「『抜頭《ばとう》』の曲は」

シテ「引き返して撥《ばち》を打つ」

地「入り日を招き返す『蘭陵王《らんりょうおう》』の撥の手に、入り日を招き返す『蘭陵王』の手に、今の太鼓は、まことは波の音だから、寄りては打ちまた返っては打つ、この音楽に引かれつつ、今上《きんじょう》陛下のような聖人が御代にまた現れて、天下《てんが》を守り治める、天下を守り治めること一万歳（いちまんざい）も長かれと祝う『万歳楽（ばんぜいらく）』のめでたさよ、『万歳楽』のめでたさよ」

錦《にしき》木《ぎ》

前シテ　男
後シテ　男の亡霊
ツレ　女
ワキ　旅僧
ワキツレ　従僧（二、三人）
アヒ　里人

ワキ・ワキツレ〔次第〕「（昔、『伊勢物語』に「しのぶ山忍びて通ふ道も哉《がな》人の心の奥も知るべく（しのぶ山の名のごとくに、しのびてあの女のところへ通《かよ》っていく道があったらいいなあ、その女の心の奥までも知りたいから）」と歌われた歌枕のしのぶ山という名の山を）まことに、聞くだけでも、その昔物語をしのぶことができる信夫（しのぶ）山よ、なるほど聞くだけでも昔をしのぶ信夫（しのぶ）山よ、そこへ忍（しの）びつつ通っていく道を尋ねようよ」

ワキ〔名宣〕「これは諸国一見の旅の僧でござる。自分はまだ東国《とうごく》を見たことがござらぬほどに、この度《たび》思い立って、陸奥《みちのく》の果てまでも修行の行脚《あんぎゃ》を致したいと思うことでござる」

ワキ・ワキツレ〔道行〕「世俗のどの地にも執着《しゅうちゃく》の心を留《とど》めまいと旅を行くこと空を行く雲のごとく、執着の心を留めまいと旅《たび》行くこと空を行く雲のごとくだが、その行く雲が、旗のようになびくのが見えて、ああこうして夕暮の空を見ることも重なる旅衣《たびごろも》の日々、さて奥の国々はあちらのほうであろうかと尋ねゆくほどに陸奥《みちのく》の、狭布《きょう》の里にまでも着いたことだ」

シテ・ツレ〔次第〕「狭布の細布《ほそぬの》とて名物の布を織り織りしながら折々（おりおり）の、狭布の細布を織り織りしているうちに折々（おりおり）重ねて立てられた錦木《にしきぎ》よ、そのために浮き名を立てることであろうなあ」

シテ〔サシ〕「古き歌に『陸奥《みちのく》の忍捩摺《しのぶもぢずり》誰《たれ》ゆゑに乱れ初《そ》めにし我ならなくに（あの陸奥に産するという信夫《しのぶ》の里の名産捩摺《もじずり》の乱れ染（そ）めの模様ではないけれど、ほかのどなたのせいで乱れ初（そ）めてしまった私でもございますまいに、ほかならぬあなたのせいで乱れているのですもの）』と歎いてはあるけれど、いやいやこんなに心乱れてしまっているのは我（われ）から（注、「私自身のせい」の意）じゃと…」

シテ・ツレ「思いながらまた、これも古き歌に『海士《あま》の刈る藻《も》に住む虫のわれからと音《ね》をこそ泣かめ世をば恨《うら》みじ（海士が刈る海藻に住むワレカラという虫が声を上げて鳴（な）くように泣（な）く日々、こんなに辛《つら》い思いをするのもみな我（われ）から起ったこと、自業自得と思って二人の仲を恨むことはいたしますまい）』と歎いてあるごとくに、私たちも、その海藻に住むワレカラのように声を上げて泣（な）いて、木蔦（いつまでぐさ）ではないが何時（いつ）になったら、さあこの物思いの涙を干す（注、「乾かす」の意）ことができようか…その涙を干す衣手（ころもで）を名に負う衣手の森、その森には下露が置（お）き、『起（お）きもせず寝《ね》もせで夜《よる》をあかしては春のものとてながめ暮らしつ（恋しさに独り臥《ふ》せったまま、といって眠ることもできず夜を明かしては、さても春のものよ、この長雨（ながめ）はと思いながら苦悩（ながめ）のうちに過ごしたことよ）』という古歌さながらに、起きることもならず、寝ることもせずに夜半《よわ》を明かしているのだから、せっかくのこの春の眺望（ながめ）も何ほどのことがあろうか。…ああ、呆れたことだ、そもそもどれだけ長らえ得《う》る身だからとて、なおも人を待つことの有りそうな顔をして、思ってもくれない人を思いながら寝ることか…これも古い歌に『ゆく水に数書《かずか》くよりもはかなきは思はぬ人を思ふなりけり（流れている水に数を書くよりもあてにならぬことは、思ってもくれない人を恋しく思うことであったなあ）』と詠《なが》めたるごとくにもあてにならぬことながら、それでも、そのつれない人を思いながら寝た夢に逢えた心地《ここち》がしたのは、さても古歌に『君やこし我やゆきけむ思《おも》ほえず夢かうつつか寝てか覚めてか（いったいこれは君が来てくれたのだろうか、それとも私が行ったのだろうか、思いもかけず逢えた気がしたのは、あれは夢だったか現《うつつ》だったか、寝ていたのだろうか覚めていたのだろうか）』とあるように、さてさて夢だったか現実だったかわからない、これが恋慕に苦しむ人によくあることなのであろうか」

シテ・ツレ〔下歌〕「『徒《いたづ》らに過《す》ぐる月日《つきひ》は多《おほ》けれど花見て暮らす春ぞすくなき（無為《むい》に過ぎていく月日は多いけれど花を見て日を暮らす、そんな春は少ない）』と歎いたる古歌の心のように、我が身として為すことといったら、ただ徒らに涙を流すことばかり、その涙の川が流れて早きごとくに、流れて早き月日よ、あたかもかの古歌に『昨日といひ今日と暮してあすか川流れて早き月日なりけり（昨日だ今日だとうかうか暮しているうちに、あの急流飛鳥川さながら、流れ去ってゆくことの早い月日であったことよ）』と詠じてあるとおり、流れて早き月日であったよ」

シテ・ツレ〔上歌〕「なるほどまことに、はかなく流れて行くものは、妹背《いもせ》の中の川とやら、これも古歌に『流（なが）れては妹背の山のなかに落つる吉野の川のよしや世の中（自然と泣（な）かれてその涙が、妹山と背山の中に流（なが）れて落ちる吉野川ではないけれど、まあまあ妹背の仲というものはそんなものよ）』と歎いてあるとおりだ。そんな妹山背山《いもやませやま》の中の川と聞いている吉野の山はどこであろうぞ。此処（ここ）はまた、吉野でもなくさらに心（こころ）の奥深きところか、陸奥《みちのく》の狭布《きょう》の郡《こおり》と名に負《お》うている、その名の通りに細い布の色も様々に変わった錦木《にしきぎ》を立てて、恋しい女のところへ千度通《ちたびかよ》おうとも、百夜通《ももよ》おうともなんの甲斐もなく、ただもう悔しいばかりの心頼みであったよな、悔しいばかりの心頼みであった」

ワキ「不思議なことじゃ、ここに居る市人《いちびと》を見れば、夫婦《ふうふ》と思えるのだが、女が手に持っているものは鳥の羽で織った布と見えた。また男の持っているものは、美しく彩《いろど》り飾った木であるぞ。どちらもまことに不思議なる売り物よな。さて、これは何と申すものでござろうぞ」

ツレ「これは細布《ほそぬの》と申して、織り幅の狭い布でございます」

シテ「これは錦木と申して、彩り飾っている木であります。いずれもいずれも、当所の名物であります。どうかこれを、これをお求めくだされい」

ワキ「なるほどなるほど、錦木と細布のことは、かねて噂に聞き及んでいる、この所の名物じゃな。さて、何故《なにゆえ》にそういうものが名物なのでござろうか」

ツレ〔**カヽル**〕「なんとがっかりするようなことを仰せになることじゃ。名にし負《お》う錦木と細布ながら、名物とする甲斐もなく、よその国まではお聞き及びになっておられぬことでございますね」

シテ「いやいや、それもあたりまえのことじゃ。人それぞれの生きる道があるに、縁無き道のことをば、なんとしてご存じであろうぞや」

シテ・ツレ〔**カヽル**〕「こうして拝見いたしますれば、世捨て人でいらっしゃいますほどに、なんとして恋慕の道の色に染《そ》むということがございましょう。この錦木や細布のことは、ご存じなきも道理というものであります」

ワキ「おお、面白い返答よな。それではさて、錦木・細布とは、恋路《こいじ》に縁《ゆかり》のある事柄なのだな、きっと」

シテ「そのとおりでございます。三年《みとせ》までを限度として、立てて置く数の錦木のことは、毎日立てるならば千本ゆえ『千束《ちつか》』とも歌に詠み…」

ツレ〔カヽル〕「また細布と申すものは、織り幅が狭いほどに、身をすっぽりと隠すこともできぬゆえ、たとえば『みちのくのけふの細布程狭《ほどせば》み胸合《むねあ》ひがたき恋もするかな（陸奥の狭布の里の細布が幅狭いために胸を合わせ蔽《おお》うことができぬように、胸の思いの合いがたい恋をすることだ）』などというように歌に詠みまする」

シテ「されば、恋の恨みにも事寄せ」

ツレ「そのことが浮き名を立てることにもなって」

シテ「逢うことが叶わぬということを主題として」

ツレ「詠む歌の…」

地〔上歌〕「錦木は立てたままの姿で朽ちてしまった、すなわち『錦木は立てながらこそ朽ちにけれ狭布《けふ》の細布胸《むね》合はじとや（錦木は立てたまま空しく朽ちてしまった、さては狭布の里の細布ではないが、胸の思いが合わなかったということであろうか）』と、こんなふうに古い歌に詠んだ細布の、織り幅もないのにも似て、知識の幅もない我が身にて、歌物語を致すことの恥ずかしさよ。まことに、あの岩代（いわしろ）の松（まつ）ではないけれど、我が名ばかりは言（い）わじと思うが、ここにて待（ま）つようにとの、言葉をとり置いて、折しも夕日《せきじつ》の影も西（にし）に傾いてきたほどに、錦木（にしきぎ）の、わが宿りにさあ帰ろうよ、宿りにさあ帰ろう」

ワキ「さらに詳しく、錦木細布の謂《い》われを、お語りなされよ」

シテ〔語〕「昔よりこの所の習いで、男と女の仲立ちとなるものとして、この錦木を作り、女の家の門《かど》のところに立てておきます、その通う男の標《しる》しになる木でありますから、美しく彩《いろど》り飾って、これを錦木と申します。その上で、逢ってもよいと思う男の錦木を取り入れ、逢いたくない人のは取り入れないという次第で、或る者は百夜《ももよ》も、はては三年までも立てたままになっておりましたによって、千束《ちづか》とも歌に詠んであります。またこの山陰《やまかげ》に、錦塚《にしきづか》というのがございます。これこそ三年までも空しく錦木を立てておった人の古いお墓でありますから、その立て置いた錦木の数々も取り入れ、もろともに塚に葬り埋めて、これを錦塚と申すのでございます」

ワキ「それでは、その錦塚を見て、故郷《こきょう》への土産話《みやげばなし》に致そうと存ずる、どこにあるか教えてくだされよ」

シテ「おうおう、それではいざいざお教え申しましょう」

ツレ〔カヽル〕「こちらへお出でなされませと言って」

シテ・ツレ「夫婦の者は先に立ち、その旅人を伴いつつ」

地「狭布《きょう》の細布ゆかりの細道をはるばると分けて、錦塚はどこにあるぞ、古き旋頭歌《せどうか》に『かの岡に草刈《くさか》る男《をのこ》しかな刈りそ、ありつつも君が来まさむみまくさにせむ（あの岡に草を刈っている男よ、そんなに刈らずにおいてよ、そのうちにはあの君もお出でになるでしょうから、そのお馬の秣《まぐさ》にもしましょうほどに）』とあるけれど、ここなる岡に草を刈る男よ、今は人の通っていく道を明らかに教えてよ、道芝《みちしば》には露も置いて、おおこれも古歌に『尋《たづ》ぬべき草の原さへ霜枯《しもが》れて誰《たれ》に問《と》はまし道芝の露（尋ねて行きたいと思う墓所《はかどころ》の、その草の原さえ霜枯れてしまって分からない、かくなる上は誰に訊ねたらいいのだろう、道芝の露と消えたそなたの跡を）』と歎いてあるその心にも似て、露のごとく消えた人の跡をば誰に問うたらいいのだろう、永遠に失《う》せぬ仏法の光の玉はどこにあるのであろう、それを求めたいと思うのだが」

シテ「秋の寒々《さむざむ》とした夕まぐれ」

地「嵐が吹き荒れ、木枯らしが吹き、村時雨《むらしぐれ》がざっと降る、その草葉《くさば》の露を踏み分けることも難《かた》くして足を引き引き、足引きの（注、山を導く枕詞）山の、いつも日蔭《ひかげ》になっている道はいかにも物寂《さび》しくて、あたかもそれは、いにしえの漢詩《からうた》に『梟《ふくろふ》は松桂《しやうけい》の枝《ゑだ》に鳴き、狐《きつね》は蘭菊《らんぎく》の叢《くさむら》に蔵《かく》る（梟は松や桂の枝に鳴き、狐は蘭や菊の草むらに隠れている）』と詠まれた、その狐などが住むような塚の草、しかも紅葉した葉が彩《いろど》り染めて錦のように美しい錦塚とは、これぞと言い捨てて、その塚の内に入ってしまった、夫婦は塚に入ってしまった」

（中入）

ワキ・ワキツレ〔待謡〕「夏に生え変わったばかりの牡鹿《おしか》の角《つの》のように短い束《つか》の間《ま》の時間も、牡鹿の夏角《なつづの》のように短い束の間の時間も、寝てなどいられるものか…、秋風の吹きすさぶ松の木陰《こかげ》に臥《ふ》して僧らは、ただ夜《よ》もすがら、声を上げて仏事《ぶつじ》を執行《しゅぎょう》していたのであろう、声を上げて仏事を執行していたのであろう」

ツレ〔カヽル〕「もし、お坊様、ちとお訊《たず》ね申すが、世に『一樹《いちじゅ》の下《もと》に宿り、一河《いちが》の流れを汲《く》むも、皆これ先《さき》の世の宿縁《しゅくえん》なり（おなじ一つの樹の下陰《したかげ》に宿りあい、一つの河の流れを共に汲むのも、前世《ぜんせ》からの因縁《いんねん》なのだ）』と仏の教えにあると聞いておりますものを、ましてやここに巡《めぐ》り遇《あ》うべき因縁のあったればこそ、こうして宿りを共にする草の枕、その枕の夢をばどうか覚してくださるなよ。…ああ、尊《たっと》い仏の教えよなあ」

後シテ「おお、ありがたいお弔《とむら》いじゃなあ、来世《らいせ》までもと約束した妹背《いもせ》の契《ちぎ》りほどのことでも、三年《みとせ》という日数《ひかず》が積って、この錦木を立て続けても逢（あ）い難いことなのに、ましてや人間の身として遇（あ）い難い仏法に、こうして巡り合うことのできたありがたさよ。それでは、さぁさ、私のまことの姿を現《あらわ》し申そうぞ」

シテ〔**一セイ**〕「今という今、我が思いをはっきりと形に見せ申そうぞ、この錦木の」

地「願いを立てて三年《みとせ》という月日が過ぎた…思えば昔《いにしえ》の」

シテ「三年の日々は夢の内の夢のごとくであったが、その夢の内に、今宵《こよい》はやっと三年の果ての逢瀬を得ることができた、三年越しの嬉しい逢瀬《おうせ》の時に今こそ帰るのだと」

地「いにしえの歌に『野辺《のべ》見れば尾花《をばな》が下《もと》の思ひ草《ぐさ》枯れゆく冬になりぞしにける（野辺の景色を見れば尾花《すすき》の下の思い草（注、女郎花か、未詳）までもがすっかり枯れてゆく冬になりはててしまったことよ）』と詠《なが》めたるごとくに、ススキの下に枯れているその思い草の、陰《かげ》から現れてきたつかのまの姿…錦木の塚（つか）の幻（まぼろし）となって、現れて出てきたのをご覧《らん》ぜよ」

シテ「『いふならく奈落《ならく》の底《そこ》に入りぬれば刹利《せつり》も首陀《しゅだ》も変わらざりけり（世に言うところでは、死んで奈落の底に落ちてしまえば、王族《おうぞく》も奴婢《ぬひ》もなんの変りもない苦を味わうのだと）』と古歌に教えてある、そのとおり苦しみはなんの変りもなかったことじゃ、ああ、恥ずかしいぞ」

ワキ〔**カヽル**〕「なんと不思議なことよな、いかにも古塚《ふるづか》と見えていたが、内部に輝く灯火《ともしび》の、光も明るい人家と変じたるその内に、機織《はたお》りを立て錦木を積んで、その昔《むかし》の様子を顕《あら》わすように見える…ああこれは夢だろうか現《うつつ》だろうか」

ツレ「『かき昏《く》らす心の闇《やみ》に惑《まど》ひにき、夢うつつとは世人《よひと》さだめよ（なにもかも分別《ふんべつ》を失って恋心の闇にすっかり惑乱《わくらん》してしまいました、逢瀬《おうせ》が夢だったか現《うつつ》だったか、それはしかるべき世の人が定めて下さい、私《わたくし》にはなにもわかりませぬほどに）』の古歌のごとく」

シテ「まことに、その昔在原業平《ありわらのなりひら》も、逢瀬の実否《じっぷ》は世の人が定めてくれと言ったものを、これが夢か現かは、そなた、世の旅人こそが、よくよくご存じのところであろうに違いあるまいが」

ワキ〔**カヽル**〕「よしんばそれが夢であろうとも現であろうとも、さあさあ早く昔の姿を現《あらわ》して、夜通《よどお》し私に見せて下されよ」

シテ「それではいざいざ昔の姿を現そうと、言(い)うほどに夕影草(いうかげぐさ)(注、夕べの光に沈みつつある草、月を導く枕詞)の月の夜《よ》に」

ツレ〔**カヽル**〕「女は塚のうちにはいって、折しも秋、心細い思いとともに細布の、機織りを立てて機《はた》を織れば」

シテ「夫《おっと》は錦木を取り持って、鎖《さ》してある門《かど》を、敲《たた》いても敲いても」

ツレ〔**カヽル**〕「なかから答える事もなく、ただひそやかに音を立てているものとしては」

シテ「機織《はたお》りの音《ね》と」

ツレ「秋虫の鳴く音《ね》ばかり」

シテ「聞いていると、夜更けての声も」

ツレ「キリ」

シテ「ハタリ」

ツレ「チョウ」

シテ「チョウ」

地〔**上歌**〕「キリハタリ、チョウチョウ、キリハタリ、チョウチョウ、と鳴くは機織《はたおり》(注、今のキリギリスの異名)、はたまた松虫(注、今の鈴虫)に、キリギリス(注、今のコオロギ)、ツヅリサセヨ(綴《つづ》り刺《さ》せよ)と鳴く虫の声は、衣《ころも》のことを案じて鳴くのであろうか、…いやそれならば悲観するには及ぶまい、自分が住む野の、千草《ちぐさ》の色に染めたる糸を使って細布《ほそぬの》を、織ってつかわそうほどに」

地〔クリ〕「これはまことに陸奥《みちのく》の狭布《きょう》の郡《こおり》の習俗《しゅうぞく》として、この所《ところ》に相応《ふさわ》しい手織《てお》りのわざの、世に比類《ひるい》もない有様よな」

シテ〔サシ〕「こんなことを申しただけでも気の引けることだのに、その上なおも昔のことを再現して見せよとの」

地「お僧のおっしゃるところに従って、織る細布の手業《てわざ》や錦木を見せもしようが、その錦木を千度《ちたび》立てつつ百夜《ももよ》を経《ふ》るとても逢ってはもらえぬ、この恋の執心《しゅうしん》はよもや尽《つ》きることもあるまい」

シテ「さりながら、今こうして遇《あ》い難《がた》い仏縁《ぶつえん》によって」

地「玄妙《げんみょう》の法力《ほうりき》を持つ唯一真実《ゆいいつしんじつ》の経典《きょうてん》『法華経《ほけきょう》』の、ご利益《りやく》に与《あずか》らんと願う懺悔《さんげ》の姿を、そなたの夢のなかにもう一度現《あらわ》すのである」

地〔クセ〕「夫《おっと》が錦木を運んでくると、女は家のなかで細布《ほそぬの》の機(はた)を織る、その機織る虫(キリギリス)のように声を立てて妻問《つまど》いをするまでもないけれど、互いにそれぞれ内《うち》と外《そと》に居るぞということは、知られ知られる仲(なか)の二人を隔《へだ》てる中垣(なかがき)の、草の戸は鎖《とざ》されたままにて、夜はもう明けてしまったほどに、男はすごすごと立ち帰った。こんなことが重なったほどに、恋の思いの数も積り積ってきて、錦木は雨風《あめかぜ》に曝《さら》され色《いろ》も朽《く》ち、そのまま苔《こけ》に埋(う)もれ、土中《どちゅう》に埋(う)もれた朽ち木《くき》さながら、誰にも知られぬ身であったなら、これにて思いも止《と》まろうものを…、錦木は朽ちてしまったけれども、あたら浮き名ばかりは立ち添うて、二人《ふたり》添うて逢う事はないほどに、涙(なみだ)も血に染めて紅《くれない》の色に出たごとく、恋の思いも色に出た(注、表にあらわれたの意)ことであろうかや。その故《ゆえ》に、この錦木をまた恋の染木(そめぎ)とも、歌に詠《よ》まれたことなるぞ」

シテ「古き歌に、『思ひきや、榻《しぢ》の端書《はしが》き書《か》きつめて(こんなことをまさか思ったことがあったろうか、百夜通《ももよがよ》いの夜々《よるよる》に榻(注、車の轅《ながえ》を置く台)の一端《いったん》に印《しるし》を書いておいたその端書《はしが》きを書き集めて)…』」

地「『百夜《ももよ》も同じ丸寝《まろね》せんとは(こうして百夜もの間《あいだ》同じように寂しい独り寝《ね》をしようとは)』と、詠んですらあるものを、ましてや百夜《ももよ》どころではない一年も待ったばかりか、さらには二年あまりもそのままに捨て置かれて、はや三年(みとせ)になんなんとする陸奥(みちのく)の狭布(きょう)の里に、今日(きょう)までも日数《ひかず》を重ねつつ、年《とし》も暮(く)れ、紅(くれない)の錦木は、もう千度《ちたび》ともなれば徒(いたず)らなわざとなり、ただ徒(いたず)らに自分も門口《かどぐ》のところに立っている、そこに立っている錦木と共に涙に濡れて朽ちてしまうに違いない袖、その袖の涙の玉(たま)ではないが、邂逅(たまさか)にも、どうして私の姿を見もし、またそなたの姿を見せてくださらぬのか。…かくしていつしか三年《みとせ》の年月《としつき》は満《み》ちてしまった。ああ、なんとつれない、つれない人であろうか」

地「古き歌に『錦木は…』」

シテ「『千束《ちつか》になりぬ今こそは…(もう千本になった、さあ今という今は…)』」

地「『人に知られぬ閨《ねや》の内見《うちみ》め(人に知られない、その閨の内を見ようぞ)』と歌うてあるほどに」

シテ「嬉しやのう、今宵《こよい》こそは恋しい人に逢(お)うて鸚鵡(おうむ)の貝にて固《かた》めの盃(さかづき)を、月(つき)の」

地「行（ゆ）き廻（めぐ）るほどに、雪（ゆき）を廻らすかと見える、美しい舞《まい》の袖よなあ、舞の袖よなあ」

（黄鐘早舞《おうしきはやまい》）

シテ「舞を舞い」

地「舞を舞い、歌を謡《うた》うも男と女の媒（なかだち）にして、その媒（なかだち）として立てるものは錦木」

シテ「織るものは細布《ほそぬの》の」

地〔キリ〕「色とりどりなように、とりどり様々の夜の舞楽が、盃《さかづき》に映ってありながら有明（ありあけ）の、月の光に人に姿を見られることの恥ずかしや、恥ずかしや、かくもあさま（注、あからさま、の意）にも人目に立って、ああ朝間（あさま）にもなってゆくのであろうか、こうして夢の覚めぬうちだからこそ、夢の人としてここに居られるものを、もし目覚めてしまったなら錦木も細布も、夢も破れて……と、見れば、あたりには松風《しょうふう》がサササッと吹きわたる朝《あした》の原の、その野中《のなか》の古塚《ふるづか》と、なってしまった」

鵺《ぬえ》

前シテ　舟人
後シテ　鵺
ワキ　旅僧
アヒ　里人

ワキ〔次第〕「俗世《ぞくせ》を見限った世捨て人として旅の空に、世を捨てた人間として旅の空に漂泊していると、さて今までどこをどう辿《たど》ってきたのやら、もはや来《こ》し方は茫々としている」

ワキ〔名宣〕「これは諸国一見のため旅をしている僧でござる。自分はこのたび熊野の霊地に参詣してまいった。また、これからは都に上りたいと思うのでござる」

ワキ〔道行〕「こともなく旅は進んで、熊野から帰り来（き）たる紀州路（きしゅうじ）を辿り、やがて和泉国《いずみのくに》との境の関も越えて、帰り来た紀州の道の関も越えて、さらに行く先は和泉の国、その信太《しのだ》の森もつい過ぎて、松原が見えてきたあの遠い里は、歌に名高い遠里《とおさと》小野《おの》…ここは住吉（すみのえ）と、その名のとおり住み良しというべきか、それとも難波潟（なにわがた）、なにやかにやと住み悪（あ）しや、というべきかと思いながら行くほどに、はや芦屋（あしや）の里に着いたことよ。芦屋の里に着いたことよ」

ワキ「急いで来たほどに、おお、これは早くも摂津《せっつ》の国、芦屋の里に着いたことでござる。折しも日が暮れてまいったほどに、どこぞに宿を借りたいものだと思うことでござる」

（ここに、アヒ芦屋の里人とワキ僧の間に宿借りの問答あり。里人は、宿は貸せぬが、洲崎の御堂に泊まれといい、あそこには化物が出るが、法力を以て退治申すべし、というやりとりをする）

シテ〔サシ〕「悲しいことよな、この身は今や籠《かご》の鳥のごとくにして、その鳥の辛い心を知ってみれば、なんとか悟りを得たいけれど、そのための仏法に巡りあうことの難しさは、あたかも盲目の亀が大海の浮き木に巡りあうほど稀なること、かくてただ闇のなかに埋《う》もれてしまった木が、だからといってそのまま埋もれたままにもなりきれずして、浮かばれぬ亡魂は、なんのためにこうして俗世に残っているのであろう…」

シテ〔一セイ〕「浮き沈みする…涙の海の、その波に漂う虚《うつ》ろ舟が」

地「漕(こ)がれるように、思い焦(こ)がれて止むことのない、あの昔の日々を」

シテ「思い出しては、もうこれで思い尽くしたという時もありはせぬ」

ワキ〔カヽル〕「なんと不思議じゃな、今やもう夜も更けた時分だのに、あの浦の波に、幽《かす》かに浮かんでこちらへ寄ってくるものがある、それを見てみれば、さきほど里人の話に聞いたところと少しも変わらず、形はたしかに舟の形をしているのだが、それでもただの埋れ木のような風情にて、いったいその舟に乗っている人があるのかないのかもさだかでない。ああ、なんと不思議のものよなあ」

シテ「なに、不思議のものだと言われるのを承った。そういうそなたは、いったいどういう人であろうぞや」

シテ〔カヽル〕「もとより闇の波間《なみま》に浮(う)ききたる、憂(う)きつらき我が身、この身は埋もれて、埋れ木のように、誰にも知られぬ身の上とお思いくださるならば、どうぞ不審がったりなさいますな」

ワキ「いやさ、これはただ、ここなる里の人が、そなたのように不思議な舟人が、夜々《よるよる》やって来ると申しておったが、いまこうして見るところ、その里人の申したことと少しも違っていないゆえ、私もその里人と同じように不審を立て申すのじゃ」

シテ「いま仰せの里人とは、この芦屋の浜で、灘《なだ》の塩を焼く海士人《あまびと》であろうほどに、それと同類の私を、なんとしてお疑いなさるのか」

ワキ〔**カヽル**〕「塩を焼く海士人の一類だというのなら、どうしてその汐汲《しおく》みの業《わざ》を為《な》すこともなく、さも暇《ひま》そうに夜々やってくるのか、そこが不審なのじゃ」

シテ「なるほど、なるほど、夜々ごとにこうしてやって来る暇《いとま》のあることをお疑いになるか、いや、そのことにもしかるべき謂れのあること、古き歌にも、『芦の屋の（芦屋の）…』」

ワキ〔**カヽル**〕「『…灘の塩焼暇《しほやきいとま》なみ、黄楊《つげ》の小櫛《をぐし》はささず来にけり（…灘の浜の海士人ゆえ、塩を焼く手業《てわざ》の暇の無さに、黄楊の櫛などはささずにこうして来てしまいました）』と詠まれてある」

シテ「私も波間《なみま》に浮（う）き漂っている憂（う）き身の上とて、暇《いとま》のなさに、波（なみ）に」

ワキ「さしよせられて」

シテ「舟人は」

地〔**上歌**〕「棹《さお》もささずにやってきてしまった、この虚ろ舟、ささぬのに寄って来てしまったこの虚ろ舟、これがはたして現実《うつつ》であるのか、はたまた夢であるのかは、この夜が明けてはじめて、たしかなことを見（み）るだろう…この海松藻（みるめ）も、刈らぬ芦屋の里の、屋根に葺いた芦も軒端を刈らぬ粗末な小屋に、その芦の一節（ひとよ）ではないけれど、一夜（ひとよ）寝て海士人の心の闇を、どうぞ弔《とむら》ってお救いくださいませ。見ればありがたいことに、こなたの旅人は、出家遁世なさった御身でございます。私はそれにひきかえて、捨て小舟に閉じ込められた身、しかし『捨てた』とはただ名のみのことで、いまだ世を捨てることもできず迷っております。さればただただ仏法のお力を頼りにいたしております」

ワキ「なにをどうやって見申しても、いっこうに人間には見え申さぬことでござる。いったいいかなる者か、しかと名を名のりなされや」

シテ「これは、近衛《こんゑ》の院《いん》の帝《みかど》（注、近衛天皇）の御代《みよ》に、源頼政《みなもとのよりまさ》の射《い》た矢に射抜かれて、命を落とした鵺《ぬえ》と申したる者の亡霊でござる。その時の有様を、くわしく語ってお聞かせ申すことにいたしましょう。されば、どうぞ亡きあとを弔ってくだされませ」

ワキ「ということは、そなたは鵺の亡魂でござったか。では、その時の有様を、どうぞ詳しくお語りなされよ。されば亡き跡を、拙僧が心を込めてお弔いいたすことでござろう」

地〔クリ〕「あれは、近衛の院の帝がご在位であった時、すなわち仁平《にんぺい》の頃であったが、帝が、夜な夜なご病苦に煩悶《はんもん》されることがあった」

シテ〔サシ〕「そこで験力顕著《げんりきけんちょ》な高僧や貴僧に申し付け、病魔退散《びょうまたいさん》の重き秘法を行わせたけれども、その効《こう》験《げん》はさらさらなかったことであった」

地「主上《しゅしょう》のご悩乱《のうらん》は丑《うし》の刻《こく》（注、午前二時頃）ばかりであったが、東三条《とうさんじょう》の森の方角から、真っ黒な雲が一《ひと》群《むら》立ってやってきて、御殿の上に蔽《おお》いかかると、その時必ず主上はなにかに怯《おび》えなされたのであった」

シテ「ただちに公卿《くぎょう》たちの会談が催されて」

地「これは必ずや、妖怪変化《ようかいへんげ》のしわざであろうから、武士に仰せ付けて固く警護あってしかるべしというので、源氏・平氏両家の兵《つわもの》を選抜されたるその中に、特に頼政を選び出されたのであった」

地〔クセ〕「頼政は、その時分、兵庫《ひょうご》の頭《かみ》と申しておったが、頼みとする部下としては猪《い》の早太《はやた》という者を、ただ一人《いちにん》召し連れていた。そうして自分の身には（表裏《ひょうり》同じ色の）二重《ふたえ》の狩衣《かりぎぬ》を着《ちゃく》し、山鳥《やまどり》の尾羽《おばね》を付けたる、鋭い矢を二本、籐《とう》の蔓《つる》でひしと巻き立てた立派な弓に取り添えて、御殿の、主上《しゅしょう》のお側《そば》近き廂《ひさし》の間《ま》に参り控え、いざご病気の悩乱の起こる刻限をば、今や今やと待っておった。そうしていたところ、案の定、その時刻になると例のとおり黒雲が一群《ひとむら》立って寄せ来たり、御殿の上を蔽いつくしたのであった。頼政がキッと見上げると、その雲中《うんちゅう》に、妖しいものの姿がある」

シテ「そこで矢を取って弓に打ち番《つが》わせ」

地「南無八幡大菩薩《なむはちまんだいぼさつ》と、心中《しんちゅう》に祈念して、よくよく弓を引くと、ヒューッと放ったその矢に、たしかに手応《てごた》えがあってバタッと命中する。『得たりや、おう（やったぞ、よーし）』と雄叫《おたけ》びを上げて、その妖しいものが落ちたところへ、家来の猪の早太がツツツッと走り寄って、持った刀で、続けざまに九回まで止《とど》めを刺したのであった。そこで火を灯《とも》してよく見てみると、頭《かしら》は猿、尾は蛇《くちなわ》、足や手は虎のごとくであって、そのヒーッヒーッと鳴く声は鵺《ぬえ》（トラツグミ）に似ているのであった。いやはや、恐ろしいなどという言いかたではいかにも生ぬるいと思えるような、不気味千万な姿であった」

地〔ロンギ〕「なるほどなるほど、これぞ世上《せじょう》に隠れもない一奇談、その怨みに満ちた一念をひるがえして、成仏得脱《じょうぶつとくだつ》するための力に変えるがよい」

シテ「とはいえ、そのように浮かばれるための、方便（たより）とてもない我が身にて、もしも自分が渚（なぎさ）の浅い浅緑の、水（みづ）に沈める三角柏（みづのかしわ）ででもあったなら、古き歌に『思ひ余りみつのかしはにとふことの沈むに浮くは涙なりけり（恋しい思いのあまりに、三角柏で占ってみたら、あえなくその葉は沈んで、浮かんできたのは私の涙であったこと）』とあるように、身は闇に沈んでも、それが却って浮かばれることの機縁《きえん》ともなろうものを」

地「なるほどなるほど、これも多生《たしょう》の縁というもの」

シテ「時《とき》しも多きに、まさにこの今宵《こよい》にあたり」

地「亡き世の人に会（あ）いたることよ、やがて合竹（あいたけ）の（注、笙の奏法の名だが、ここは、次の棹を導く序詞《じょことば》として置かれているのみで、実質的な意味は殆どない）」

シテ「棹《さお》を取り直し、虚《うつ》ろ舟に」

地「乗ると見えたが」

シテ「夜の波に」

地「浮いたり、沈んだり、見えたり、隠れたり、絶え絶えに行くほどに、その行くえに聞くは鵺の声、ああ恐ろしい、ぞっとするぞ、ああ恐ろしい、ぞっとするぞ」

（中入）

ワキ（待謡）「ありがたい読経《どきょう》の声も浦の波も、読経の声も浦波も、この世に普《あまね》き真実の相《そう》を表《あらわ》して悟りへの道は広々と、どこまでも広い仏法の教えを受けよとばかり夜とともに、この御経《おんきょう》を読誦《どくじゅ》する、この御経を読誦する」

ワキ「一仏成道観見法界《いちぶつじょうどうかんけんほうかい》、草木国土悉皆成仏《そうもくこくどしっかいじょうぶつ》（一人の仏が悟りを開き、その慈眼《じげん》を以てこの世を観念して見るときには、草木も国土もことごとくが成仏することを得る）」

後シテ〔一セイ〕「有情非情《うじょうひじょう》、皆倶成仏道《かいぐじょうぶつどう》（人間などの心有るものも、木石《ぼくせき》などの心無きものも、みなともに成仏の道を成就するであろう）」

ワキ「信じてお頼みいたそうぞ」

シテ「お頼みいたそうぞや」

地「あの御仏《みほとけ》の涅槃《ねはん》の床《とこ》に参集したる五十二類の生き物たちも私も同じ一類なのだから、涅槃に赴《おもむ》かれた御仏の教えに導かれて、迷妄《めいもう》を去った真《まこと》の光に輝く月の夜、その夜汐に浮かびながら、ここまでやってきた、ああ、ありがたいことじゃ」

ワキ〔カヽル〕「不思議なことよ、いま目前にやって来た者を見ると、面《おもて》は猿、足手は虎、さきに聞いたのと寸分違《たが》わぬ妖怪変化《へんげ》の姿、ああ恐ろしい有様じゃなあ」

シテ「さてさて、わしは邪悪なる心を以て仏法の道を外《はず》した妖怪変化となり、仏の道や帝のご政道の妨げをなそうと思い、帝のおわす王城近くに遍《あまね》くはびこって、東三条《とうさんじょう》の御殿近い林の辺《あた》りに暫く飛行《ひぎょう》し、真夜中丑三《うしみ》つばかりの夜な夜なに、御殿の上に飛び下がった、すると」

地「ただちに帝《みかど》がご病気にひどく悩乱され、玉体《ぎょくたい》を悩ませて怯《おび》え、はては失神なさることも、つまりなにもかもわしが仕業《しわざ》じゃぞと憤怒《ふんぬ》の形相《ぎょうそう》をなしたるところ、思いもかけなかった頼政めの、その矢に当たってしまったので、変化《へんげ》の姿は消えて失せ、ガラガラドシンと、地に倒れて、たちまちに滅ぼされてしまったこと、思い返せば頼政の矢先に当たったというよりは、むしろ君の天罰に、当たったのだと今という今思い知られたことであったぞ。その時、帝は大いに御感《ぎょかん》あって、獅子王《ししおう》という御剣《ぎょけん》をば、頼政にくだされた、それをまた宇治の左大臣藤原頼長《ふじわらのよりなが》が頂いて取り次ぎ、お前の階《きざはし》をお降りになった…その折も折、ホトトギスが一声鳴いて飛んできたので、左大臣は、とりあえず」

シテ「『ほととぎす名をも雲居《くもゐ》に揚《あ》ぐるかな（ホトトギスはああして今この皇居の庭に名のりを揚げたよ）』と、こう歌の上の句を詠じかけられたところ…」

地「頼政は、右の膝をついて、左の袖を広げ、月を少し横目《よこめ》にかけて、『弓張月《ゆみはりづき》のいるにまかせて（あの弓を張ったような半月は山の端《は》に入るにまかせて…ただよく張った月のような弓にまかせて射るというだけのこと、たいした手柄ではございません）』と、このように下の句を付けてご覧にいれたので、その褒美に御剣を頂戴して、帝の御前《ごぜん》を退出して帰った。かくて頼政は名を揚げたが…このわしは、反対に不名誉の名を流されて、虚《うつ》ろ舟に押し込められて、淀川の流れに、淀んでは流れ、流れては淀みして行く、その行く末の、芦茂《しげ》る鵜戸野《うどの》を過ぎ、ついには同じく芦の名所の芦屋《あしのや》の、浦のあたりの浮洲《うきす》に流れ留《とど》まって、そのまま朽ちていきながら、虚ろ舟の中では、月日も見えぬことゆえ、かの古き歌に『冥《くら》きより冥き道にぞ入りぬべき遥かに照らせ山の端の月（このままでは、煩悩の闇から無明《むみょう》の闇へと迷い込んでしまうかもしれない、どうか遠くから我がゆく道を照らしてください、西の山の端に掛かる真如の月よ）』と詠まれたごとく、暗いうえにも暗い道に入り込んでしまったほどに…、どうか遥かに照らしてくれ山の端の月よ、その山の端の月と共に、海上に映った月も沈んでいってしまった、鵺の亡霊も、海上の月と共に沈んで消えていった」

花筐《はながたみ》

前シテ　照日の前
後シテ　同（狂女）
ツレ（後）　侍女
子　方　継体天皇
ワキ（後）　官人
ワキツレ（前）　使者
ワキツレ（後）　駕輿丁（二人）

ワキツレ〔名宣〕「これは越前の国、味真野《あじまの》と申すところにおわします、男大迹《おおあとべ》の皇子《おうじ》にお仕え申している者でござる。さて、このほど都からお使者が下《くだ》され、武烈天皇《ぶれつてんのう》の御代《みよ》をば、この味真野の皇子にお譲りなされるとのこと。ついては、そのお迎えの人々が罷《まか》り下《くだ》って、皇子の御供《おんとも》をいたし、今朝早くご上洛なさったことでござる。しかるに、ちかごろ皇子がご寵愛あって、お側《そば》に召し使っておられた、照日《てるひ》の前《まえ》と申す御方《おんかた》は、目下お暇《いとま》を頂戴して、御実家《おさと》に下がってお出でてござるが、その御方に、急なご上洛のこととあって、（じきじきに別れを告げることが叶わなかったゆえ）、ここに皇子のお手紙と、毎朝御手《おんて》に馴れて使っておられた花の御《おん》篭（かたみ）をば、自らの形見（かたみ）として、差し上げなされますほどに、それがしに、これを持ってゆけとのご命令でござる。されば、ただいまその照日の前の御実家へと、急ぐところでござる…。おお、なんと嬉しいことであろう、その照日の君がこちらへお出でなさってござる。

ちょうどよい、ここでその旨を申し伝えようと思うことじゃ…もしもし、ちと申し上げます」

シテ「なにごとでございましょうか」

ワキツレ「我が君は、都からお迎えが下《くだ》って見え、皇位にお即《つ》きになられまして、今朝早く、ご上洛でございます。ついてはまた、ここにあるお手紙と、形見(かたみ)の花筐(がたみ)を、まちがいなく差し上げよとの御事《おんこと》でございます。これここに、ささ、ご覧なされませ」

シテ「それでは…我が君は皇位にお即《つ》きあそばされて、都へお上《のぼ》りになったとや、それはそれは、返す返すもおめでたいことでございます…さはさりながら…」

シテ〔カヽル〕「この何年かお側にお仕えしてまいりました、そのお名残は、いつまでもいつまでも、決して忘れることなどできますまい。ああ、ああ、お名残惜しや…それでも、わたくしをお忘れなくお思いくださって、お手紙をお残し置きくださいました事の、ありがたさよ…されば、急いで拝見いたしましょうぞ」

シテ〔文〕「私は、応神天皇《おうじんてんのう》のお血筋を嗣《つ》ぎながら、皇位に即く立場ではなかったのであるが、天照大神《あまてるおおんがみ》の遠孫《えんそん》にあたる者ゆえ、毎日、伊勢の大神宮《だいじんぐう》を遥拝《ようはい》し奉《たてまつ》っていた、それにつき神の御感《ぎょかん》の至りでもあろうか、多くの臣たちの合議によって選びだされて、即位のために、誘《いざな》われていく九重《ここのえ》の雲の上なる宮中《きゅうちゅう》へと、今は離れてゆくけれども、昔の人が『忘るなよ程《ほど》は雲居《くもゐ》になりぬとも空行く月の巡り逢ふまで（忘れてくれるなよ、たとえ雲のかなたほどに離れてしまったとしても、空を行く月がやがて同じところに巡ってくるように、また再び巡り逢うまで…）』と歌うた月影のように再び巡り逢うことを、秋のころの頼みとして、この手紙を残しておくのである。されば、ただただ再びの巡り逢いを信じていてほしい、袖を触れあって馴《な》れ睦《むつ》みたる月日なのだから、月が雲に隠れるように私が九重の雲の上に昇って、今ははるかに隔てがあろうとも…と」

地〔下歌〕「書き置きあそばされた、御筆《おんふで》の跡（あと）が、後（あと）に残っていることが、ああ悲しい」

地〔上歌〕「皇子《おうじ》さまと住む、その日々だって寂しくありました山里に、ありし昔のままの山里に、独り残ってありますのは、『有明（ありあけ）のつれなく見えし別れより暁《あかつき》ばかり憂きものはなし（空に有明の月がかかって、まるで知らん顔をしているように見えた、あの君とのきぬぎぬの別れ以来、暁ほど辛《つら》いものはありませぬ）』と歌うた古歌ではありませぬが、つれなき（注、無情の意）春も過（す）ぎ、杉（すぎ）の木の間を吹き荒らす松風も、ふと気がつけば、あれは花を散らした跡の風かと懐かしい…懐かしい御花筐とお手紙を抱いて、照日は実家《さと》へと帰って行った」

（中入）

ワキ・ワキツレ〔次第〕「我が君のお恵みが、天高く照らす日の光のようにくまなく行き渡って、帝のお恵みが天高く照らす日の光のように、照り映える紅葉を眺めにと行幸《みゆき》の列を急がせてゆこう」

ワキ〔サシ〕「恐れ多くもこの君は、応神天皇の五代のご末裔《まつえい》、男大迹《おおあとべ》の皇子《おうじ》と申し上げておったが、当年、ご即位のことが定まって、今は継体天皇《けいていてんのう》と申し上げるのである」

ワキツレ「されば、こうして平和に治まった御代のご威光《いこう》は、国土を遍《あまね》く照らして、日《ひ》の本《もと》という国の名も、まことにふさわしく」

ワキ「日の本の大和《やまと》の国なる、玉穂《たまほ》の都に」

ワキツレ「いま宮殿を造って」

ワキ「まことに光輝赫奕《こうきかくやく》たるものである」

ワキ・ワキツレ〔上歌〕「過去から未来まで永劫《えいごう》の代々《よよ》、君の恩恵《めぐみ》も久しくして富の基《もとい》の稲草《いなくさ》の、君恩《くんおん》も久しく稲草の、その種《たね》も栄《さか》えてゆく秋の空、折から露《つゆ》も時雨《しぐれ》も順調に降り来たり、そのお陰でどこも色づく初紅葉のころともなれば、松は千年《せんねん》変らぬ緑の色を見せ、その常磐木《ときわぎ》さながらに色変えぬ君の正しきご政道に巡り逢い、秋には廻り逢おうと約したる、行幸《みゆき》の車を急がせて行こうよ、行幸の車を急がせようよ」

後シテ〔カヽル〕「もしもし、そこにおいでの旅人よ、都への道を教えてくだされよ…なんと、我を物狂《ものぐるい》だと仰せか。いや、物狂とても、思う心があればこそ、道をお訊ねするのじゃものを…なぜに、無情にも道を教えてくださらぬのじゃ」

ツレ「よろしゅうございます。のう、人は教えてくれずとも、都への道しるべはございますぞや。あれを、ご覧くださいませ。雁《かり》がねが渡ってまいります」

シテ「なんと、雁がねが渡ってゆくというか。なるほどなるほど、いま思い出しました。秋にはいつも雁が、南へ渡ってゆく、空（そら）の上…」

ツレ〔カヽル〕「虚言（そらごと）にてはよもやあるまい、君が住む、都とやらいうところも、その南の方なのだから」

シテ「雁の鳴く声こそは道しるべとして、頼りにする友と…」

ツレ〔カヽル〕「我も頼（たの）む、田面（たのむ）の雁こそが、連れ立って越す、越路（こしじ）の道しるべにほかなりませぬ」

シテ「その上また、名高き伝えの蘇武《そぶ》の旅雁《りょがん》…唐土《もろこし》の武将《ぶしょう》蘇武は異民族に囚《とら》われて、渡って行く雁に…」

シテ・ツレ〔一セイ〕「手紙を付けて送ったという、南の都への道に」

地「我をも、共に連れて行け…」

〔翔《かけり》〕

シテ「雁（かり）のように、宿を借（か）りつつ仮寝（かりね）する旅衣《たびごろも》」

地「さながら、鳥のように飛び立つばかり、心は逸《はや》る」

シテ〔サシ〕「『君が行く越の白山知らねども雪のまにまに跡《あと》は尋ねん（君が行った先は、越の白山（しらやま）とあって、道を知（し）らないけれど、雪のそちこちに足跡を探してゆくことにしよう）』と歌うた古き歌さながら、君が住んでいたのは越の白山（しらやま）、これから先は見も知（し）らぬ都路《みやこじ》だけれど、いざ行ってみたいもの、あの足引《あしびき》の山（やま）越えて」

シテ・ツレ「大和（やまと）はどことも知（し）らぬところ…かの古き歌に『よそにのみ見てや止《や》みなん葛城《かつらき》や高間《たかま》の山の峯《みね》の白雲《しらくも》（ただ自分には無関係のものとして見るにとどまるのであろうか、葛城の高間の山の峯の白雲のように）』と嘆いてあるそのように、白雲（しらくも）の、高間の山のかなたに、はるか遠くに仰ぎ見るだけにとどまるのであろうか、しょせんは及びもつかぬ雲居《くもい》の上なる宮中、その宮居《みやい》はどこにあるのであろうか、高き山（やま）のようにはるかな君のご威光を以て、治めておられる日の本の国の、その大和（やまと）にある玉穂《たまほ》の都に急ぐことじゃ」

地〔下歌〕「ここは逢（あ）ふ海（み）と名に負える、近江（あふみ）の湖《うみ》、琵琶湖であろうか、私自身わけもなく、しょせんは及ばぬ恋に浮（う）きわたり、浮舟（うきふね）の漕（こ）がれてゆくように」

地〔上歌〕「恋に焦（こ）がれて行く、旅の辛《つら》さを忍（しの）ぶうちには、かの信夫（しのぶ）の里の捩摺衣《もじずり》も、旅を忍《しの》んでゆくほどに信夫捩摺《しのぶもじずり》の衣《ころも》も、涙に色を変えたか黒くなり、また黒髪も血の涙に赤（あか）く変じて、飽（あ）かぬ別離のあとに、やがて心も物狂《ものぐる》おしく浮かれてきて、あたかも妻恋《つまこ》う鹿のごとくにも、起き伏《ふ》しにつけて堪《た》え難く、なおも通《かよ》ってゆく、行（ゆ）く秋の野の秋草の、野道を行き山道を行き、露を分けて、やっと玉穂の宮に着いたことじゃ、玉穂の宮に着いたことじゃ」

ワキ〔カヽル〕「時とても今は長月《ながづき》よ、古き歌に『わが袖にまだき時雨《しぐれ》の降りぬるは君が心に秋や来ぬらん（我が袖に、まだそんな時節ではないのに時雨が降るように涙が落ちて濡れるのは、きっと君の心に秋（あき）がきて、すっかり飽（あ）きられてしまったのであろうか）』と詠《なが》めてあるごとく、まだ時雨も来たらず、紅葉の色も薄い時節ながら、紅葉見物の行幸《みゆき》の道の辺《ほとり》に、不審な姿の者を警戒して、警固の者共がめいめいに、お行列の先を清めていることよ」

シテ「それでなくとも都に不馴れな田舎者であり、しかも女であることといい、狂人であることといい…」

シテ・ツレ「それこそ心馴（な）らわぬ楢（なら）の葉の、落ちては風に乱れるころ、また乱れる露や霜、やがて深雪（みゆき）の散るごとくにも行幸（みゆき）のお行列の先に進み出た…」

ワキ「なんと怪しげな、その様子が人とは変っている、さては狂女と見えて見苦しいことじゃとて、官人が女達に立ち寄って、たちまち追い払う。やい、そこを立ち退きなされよ」

ツレ「ああ、悲しいことよ。君の下さった形見（かたみ）の御花筐（おんはながたみ）をば、打ち落とされなさったのは、いったいどうしたことぞや」

シテ「なんと…君の形見の御花筐を打ち落とされたというのか。ああ、忌まわしいことではございませぬか」

ワキ「おい、狂女、その手に持っていた花篭《はなかご》をば、君の形見の御花筐などといって後生大事に崇《あが》めているのはいかなこと、いや、そもそもその『君』とはいったい誰のことを申すのじゃ」

シテ「なんと分かり切ったお訊ねじゃなあ。この帝の君以外に、日の本にまた別の君がおいでになりましょうや」

ツレ（カヽル）「そもそも私どもが女の物狂《ものぐる》いだからとて、なにも知るまいとお思いなされるのか。かたじけなくもこの君は、応神天皇《おうじんてんのう》より五代のご末裔《まつえい》、つい先頃までは北国《きたぐに》の、味真野《あじまの》と申す山里に」

シテ「男大迹《おおあとべ》の皇子《おうじ》と申し上げておりましたが」

ツレ（カヽル）「今はこの大和の国の、玉穂《たまほ》の都に」

シテ「継体《けいてい》の君と申し上げるとか…」

ツレ「そうなれば、これほど尊崇すべき君の」

シテ「形見の御花筐を、恐れいることもなく」

ツレ「打ち落としなさるる人々のほうが、よっぽど」

シテ「私などよりも物狂いであろうぞ」

地「恐ろしや、恐ろしや、いかに現世《うつしよ》が末世《まっせ》に及んでいるとは言いながら、太陽や月は地に落ちることもない、それだのに、まだ散りもせぬ花の、花筐をば、なんと荒々（あらあら）しいことよ…あらかねの（注、土にかかる枕詞《まくらことば》）土に落としなさいますならば、天の咎《とが》めも忽《たちま》ちに下《くだ》り、天罰に当たりなさって、自分のように狂気して、物狂い仲間だと、人に言われるようになりなさるなよ、そんなふうに人に言われなさるなよ」

シテ「こんなふうに申すと」

地「こんなふうに申すと、ただ朦朧《もうろう》として花筐を落とされたことをぐずぐず言っているのだろうと、思われるであろうか。いや、この君がまだその頃は、ただ皇子のご身分であったけれど、朝ごとのご勤行《ごんぎょう》に、神に花を手向けて礼拝し、南無《なむ》や天照皇大神宮《てんしょうこうだいじんぐう》、天地ともに長く平和でありますようにと、お祈りなされつつ、御手《みて》をお合わせになっておられた、その御面影《おんおもかげ》が今も我が身を離れずにおりますほどに、ああ、この忘れがたい形見(かたみ)の花筐(はながたみ)までも、お懐かしや、恋しや」

シテ「『陸奥《みちのく》の安積《あさか》の沼の花がつみ（陸奥の安積の沼の花がつみではないけれど）…（注、「花がつみ」は、花アヤメ、蘆、カタバミなど諸説あって義未定）』」

地「『…かつ見る人に恋ひやわたらむ（かりそめに逢い見る人にも、この先私は、ますます深く遠く恋いわたることになるのであろうか）』と古き歌にも嘆いてあったとおり、私はああしてかりそめに逢い見た人が、恋の種となり、思えば古歌に『陸奥《みちのく》のしのぶもぢずり誰ゆゑに乱れむと思ふ我ならなくに（陸奥の信夫《しのぶ》の郡《こおり》に産するという捩摺《もじずり》の乱れ染めのように、いったいあなた以外の誰のために思い乱れようという私でありましょうや、あなた以外には誰もおりませぬ）』と詠じたごとく、我が君以外の誰ゆえに、私は恋い忍ぶ心を乱しているのでございましょう。乱れ心は、まさにその君のためだというのに…その君のためにここに来てすら、こうして隔てられていること、あたかも月の都は名には聞くことがあっても、袖にも移すことはできず、また手に取ることもできはせぬ、さながら、空しく水中の月を捉《とら》えんとして果たさぬ哀猿《あいえん》が叫ぶごとくに、私も叫び臥《ふ》して泣いている…叫び臥して泣いている…」

ワキ「どうした、狂女。君の宣旨《せんじ》であるぞ。お車近くまいって、いかにも面白く狂《くる》うて舞って芸を披露《ひろう》なされよ。さすれば、ご覧下さるとの御事でござるぞ。さあ、さっそくに芸を披露なされよ」

シテ「嬉しい…。それでは、卑しい身(み)には見(み)も及ばぬと思っていた御影(みかげ)（注、お姿の意）を、また拝見することができると申すかや…」

シテ〔カヽル〕「さあさ、それならいざいざ舞い狂うてご覧にいれましょう、ふたり一緒に」

シテ・ツレ〔一セイ〕「行幸《みゆき》のお行列に、舞い狂うこの囃子《はやし》こそが」

地「お行列の御前《みさき》を清め祓《はら》う、めでたい袂《たもと》でございます」

（イロエ）

シテ〔サシ〕「恐れ多い前例ではあるが、いったいどうしたわけで、かの漢の武帝《ぶてい》は」

地「李夫人《りふじん》との御別《おんわか》れをお嘆きになり、神意《しんい》に基《もと》づく朝《あさ》の政事《まつりごと》も寂《さび》れはて、夜の御殿《ごてん》でもただ空しく恋慕の涙にくれて、御衣《ぎょい》の袂を濡らすようなことになったのであろうか…」

シテ「また李夫人は、さしも色好みの」

地「花のような美しい容貌《かおかたち》も衰えて、萎《しお》れては涙の露に濡れる床《とこ》の上の、塵《ちり》かと思うような姿となり、それが鏡に映ったのを見ては恥ずかしく思って、ついに武帝にはお目にかからぬまま、世を去ってしまわれた…」

地〔クセ〕「帝はこれを深く、お嘆きになられるままに、その李夫人の御姿御顔を甘泉殿《かんせんでん》の壁に描かせて、ご自身もその絵姿のそばに立ち添いて、明け暮れお嘆きになっていたのであった。しかし、なまじっかそんなことをしても却って、御物思《おんものおも》いは募《つの》るばかり、絵を相手では物を言い交《か》わすこともできぬことを、深くお嘆きになるゆえに、李少《りしょう》と申し上げる皇子で、まだご幼少でおわした方が、父帝《ちちみかど》に申し上げなされたることは…」
シテ「李夫人のもともとを申すならば…」
地「…天上《てんじょう》世界にて天帝《てんてい》の寵姫《ちょうき》、花蘂国《かすいこく》の仙女《せんにょ》だったのです。ひとたび人間界に生まれたのだとは申しながら、やがて終《つい》には元の仙宮《せんきゅう》に帰ってしまったのですから、よろずの命《いのち》を司《つかさど》る神、泰山府君《たいさんぶくん》にお願い申し上げつつ、李夫人の面影を、しばらくの間この現世《うつしよ》にお招きなされませ…とて、花麗《はなうるわ》しき帳《とばり》の内において、亡魂《ぼうこん》を招来《しょうらい》するという反魂香《はんごんこう》をお焚《た》きになった、すると夜が更け人が寝静まった時分、ぞっとするような風が吹き来たり、月は明（あき）らかな秋（あき）の夜であったが、はたしてかの李夫人かと見える面影が、ほんのあるかないか程度に仄見《ほのみ》えたほどに、なおもますます増さりゆく物思いは、昔人が『おもひ草葉末《ぐさはずゑ》にむすぶ白露のたまたま来ては手にもかからず（思いを募《つの》らせるという名の思い草の、その葉末に置いた白露の玉（たま）ではないけれど、たまさかに来てくれてもすぐに露のように消えてしまって、私の手にすらかかりはしない）』（注、「思ひ草」はナンバンギセルという草の異称）と嘆いたとおりであった。かのなつかしい李夫人の面影は、思い草の葉末に結ぶ露が手にもたまることなく消えたのとおなじように、あっというまに空しく消えてしまった。かくてはもはや、この広い空のどこへ消えたか、ただもうぼんやりとして、またも行方《ゆくえ》を尋ねるべき方策とてもないのであった」
シテ「王は悲しさのあまりに」
地「李夫人の住み馴れていた、甘泉殿《かんせんでん》を立ち去ることができず、『鴛鴦《えんわう》の瓦冷《かはらひ》えて霜《しも》の花重《はなおも》し、旧《ふる》き枕故《まくらふる》き衾誰《ふすまたれ》と共《とも》にせむ（鴛鴦《おしどり》を象《かたど》った瓦も冷え果てて庭には霜の花がみっしりと置いている、昔のままの枕も、昔のままの衾も、いったい誰と共に寝たらよいのであろう）』と古き漢詩《からうた》に嘆いてあった玄宗皇帝《げんそうこうてい》さながら、故い衾や旧い枕を、今は独りさびしく片敷いていたとか…」

ワキ「宣旨《せんじ》であるぞ。その花筐を君の御手元へ差し上げなされよ」

シテ〔カヽル〕「あまりの事のなりゆきに胸は塞《ふさ》がり、心は上の空(そら)になって今は空(むな)しき花筐を、恥ずかしながら差し上げる」

ワキ「帝はこれをご覧になって、これこそは疑いもなく田舎にいた時分に手馴れていた御花筐と、おなじく彼《か》の地に書き置いてきたお手紙にちがいないが…今は別れのお手紙の怨みを忘れ、その狂気を止《とど》めよ、また元の通りに、召し使おうぞ、との宣旨が下されたぞ」

シテ「まことにありがたい…君のお恵みよ、おかげで自分も正気に立ち返り、政道正しき御代に帰ること、その明徴《しるし》も、思えば大切にしていたこの花筐の徳じゃ」

ワキ「それもこれも、みなもろともに栄《さか》ゆく時に遇《あ》う」

シテ「花の筐(かたみ)、というその名前を今に留《とど》めて」

ワキ「恋しい人の手に馴れていた物をば」

シテ「形見(かたみ)と言うようになった、その事は…」

ワキ「みなこの時から」

シテ「始まったのでありました」

地「ありがたや、これほどまでに、お情けの深さもはかり知(し)られぬ、白露(しらつゆ)の、恵みに洩《も》れぬこの花筐の、御篭(おんかご)ではないが御託言(おんかごと)とて、あれこれ言い訳をすることもなさらずに、すぐにお許しくださった君のお心は、まことにありがたいこと」

地「紅葉見物や歌舞の御遊《ぎょゆう》も既に、時は過ぎて、御遊びももはや時過ぎて、今は還幸《かんこう》していただこうと、随従の人々は、御車《おんくるま》を粛々《しゅくしゅく》と進ませてゆくに、紅葉の葉の散り飛ぶお行列の先を払（はら）い、祓（はら）う照る日の袂も今は山風に、紅葉が誘われて散るように、誘われて行くのは、玉穂の都、誘われ行くよ玉穂の都に、着（つ）きたる後に、尽（つ）きせぬ契りを賜ったのは、まことにめでたくありがたいことであった」

班《はん》女《じょ》

前シテ　花子《はなご》
後シテ　同人
ワキ　吉田少将《よしだのしょうしょう》
ワキツレ　従者（二、三人）
アヒ　野上の宿《しゅく》の長《ちょう》

アヒ〔**狂言口開**《くちあけ》〕「ここにまかり出《い》でましたわたくしは、美濃《みの》の国は野上《のがみ》の宿場にて、遊女屋を営んでおります女主《おんなあるじ》でございます。…さてさて、わたくしは花子《はなご》と申す遊女をかかえておりますが、せんだっての春の頃、都から吉田のなにがし殿とやらいうお方が、東《あずま》へお下りになられる途次、この宿場にお泊りになって、花子をご寵愛なさいました。その時、形見の扇を花子と互いに取り替えて下っていかれましたほどに、それ以来というもの、花子は、その扇を見つめては物思いに耽《ふけ》っているばかり、閨《ねや》の外に出ることもないというありさまゆえ、くだんの花子を呼び出して、ここから追い出してしまいたいと思うのでございます」

アヒ「これこれ、花子よ、もはや今日を限りにここにいることは叶わぬぞ。さっさと、どこへなりと出て行かれるがよいぞ」

シテ〔**サシ**〕「まことに、もとよりこの現《うつ》し世は定めなきものとは申しながら、憂（う）き、つらき折節（おり、ふし)ばかり多いわたくしの人生は、ふわふわと浮(う)きつつ川竹の流れてゆくごとく、こうして流れてゆく身の上の、ああ、なんと悲しいこと」

地〔下歌〕「野の道を踏み分け踏み分け、行くえも知らぬままにさ迷えば、道の露と涙とに濡れる衣よ」

地〔上歌〕「野上の里を立ちいでて、野上の里をこうして立ちいでてゆくほどに、これは近江(あふみ)路《じ》、恋しき人に逢(あ)ふ身(み)への道とは申しながら、ただあの無情な人に別れて後は袖に涙の露ばかり、露ならすぐそのまま消えてしまえるものを、こうして消えることもできぬ身、そこが辛くてなりませぬ、そのまま消えてしまうことのできぬ我が身、その辛きこと…」

(中入)

ワキ・ワキツレ〔次第〕「帰る道々名残《なごり》は尽きぬ富士(ふじ)の嶺《ね》の、帰京の道に名残は不尽(ふじ)の嶺《みね》の雪(ゆき)を、行(ゆ)きて都の人に語ろうぞ」

ワキ〔名宣〕「これは吉田の少将、さよう吉田の少将とは私のことである。さて、私は今年の春の頃、東に下り、はや秋にもなったことゆえ、ただいま都へ上るところでござる」

ワキ・ワキツレ〔道行〕「『都をば霞とともに立ちしかど秋風ぞ吹く白河《しらかは》の関（みやこを春霞とともに出立《しゅったつ》したものだったが、いまや秋風が吹いている、ここ白河《しらかわ》の関では）』と詠じた昔の歌さながらに、都をば霞とともに出発して、それから暫くの時が経ち、もう秋風の音がしている白河(しらかわ)の関のあたりより、また都に立ち帰る旅衣《たびごろも》を着て行けば、衣に裏(うら)も身(み)も幅(の)もあるごとく、浦(うら)や山を過ぎ、美濃(みの)の国なる、野上(のがみ)の里に着いたことよ、野上の里に着いたことよ」

ワキ「おいおい、誰かおるか。急いで旅してきたほどに、これは早くも美濃の国、野上の宿に着いたことじゃ。

じつはこの宿場に花子という女があって、その女と契りを結んだことがある。その花子は、まだこの里にいるかどうか、尋ねて来るようにいたせ」

ワキツレ「畏まりましてございます。…さて、花子のことをば尋ねてみましたところ、なんでもこの宿《しゅく》の女主と不和となった事情がございまして、今はこのところにはおいでではないと申しております」

ワキ「それでは…とかく当てにもならぬことながら、もしその花子が帰ってくることがあったなら、なにかの便宜《べんぎ》につけて、都の私のところまで報告するようになされよと、その女主に固く申し付けておくようにいたせよ」

ワキ「さてさて、旅を急いでまいったゆえ、ほどなく都に到着してござる。私はさる宿願《しゅくがん》のことがあるほどに、これから直《ただ》ちに糺《ただす》の森下賀茂《もりしもがも》神社へ参ろうと思うことでござる。さあさあ、皆の者、ついてまいれよ」

後シテ〔サシ〕「『春日野《かすがの》の雪間《ゆきま》を分けて生《お》ひいで来る草のはつかにみえし君はも（春日野の雪の間《あいだ》を分けて生《は》え出てきた若草のようにちらりと見えた君は…いまどうしておられるのやら）』といういにしえ人の歌さながら、ほんのわずかな契りを結んでくださったあの君は、今どこにどうして…。深きゆかりもない人に、逢い馴（な）れてより、衣《ころも》も身に慣（な）れてしんなりするほどに、日を重ね、月も過ぎゆきするけれど、男《おとこ》女《おんな》の仲らいの飽（あ）き果てたことを告げるばかりの秋（あき）風が、虚《むな》しい音ずれをする以外には、あの方《かた》の消息を知らせてくれる人もない。されば、『夕暮《ゆふぐ》れは雲の旗手《はたて》に物ぞ思ふ天《あま》つ空なる人を恋《こ》ふとて（夕暮れになると天雲《あまくも》の果てを見やって物思いに耽ります。あの空の上にいるような手の届かぬ人のことを恋しく思うので）』と詠じたいにしえ人と同じように、雲に向かって物を思い、心が上《うわ》の空《そら》になってしまうほどに、わたくしの魂《たましい》は中空《なかぞら》にさまよいいでて、いずれは我が身も空しくなってしまうことを、神や仏も憐れんで、どうぞわたくしの思うことを叶えてくださいませ。ああ、足柄《あしがら》神社、箱根神社、玉津島《たまつしま》明神、貴船《きふね》神社の神々、また三輪《みわ》の明神は夫婦男女《ふうふなんによ》の語らいを、守ろうと誓ってくださいました…この神々に祈誓《きせい》をかけたならば、どうしてその霊験《れいげん》のないことがありましょうか。謹んで申し上げ、再拝いたします」

シテ〔一セイ〕「かの古歌《こか》に『恋ひすてふわが名はまだき立ちにけり…（恋をしているというわが浮名《うきな》は、こんなに早々《はやばや》と立ってしまった…）』」

地「『…人知れずこそ思ひ初《そ》めしか（…誰にも知られないように、こっそりと思い初めたところだったのに）』と歌うてあるとおり…」

〔翔《かけり》〕

シテ「ああ、ああ、恨めしいばかりの、あの人の心じゃなぁ」

シテ〔サシ〕「なるほど、いにしえの人は『恋せじと御手洗川《みたらしがは》にせしみそぎ神は受けずぞなりにけらしも（もう恋などすまいと御手洗川に禊《みそぎ》をして願ったことも、結局神様はお受けになってくださらなかったのだ、ああ、こんなにも恋しいのだから）』と歌うたとおり、恋などすまいと祈って御手洗川に禊をしたとやら、それはいったい誰が言うたことやら、そんなに恋しいというのなら、恋をすまいという祈りがまったくの嘘であったに違いない。されば、人の心は真実《まこと》の少ないもの、その濁った水のように、澄まぬ心のままでお願いしたのでは、神様とてもお受けくださらぬは道理。それはともあれかくもあれ、このわたくしの人知れぬ思いの凝《こご》った涙の露の…」

地〔下歌〕「…置きどころはどこに求めたらいいのであろう、そうしてどこへ行くのであろう、この我が身の行く末は…」

地〔上歌〕「古き御神詠《ごしんえい》に『心だに誠の道に叶ひなば祈らずとても神や守らん』とある通り、心だけでも誠の道に適《かな》っているならば、祈らなくても神様はきっと守ってくださるはずだ、わたくしごとき者までも…、いやそのわたくしごとき者にさえ、じつは悟道明智《ごどうめいち》の月光が曇りなく射しているものを、知らぬままにうかうかと長《なが》の年月《としつき》を経てきたのが人の心の悲しさ、されば衣《ころも》の裏(うら)に宝珠《ほうじゅ》のあるのを知らずにいた人の喩《たと》えのように、人はみな仏性《ぶっしょう》を心の裡(うら)に具《そな》えているものなのに、そのことに気づきもせず、逢えぬうらみがあるゆえか、ともすればなおも同じ世で逢いたいと祈るもの、どうしても同じ世での逢瀬《おうせ》を祈るものなのです」

ワキツレ「これこれ、そこの狂女、なにゆえに今日は舞い狂って見せぬのじゃ。ひとつ面白く舞い狂いなされよ」

シテ「なんと、ひどいことをおっしゃる…。あれをご覧くださいませ。今まではじっと揺るがぬ梢《こずえ》と見えておりましたのに、ああして風が誘えばこそ、葉の一つも散りまする…」

シテ〔カヽル〕「今は、たまたまこうしてまっすぐな心でおりますのに、舞い狂えと仰せになるそちらの人々のほうが、よほど風狂(ふうきょう)と申すもの、あれ、あの風が吹き狂わせる秋の葉の心…わたくしの心もそれと共に乱れ乱れて、乱れ恋の、ああ悲しいこと…、狂えなどと仰せくださいますな、どうか」

ワキツレ「はてさて、例の班女《はんじょ》の扇はどうなされた」

シテ「これはまた無分別なることを…。我が名を班女とお呼びなされまするぞよ。いや、よしよしそれもあの情け知らずの人の、形見の扇を手に触れて以来、うち捨て置くこともできぬままに、袖に置きかねる涙の露ばかり降(ふ)るほどに、唐土《もろこし》の班女の故事(ふるごと)や、扇の古歌《こか》までも、しみじみ思い出されてまいります」

シテ〔カヽル〕「漢詩《からうた》には『班女《はんぢよ》が閨《ねや》の中《うち》には秋の扇《あふぎ》の色、楚王《そわう》の台《うてな》の上《うへ》には夜《よる》の琴《きん》の声（漢の成帝《せいてい》の寵妃《ちようひ》、班婕妤《はんしようよ》の閨《ねや》のうちには、秋になって、もはや用なしとして捨てられた白扇《はくせん》の色…雪はそのように白く、楚《そ》の襄王《じようおう》が遊んだ蘭台《らんだい》の上には夜の琴《きん》の声にも似た風が吹く…雪はそのようにかそけき音をさせて降る）』と歌い…」

地〔下歌〕「また、古歌には『夏はつる扇と秋のしら露といづれかまづは置かんとすらん（夏が果てて用なしになった扇を置くのと、秋になって白露が庭に置くのと、どちらがまず先に置こうとするだろうか）』と歌うてあるが、その夏の果ての扇とわたくしと、どちらが先に置（お）き捨てられるだろうかと、ただ悲しい思いで起（お）き伏ししていた床《とこ》なるに、今はもう冷えびえとした独り寝の、寂しい枕をして、閨《ねや》の月を眺めようよ」

地〔クリ〕「『月重山《つきちやうざん》に隠れぬれば、扇《あふぎ》を擎《あ》げて之を喩《たと》へ（月が重なりあう山に隠れるのを見ては、扇をかかげて、あのように真実《まこと》の心は煩悩《ぼんのう》のために隠れやすいことを仏は喩えを以て教えたまう）』と仏の教えにも用いられた秋の扇…」

シテ「また古き漢詩《からうた》に、『花巾上《はなきんしやう》に散りぬれば（花が錦の上に散りかかったので…）』」

地「『…雪を集めて、春を惜しむ（…その雪のような花びらを集めて、春の過ぎゆくを惜しむ）』と詠まれたごとくにも、世の無常を表わして散りゆく春の花…」

シテ〔サシ〕「夕暮れの嵐につけ、朝《あした》の雲につけ、この世にいったい物思いの種とならぬものなどあるだろうか」

地「淋しい夜半《よわ》の鐘の音《おと》は、古き漢詩《からうた》に、『鶏籠《けいろう》の山曙《やまあ》けなんとす（鶏籠山《けいろうざん》の山里で、今まさに夜が明けようとしている）』と詠まれた唐土《もろこし》の景色さながらの、この山里に響いてきて、いままさに夜の明けようとするとき、その鐘が二人の別れを急《せ》かせているかのようだ」
シテ「せめて、せめてはこの閨《ねや》に漏れてくる月の光だけでも」
地「暫くの間《あいだ》でも枕に残っていてほしいのに、ああ無情にも残りはせずして、また独り寝になってしまったぞや」
地〔クセ〕「古き漢詩《からうた》に『翠帳紅閨万事《するちやうこうけいばんじ》の礼法異《れいはうこと》なりといへども、舟の中《うち》浪の上《うへ》、一生《いつしやう》の歓会《くわんくわい》これ同じ（翠《みどり》の帳《とばり》を垂《た》れ、紅《くれない》を以て飾った閨で、やんごとなき女君と契るのとは万事作法が違っているけれど、舟の中で波に揺られながら遊女と契ることも、一生の喜悦歓楽《きえつかんらく》であることに変わりはない）』と歌われたきらびやかな閨の内で、枕を並べた床《ゆか》の上に、睦《むつ》み馴《な》れたる衾《ふすま》の夜もすがら、偕老同穴《かいろうどうけつ》とて、死しても同じ墓にと契ったことも空しく消えて、もはや夢にも残っていない。いやいや、まだこうしてあの方と同じ現《うつ》し世に生きている、その命のあることを頼みにして、なおもいつかは逢えるかと、あの木蔦（いつまでぐさ）さながらに、いつまでも思い続けて、この露のように儚《はかな》い命の間《ま》だのに、思えば唐土《もろこし》の玄宗皇帝《げんそうこうてい》と楊貴妃《ようきひ》が比翼連理《ひよくれんり》とて、天にあっては翼を並べて飛ぶ鳥のごとく、地にあっては木目《もくめ》を連《つら》ねた木のごとくにも、一緒にいたいと密《みそ》かに契ったこと、その驪山宮《りさんきゅう》での語らいも、いったい誰が聞き伝えて、今の世までも漏らしたのであろう…。それにつけても、我が恋しい夫《つま》は、秋になる前には必ず帰ると契ったものを、一別《いちべつ》以来、孤閨《こけい》に待つ夕べの数ばかりは重なったけれど、あてにはならぬ言葉を吐《は》くのは人心の常…その気にさせておいて通って来ない夜は積もるけれど、この欄干《らんかん》に立ちつくして、恋しい人はあちらの方と、その方《かた》角の空を眺めては、物思いに沈んでいると、夕暮れの秋風…嵐…山颪《やまおろし》、そうして野分《のわき》じゃとても、あの松（まつ）の梢に音（おと）立てて吹いてくるのに、ずっと待（ま）つ身のわたくしのところへは、なんの音（おと）

ずれもない…ああ、わが待っている人からの音信（おとずれ）は、いつになったら聞けるのであろう…」

シテ「せめて、せめても、あの方の形見の扇を、手にふれて…」

地「扇は風を呼ぶ頼（たよ）りゆえ、やがては風の便（たよ）りも聞けるかと思うているのに、夏も早や過（す）ぎようとして、杉（すぎ）の窓に吹いてくる、秋（あき）風、それはもう飽（あ）きられたことを知らせて冷ややかに吹いてくる、その風に吹かれて落ちてくる団雪《ゆきのたま》の冷たさよ、また『団雪《だんせつ》の扇』とその名を呼ばれた昔の扇は、漢土《もろこし》の成帝《せいてい》の寵妃《ちょうひ》班婕妤《はんしょうよ》が、霜雪《しもゆき》のごとく白い扇を以て、捨てられた我が身を喩えて嘆いたもののゆえに、その扇の名を聞くだけでも、ぞくりと心寒く荒涼として、扇を不用の物とする秋風にも怨みのあることよ…よしよし、思えばこれも、なるほど扇は「あふぎ」と言いながら、それも『逢（あ）ふは別れの始め』とやらいうことゆえに、扇のように捨てられて嘆くのも、もともと逢うたことの報いであろう…さればいまさら、男女《おとこおんな》の仲らいをも、その恋しい人をも怨むまい。ただ、もとより自分ごとき者は、あの方に思われるはずもない身分の女であったなあと、物思いし続けて、ずっと独り暮らしを続けてゆく班女の閨《ねや》は、まことに淋しいことであった」

地「絵に描《か》いた…」

（中之舞《ちゅうのまい》）

シテ（ワカ）「…『月を蔵《かく》して懐《ふところ》の中《うち》に入《い》る』と漢詩《からうた》にも詠まれたごとく、描いた望月（もちづき）も、畳めばそっくりそのまま懐に、蔵し持（も）ち得る扇を」

地「取って舞う、その袖も扇と同じく見（み）える三重襲（みえがさね）」

シテ「そのうわべは美しい色の衣のような」

地「夫《つま》の約束《かねこと》は」

シテ「秋の前には必ず戻ると言（い）うたものを、空《むな》しく待つ夕暮（いうぐ）れの月日も重なって」

地「もう飽（あ）きたとばかり、秋風（あきかぜ）は吹いたけれども、古き歌に『世の常の秋風ならば荻《をぎ》の葉にそよとばかりの音はしてまし（世間ありきたりの程度に飽きられたのであったなら、秋風が荻の葉にそよそよと音を立てるくらいの音ずれくらいはあるだろうに…それもないほど、さてもひどく飽きられてしまったものよ）』と嘆いてあるけれど、ああ、荻の葉が…」

シテ「そよぐばかりで、肝心の音信《おとずれ》はそよとも聞くことなく」

地「鹿の妻恋《つまこ》う声、また虫の音《ね》の、もはや枯（か）れに枯れては、離（か）れがれとなった二人の契り、ああ、ああ、なんの意味もなかったことよ」

シテ「形見の扇よりも」

地「形見の扇よりも、なおひどい裏表《うらおもて》のあるものは、男心であったぞや。『逢（あ）ふぎ』とて、残した形見の扇（あふぎ）など、もとより空言《そらごと》であったよな。いかにこんな『あふぎ』を持っていたとて、逢（あ）ふことなどありはしない、逢えないからこそ恋しさは身に添うて離れぬものを、逢えぬからこそ恋は身に添うものを…」

ワキ「これこれ、誰ぞおるか。あの狂女が持っている扇を見たいと、そのように申してまいれ」

ワキツレ「もし、そこな狂女、あのお輿《こし》のうちより、狂女の持っておる扇をご覧になりたいとの仰せごとじゃ。それを差し上げなされよ」

シテ「これは大切な人の形見ゆえ、肌身離さず持っている扇でございますが」

シテ〔カヽル〕「古《いにし》えの歌に『形見こそ今はあたなれこれなくは忘るるときもあらましものを（形見などというものが、今となっては却って仇《あだ》となりました。こんなものがいっそ無ければ、あなたを忘れる時だってあったかもしれないのに）』とございますとおりにて…」

シテ〔下歌〕「そうは思うものの、それでもまた、この扇のあるがゆえに、あの人に寄り添う心地《ここち》のする折々もあり、そういう時は、扇を手に取るまでの僅かな時間すら惜しい気持ちがするものを…人に見せるなんてことはできませぬ」

地〔ロンギ〕「私のほうにも、忘れ難（がた）みの形見（かたみ）があるのだが、そのことを言葉に出しては言（い）わで…磐手（いわで）の森の下に隠れてひっそりと咲く躑躅《つつじ》さながら、歴々《れきれき》と面《おもて》の色には出さぬほどに、これがその形見だということは、見てはじめて知ることであろうな、この扇をば…」

シテ「見たからとて、さて、何のためかと言（い）うほどに、夕暮（いうぐ）れの、月を描き出したる扇の絵について、かくのごとくお尋ねになるのは、さていったいなんのおためであろうか…」

地「なんのためか、よしやそれは知（し）らずとも、白露（しらつゆ）の置いた、草の野なる野上に旅の仮寝をして契った、あの、秋にまた逢おうと交わした契りは、どうなったのであろうか」

シテ「なに、野上とは…、さて野上とは、あの東路《あずまじ》の末《すえ》に…『君をおきてあだし心をわが持たば末の松山《まつやま》波《なみ》も越えなむ（あなた以外の人に、心変わりを万一にもわたくしがしたならば、あの決して津波も越えないという末の松山を波が越えましょう…そんなことは、ありえませぬ）』と古え人は歌うたものを、その末の松山を波が越えて…心変わりをして帰ってこなかった、あの人であろうか…」

地「末の松山に、立つ浦波（うらなみ）ではないが、なんで怨（うら）みなさることがあろう、ここに約束して取り交わした…」

シテ「形見の扇が、そちらにも…」

地「肌身離さず持っていたこの扇」

シテ「輿《こし》のうちより」

地「取り出《いだ》すと、折から黄昏時《たそかれどき》、かの源氏物語に『寄りてこそそれかとも見めたそかれにほのぼの見つる花の夕顔（もっと近寄ってこそ、それが誰かとも、はっきり分かりましょう、誰《た》そ彼《かれ》は、と判然としないたそがれのころにも、こうして白々とした光を宿した夕顔の花の、その夕べの顔を）』と詠《なが》めたごとく、ほんのりと見えたのは、夕顔の花を描いた扇であった。されば班女も、『このうえは、これ見よとばかり、惟光（これみつ）のようなお付きの人に、紙燭《しそく》を持って来させなさいまして、かの古物語《ふるものがたり》さながらに、こちらの手のうちの扇をご覧くださいませ』と、互いにそれこそが形見の扇と知（し）られて知れて、白雪（しらゆき）のような扇の端（つま）の形見こそ、夫（つま）よ、妻（つま）よ、妹背《いもせ》の仲の情愛《なさけ》のしるし、まさに妹背の仲の情愛《なさけ》そのものなのであった」

松浦佐用姫《まつらさよひめ》

前シテ　里女
後シテ　松浦佐用姫《まつらさよひめ》の霊
ワ　キ　旅僧
ア　ヒ　所の者

〔読解の前に〕本曲のテーマの一つが領巾《ひれ》というものである。これは古代の女性の服装の一つで、首から肩にかけて左右に長く垂らした細長いショールのようなもので、もともと呪術的な意味があったと考えられている。

ワキ〔次第〕「唐土通《もろこしがよ》いの船のゆかりでその名を今に留《とど》めたる、唐土通いの船のゆかりで名を留めたる、松《まつ》浦《ら》とはどこにあるのであろうか」

ワキ〔名宣〕「これは行脚《あんぎゃ》の僧でござる。自分は、もと東国《とうごく》から京の都に上り、そこからまた更に西国《さいこく》修行をしようと志してござるほどに、こうして筑紫《つくし》に下《くだ》り来て、博多《はかた》の浦に逗留《とうりゅう》いたしてござる。しかるに、肥前《ひぜん》の国の松浦潟《まつらがた》は、天下周知の名所《めいしょ》でござるゆえ、急ぎ尋ね行きて、ぜひ一見したいものと思うのでござる」

ワキ〔道行〕「箱崎《はこざき》の里で、明け行く空のもとに旅衣《たびごろも》を着《ちゃく》して、明け行く空のもとに旅衣を着してゆけば、なるほどかの不知火《しらぬい》の点(つ)くという筑紫潟(つくしがた)から、大海原《おおうなばら》を漕いで行く沖の舟、潮路《しおじ》も遥かに浦から浦へと伝いながら、松浦潟までも着いたことじゃ、松浦潟にも着いたことじゃ」

ワキ「ここは松浦の浦でござる。詳しくは知らぬけれど、見ればあの山の佇《たたず》まい、海の景色《けしき》、いずれも世の中に勝《すぐ》れて面白く、見るべき所がたくさんにござる。しかも、折からちょうど雪が降って、山河《さんか》も草《そう》木《もく》も一段と美しく見えている…おお、あそこに釣り人の姿が見えてござる。ちと立ち寄って、この所の様子など詳しく尋ねたいものと思うことでござる」

シテ〔一セイ〕「松浦潟は、海から山にかけて降っている雪のなかにあって、波(なみ)も曇って見えるほど、砕《くだ》け散る波濤《はとう》に煙っている」

シテ〔二ノ句〕「古歌に『伊勢の海渚《なぎさ》に拾ふたまたまも袖干《そでほ》す間《ま》なき物をこそ思へ（伊勢の海の渚に拾う玉々(たまたま)ではないが、ごくたまたまにでも袖を乾かすこともできぬくらい、恋の物思いに泣いているのだ）』と歌うたごとく、渚に拾う玉もあるという玉島の、玉島川の川風も冷たく冴《さ》える、袂《たもと》じゃなあ」

シテ〔サシ〕「これも古歌に『玉島のこの川上《かはかみ》に家《いへ》はあれど君を恥《やさ》しみ顕《あら》はさずありき（玉島川のこの川上にわたくしの家はございますけれど、あなたに妻問《つまど》いされるのを恥ずかしく思って、家も里も顕わさずにおきましたものを）』と伝わっているのにも似て、玉島川のこの川上にわたくしの家はございますけれど、ただいまはすっかり海辺《うみべ》に住まいして、誰というほどにもない釣り人ふぜい、その釣り糸が波に打ち寄せられ、また引き潮に引き去られてゆくように、この身は憂(う)き思いに浮舟(うきふね)の艫(とも)に立ち、ただ友(とも)とするものは千鳥ばかり、その千鳥の足跡が渚に通(かよ)い来るごとく、わたくしも渚に日々通(かよ)いてきては、あたかも海士《あま》の少女《おとめ》らが、麻の衣も潮(しお)に濡れてしずくが垂れているごとく、わたくしも涙と潮に濡れ濡れて、涕泣（しおた）れている、そんな暮らしに馴れるばかりでございます」

シテ〔下歌〕「この袖に訪れてくる風も、折々の便りであったよな、ただ待（ま）つばかりの松浦潟（まつらがた）では」

シテ〔上歌〕「古歌に『ながめよと思はでしもや帰るらん月待つ波の海士《あま》の釣舟《つりぶね》（なにも絵のように眺めよと思ってああして海上を帰ってくるというのでもないのだろうな…月を待っているあの波の上の海士の釣舟は）』とあるごとく、眺めよなどとは思わずに何心もなく帰ってくるのでしょう、そんなことは思わずに帰ってくるのでしょう、月を待つ浦辺《うらべ》の海士の小舟《こぶね》の風情は…まるで風雅など解しない海士どもの心にも、ああ美しいなあと感動を以て眺められる景色にて、ここにまさか悲しい物思いを抱いている者があることも知らずして、眺め楽しんでいるのでしょうね、この夕べを。何も知らずに慰《なぐさ》んでいる夕べなのでしょうね」

ワキ「これこれ、そこな釣り人に申すべきことがある。自分は遠国《おんごく》の僧侶であるが、仏道修行の行脚《あんぎゃ》のために、ここまでやって来たことじゃ。ここは名所《めいしょ》として聞き及ぶ松浦潟でござるよな」

シテ「さようでございます、この浦は古《いにしえ》よりの名所松浦潟であります。海も山も川にいたるまでも、いずれも名所として流布《るふ》している所でございます。さあ、どこなりともお尋ねなされませ」

ワキ「まず、この流れをば何と申すのでござるか」

シテ「これこそ松浦川《まつらがわ》でございます。この湊にて、かの佐用姫《さよひめ》も、鏡を抱いて身を投げたのだとか…」

シテ〔カヽル〕「その魂がここに残っていて、今も鏡《かがみ》の宮《みや》とか申します。さあ、参って拝み下さいませな」

ワキ「なるほどなるほど、松浦の鏡の宮とは、佐用姫の御霊《みたま》を祀《まつ》った神なのであろう。それでは、あの雪の積ったのは、松浦山《まつらやま》でござるかな」

シテ「あれは松浦山、または領巾山《れいきんざん》と書いて、領巾振《ひれふ》る山と読むのでございます」

シテ〔**語**〕「そもそも、この山をば領巾振《ひれふ》る山と申す謂《いわ》れは、昔大伴狭手彦《おおとものさでひこ》と云った人が、帝《みかど》の宣旨《せんじ》に従って、唐土《もろこし》への使者として船出をした時に、佐用姫《さよひめ》という名で評判を得ていた遊女《ゆうじょ》が、船の遠ざかって行く跡《あと》を慕《した》い、あの山の上に登って沖を行く船を見送りながら、衣《きぬ》の領巾《ひれ》を上げ、また袖《そで》をかざして、帰れ帰れと招いたのでございますが、船影《ふなかげ》が次第に遠くなってゆくにしたがって、もう招く心も弱り果て、伏《ふ》しまろび焦《こが》れたその所をば、領巾振《ひれふ》る山と、このように申すのでございます。されば、後《のち》の時代の人で、山上憶良《やまのうえのおぐら》（注、謡本では「憶良《おくら》」とするが観世文庫蔵世阿弥自筆本には、いずれも「ヲグラ」と濁音で読んでいる。当時の読みぐせであり、同時に「小暗《をぐら》い」との掛詞《かけことば》であろうと考えるので、今、読み方を訂正す）が詠んだ詠歌にも…」

シテ「『海原《うなばら》の沖行く船を帰れとか領巾振《ひれふ》らしけむ松浦佐用姫《まつらさよひめ》（大海原の沖を去って行く船よ帰れ帰れといって、その領巾をお振りになったのだろうか、松浦佐用姫は）』とございます」

地〔**上歌**〕「まことに、今こうして見るにも、まるで真っ白な領巾《ひれ》を振っているかに思える…雪で真っ白な松浦山よ、領巾を振っているような雪の松浦山よな。まさに、後の人が『山の名と言ひ継《つ》げとかも佐用姫がこの山の上《へ》に領巾を振りけむ（この山の名として言い継ぎゆけと思って、佐用姫がこの山の上で領巾を振ったのであろうか）』と詠じたとおり、この山の故事を代々《よよ》に知れとばかりに詠み置いたのであろうか…さればそう詠み置いたその歌人《うたびと》の名は誰かと聞けば、なるほど山の上は雪雲に蔽《おお》われて小暗（おぐら）いとあって、さては山上憶良（やまのうえのおぐら）だったかと、『領巾を振りけむ』の歌の詠《よ》み人を知ることができたというのも、まことに面白いことじゃ。さぞ遠く眺（なが）めては別離の悲しさに憂悶（ながめ）をしていたことであろう、かの沖の波間に、遠ざかって行く船が、やがて見えつ隠れつして船影《ふなかげ》も絶え絶えになっていった、その古《いにしえ》も今目前《もくぜん》に知られる哀れさよ、今目《ま》の当たりに知られる哀れさよ」
ワキ「嬉しくも、このあたりの名所の謂《いわ》れなどを承《うけたまわ》ってござるものかな。そこまでお語りあるならば、いっそのこと、佐用姫と狭手彦の悲恋《ひれん》の御謂《おんいわ》れをも、詳しくお語りなされませ」
シテ「それならば、詳しく語って差し上げることにいたしましょう」
地〔クリ〕「そもそも古い恋物語を、語るにつけても、それは我が身の上に合（あ）うことよ、すなわちこの名所《めいしょ》に『逢（あ）うの松原（まつばら）』というのがあるほどに、わたくしもそのように逢（あ）うのを待（ま）つことが、今もなおあるような世の中よな」
シテ〔サシ〕「昔、これはもう上代《じょうだい》の事とかや、大伴狭手彦と云った遣唐使が…」
地「帝《みかど》の勅令《ちょくれい》に従って、この松浦潟に下《くだ》り、しばらくの間《あいだ》逗留していた時に、国の采女《うねめ》の色香《いろか》に馴染《なじ》む。花のようにかぐわしい香りや衣《ころも》、袖を触れて宿った、その宿も一夜《ひとよ》の仮枕《かりまくら》」
シテ「当てにもならない契りだとは、思うたけれど」
地「やがてその袖を交《か》わすことが幾夜《いくよ》とも知れぬほど重なっていった」
地〔クセ〕「その名をば、佐用（さよ）姫と聞くほどに、小夜（さよ）にふと寝覚《ねざ》めての睦言《むつごと》も、尽きぬ心のありようは、古歌に『睦言《むつごと》もまだ尽きなくに明けぬめりいづらは秋の長してふ夜は（恋人との睦言もまだ尽きないのに、もう夜が明けてしまったようだ、いったいどこにあるんだ、あの秋の夜長などというような長い夜は）』と歎いた心もなるほどと了解されて、こうして山風が吹（ふ）けば、更（ふ）けてゆく松浦潟（まつらがた）に、夜更（ふ）けまで待（ま）つことは、心づくし（注、心痛の意）の種となることは、あたかも古歌に『木（こ）の間（ま）より洩《も》りくる月の影見れば心づくしの秋は来にけり（木々の間から洩れてくる月の光をみると、ああ心を痛ましめる秋は来てしまったのだなあ』と歎いているのと同じ心に思える。見れば今も月は木の間に仄（ほの）かに覗いて（注、「仄かに」はちらりとみえるの意）また朝の床に仄（ほの）かに覗く顔の朝寝に乱れた髪も打ち解けつつ、打ち解けた共寝をしたことであったよ。こうして二人の契りも時が経ったが、時は早く過ぎ去って、早くも唐土船《もろこしぶね》の纜《ともづな》を、解いて船出をするには佳《よ》き日の門出じゃとて、狭手彦《さでひこ》は既に旅宿《りょしゅく》を出て行かれたによって」

シテ「佐用姫はいつしか後朝《きぬぎぬ》の」

地「恨みを募らせて待（ま）つ身となり、松浦潟（まつらがた）の、前の渚《なぎさ》に立つほどに、立つ波の声も高く聞こえて姫は声も惜しまず泣（な）くところに、鳴（な）く田鶴《たづ》が、岸辺の芦《あし》のあたりに休《やす》らうて待（ま）つ、その松（まつ）の根かたの、磯《いそ》を枕としつつ草の筵《むしろ》にて、しきりに伏《ふ》し沈《しず》みながら、ここは領巾山《れいきんざん》ではないのだけれど、この浦でも領巾《ひれ》を振るその有様を以《もっ》て、松浦姫《まつらびめ》と呼んだのも、すなわち佐用姫の異《い》名《みょう》である…ああまことに恥ずかしい恋物語よ」

ワキ「なるほどなるほど、領巾山《れいきんざん》の謂《いわ》れを詳しくも承《うけたまわ》ったことじゃ。ではさて、この鏡の謂れは、どういうことでござるかな」（注、古く銅鏡を鏡台に安置するときに台に掛けた絹布をも「領巾《ひれ》」と言ったので、領巾と鏡は縁語であった。ここに鏡が関連づけられるのは、その謂れである）

シテ「この鏡は、狭手彦の置いていった形見であります。その後《のち》には鏡の宮の神として現れなさったけれども、実はその形見の鏡そのものが既にご神体であります。のう、お坊様、わらわに仏縁《ぶつえん》の衣《ころも》を授《さず》かりたいという望みがあります。その御袈裟《おんけさ》をお授《さず》けくだされませ」

ワキ「どうりで、最初からなにか曰《いわ》くの有りそうな人と見えましたが、なるほど仏縁の衣を受けたいという望みを承《うけたまわ》ってみれば、それはいとも易々《やすやす》としたことに属するぞとて、身に帯びていた袈裟を授け申したところ」

シテ〔**カヽル**〕「わらわは御袈裟を授かりながら、掌《たなごころ》を合わせ、居住《いず》まいを正し…」

シテ・ワキ「善哉解脱服《ぜんざいげだつぶく》、無相福田衣《むそうふくでんね》、披奉如来教《ひぶにょらいきょう》、広度諸衆生《こうどしょしゅじょう》（注、これは禅家《ぜんか》出家受戒《じゅかい》の儀《ぎ》に際して唱《とな》える偈《げ》で、袈裟を受《う》ける時の唱え事。解脱服も無相福田衣も袈裟のこと。善《よ》きかなこの袈裟、これによって如来の教えを披《ひら》き奉《ほう》じ、以《もっ》て広くもろもろの衆生《しゅじょう》を済度《さいど》せんという意を述べている）」

地「まことに有難くも希有《けう》なる仏法は得た。受戒《じゅかい》のお布施《ふせ》として狭手彦の、形見の鏡をお見せいたしましょう。暫くここにお待ち下されませよ。ほんとうは自分は佐用姫の霊（れい）にして、領巾山（れいきんざん）に住（す）むものなるが、と言い置いて、澄（す）む月が雲の後ろに隠れてしまうように、ふっと雲隠れをしてしまった」

〔**中入**〕

ワキ「初めからどこか不思議な感じであったあの海士少女《あまおとめ》、あれはかの佐用姫の幽霊であったか…。それではいざいざこれより今宵《こよい》はこの浦に臥《ふ》して、乙女の教えたとおりに待つならば、もしかするとその神の鏡を拝むことができるかもしれぬと」

ワキ〔**待謡**〕「夜もすがら、月も美しく澄み、澄みわたる水を鏡として、月も澄み、澄みわたる水を鏡として、その月影を映すというのはこの松浦川、その松の緑に映えて緑の空も冴え渡り、風も吹（ふ）けば夜も更（ふ）けてゆく旅寝かな、風も吹けば夜も更ける旅寝かな」

後シテ「源氏の物語には『恋の山には孔子《くじ》の倒れ（孔子先生のようなカタブツでも、恋の山には倒れるという）』とも言い、また古歌に『君恋ふる涙は海となりぬれどみるめはからぬそでのうらかな（あなたを恋するあまりに私の涙は袖の海となってしまったけれど、それなら海松（みるめ）を刈（か）ること…あなたを見（み）る目（め）を借（か）ることがあってもよさそうなものを、それは借りることのできないわが袖の浦よな）』ともあるとおり、恋は山のように高く涙は海のように深いのに、じっさい私は恋しい人に逢うために、またいつの世を待（ま）つべきなのか、この松浦潟（まつらがた）に、人知れず袖に涙が誘われて流れることよ」

シテ〔一セイ〕「古歌に『思ほえず袖に湊の騒《さは》ぐかなもろこし舟の寄りしばかりに（思いもかけず袖に涙の湊《みなと》が出来て、それが騒がしいのは涙の海の深さに、唐土《もろこし》からの舟までが寄港しようとするほどになったからだ）』と詠《なが》めたごとく、袖がこんなに深い涙の海になっては、それに誘われて唐土船《もろこしぶね》も寄せて来るだろうか」

地「『もろこしの潮路《しおじ》遥《はる》かに松浦潟《まつらがた》西に山なき月を見るかな（もろこしに続く潮路も遥かな松浦潟では西はすべて海ばかりで山がない、そんなところの月を見ることよ）』と古歌に眺めたその西に山のないところの月が、いまは有明月《ありあけづき》として中空《なかぞら》にかかり」

シテ「松浦の朝日と、鏡の面《おもて》」

地「たがいに向かいあう光も、もし心が曇っていたならば、鏡はなにもかも映し出すから、我が姿ながら恥ずかしいことじゃ」

シテ「古歌に『ゆく年の惜しくもある哉《かな》真《ま》澄《す》鏡《かがみ》見る影さへにくれぬとおもへば（過ぎてゆく年が惜しくもあることよ、真澄《ますみ》の鏡に映って見える己《おのれ》の姿も年と共に暮《く》れ衰えてしまうと思うから）』と歎《なげ》いてある…」

ワキ〔カヽル〕「不思議なことがあるものじゃ。この神の鏡を拝見すると、面と向かっている女の顔は映らずして、さも清艶《せいえん》なる男姿《おとこすがた》の、しかも衣冠《いかん》正しき顔形《かおかたち》である。これはいったいどういう御事《おんこと》でござろうぞ」

シテ「恥ずかしや、その恋の執心《しゅうしん》が我が身に報いたからこそ、契《ちぎ》りは昔に結んだあの狭手彦への、恨みはなおも増(ま)すばかり、いまこうして真澄鏡(ますかがみ)に、あの人の相貌《かおかたち》が残っているので捨てることもできぬ…そうして恋慕《れんぼ》の罪に身を沈めよと言うようだ」

ワキ〔カヽル〕「これは愚かな御事《おんこと》を仰せじゃ、仏法においては『煩悩《ぼんのう》即ち菩提心《ぼだいしん》（煩悩こそがすなわち悟りを開く機縁《きえん》となる）』とこう教えてあるほどに、その恋の恨みの一念《いちねん》を翻《ひるがえ》して、早々《そうそう》にお悟《さと》りを開かれよ」

シテ「たしかに承りましてございます。…さりながら、今宵一夜《こよいひとよ》は、わが懺悔《さんげ》を果たして、昔の有様をお目にかけましょうと…」

ワキ〔カヽル〕「言うかと見るうちに沖へと出て行く、唐土船《もろこしぶね》に乗じて戦《いくさ》の鬨《とき》をつくる」

シテ「その声が波の怒濤《どとう》に響き合って」

ワキ「松浦の山風《やまかぜ》」

シテ「沖で激しく潮流《ちょうりゅう》のぶつかる潮鳴《しおな》り」

ワキ「千鳥《ちどり》や」

シテ「鷗《かもめ》の」

ワキ「飛び立ち飛び立ちする」

シテ「有様に」

地「海山《うみやま》も震動《しんどう》して、海山も震動して、恐ろしさに心も昏《く》れて思わずそこにひれ伏せば、地面の上に倒れ、また地面から、立ち上がりして向うを望見《ぼうけん》すれば、はやくも船は波煙《なみけむり》たつ海原《うなばら》の遥《はる》か彼方《かなた》に遠ざかっている。もはやなすべきすべも無(な)み（注、「〜も無み」は「〜の無さに」という語法）、波路(なみじ)に浮かぶ松浦山の上に登って、声を上げ」（注、この「波路」は謡本では「並木《なみき》」と翻字《ほんじ》しているが、世阿弥自筆本を仔細に検討すると「ナミチ」と判読でき、全体の語勢《ごせい》上も「波路」と翻字すべきが妥当かと考え、今仮に改めた）

（**立廻**《たちまわり》）

シテ〔カヽル〕「のう、のう、その船しばし…」

地「その船をしばし留《とど》めよ留めよと、白絹《しらぎぬ》の領巾（ひれ）を、上げては招き、かざしては招きして、焦《こが》れ堪《た》え兼《か》ねてひれ伏す姿は、まさにこれぞ領巾（ひれ）振《ふ》る、山というべきであろう」

シテ「古歌に『世中《よのなか》を何にたとへむ朝ぼらけ漕《こ》ぎ行く舟の跡《あと》の白浪《しらなみ》（無常の世の中をいったい何に譬《たと》えたらよいだろう、白々明《しらじらあ》けの時分に漕《こ》ぎ出して行った舟の跡に引いてゆくあの白浪のように消えやすいとでも申そうか）』とある…さながらそのままに、狂乱《きょうらん》の姿となって」

地「そのままに狂乱となって、領巾山《れいきんざん》を下《くだ》り、磯辺《いそべ》にさすらっていたが、やがて狭手彦の形見の鏡を身にしっかりと抱きしめては、その塵《ちり》を払い、恋しい人の影を映して見れば、見るほどに見るほどに、…思えば恨めしい、古歌に『形見《かたみ》こそ今は仇《あた》なれこれなくは忘るる時もあらましものを（せっかく残してくれた形見だけれど、その形見こそが今となっては私を苦しめる仇《あだ》、これさえ無かったなら、忘れる時だってあるかもしれないのに）』とある、その通りにしっかりと思い定めて、海士《あま》の小舟《おぶね》に乗って漕がれて、そのまま焦がれ出でて、鏡をば胸にしっかりと抱きしめて、身をば波間《なみま》に捨てんとて、捨て小舟《おぶね》の、上からザブンと身を投げて、千尋《ちいろ》の底に沈むと見えたが…夜もしらじらと明けてゆく松浦の浦風《うらかぜ》が、お僧の夢を覚ますことであろうか、浦風が夢を覚ますことであろうか」

屋島《やしま》

前シテ　漁翁
後シテ　義経の亡霊
ツレ(前)　漁夫
ワキ　旅僧
ワキツレ　従僧(二、三人)
アヒ　屋島の浦人

ワキ・ワキツレ〔次第〕「月も南に望まれる海原《うなばら》よ、月も南に見ゆる海原よ、その海原越えて屋島の浦をたずねようよ」
ワキ〔名宣〕「これは都のあたりよりやってきた僧でござる。このたび思い立って、西国行脚《さいこくあんぎゃ》を志したのでござる。自分はいまだ四国を見たことがござらぬほどに、
ワキ・ワキツレ〔道行〕「春霞《はるがすみ》が、ああして浮きやかに立つ海原に、立つ波の沖を漕いでゆく舟よ、浮きやかに霞立つ海原に、立つ波を漕いで沖ゆく舟よ、落日《らくじつ》にかかる雲にも光が当たって、めざすところはあの入り日のほうだなと、西の空を目ざして行くほどに、はるばる遠い船路を凌《しの》いで、やっと屋島の海岸に着いたことよ、屋島の浦に着いたことよ」
ワキ「急いで旅してきたほどに、これは早くも讃岐《さぬき》の国の屋島の浦に着いたことじゃ。…さて、日が暮れてきたゆえ、ここにある塩焼きの小屋に立ち寄って、一夜を明かしたいと思うことでござる」

シテ〔サシ〕「ああ、美しい景色よ、月が海上《かいしょう》に浮かんでその光が海に落ち、波間にちらちらと漁火《いさりび》が光るのにも似ておるわ」

ツレ「まことに『漁翁夜西岩《ぎょおうよるせいがん》に傍《よ》って宿《しゅく》す（漁夫《ぎょふ》の翁《おきな》は、夜に湘江《しょうこう》西岸の巌《いわお》に舟を寄せて停泊し）」

シテ・ツレ「暁清湘《あかつきせいしょう》を汲《く》んで楚竹《そちく》を燃《た》く（暁にはその清らかな水を汲み、楚国の竹を燃やして湯を沸かす）』と名高き漢詩《からうた》に歌うてあることも、なるほどその通りだと今思い知る葦焚《あした》く火影《ほかげ》が、ちらちらと見え初《そ》めた、なんとぞっくりするほど心に沁みる景色よな」

シテ〔一セイ〕「月の出に添うて満ちてくる潮《うしお》にのって、沖のほうから波が寄せ」

ツレ「霞む沖の彼方から、小さな舟が漕(こ)がれつつ、遥かに見える蘆火《あしび》の光に、焦(こ)がれてやって来て」

シテ「海士《あま》どもが、互いに呼び交わす声が聞こえる…」

シテ・ツレ「さては浦里《うらさと》も近づいた」

シテ〔サシ〕「一枚の葉を浮かべて万里を行くような船の道は、ただひとつの帆の風に任せる頼りない境涯よな」

ツレ「ああして夕方の空には雲が波のように浮かび」

シテ・ツレ「月の行くほうへ、しだいに遠ざかって消えてゆく、やがて霞に浮かぶ岸の松原の、影も緑に海面《うみづら》に映じているのを見れば、どこが海岸やら松原やら知らぬばかりの景色だが、やがて不知火(しらぬい)の（注、「不知火の」は筑紫を導く枕詞）、筑紫《つくし》の海に続いていくのでもあろう」

シテ・ツレ〔下歌〕「だが、ここは屋島の浦、その浦伝いには海士《あま》の家も数々あって」

シテ・ツレ〔上歌〕「海士たちは、日々釣りする暮しに暇もないのであろうな、波(なみ)の上で、釣りに暇も無い波の上の暮し、はるばると霞み渡っている海を渡って沖を行く、海士《あま》の小舟《おぶね》が、ほのぼのと見えて、まだ残る夕暮れは、浦風までもがのどかな春、その春が私の心をさそうのであろうか、春が心をさそうのであろうか…」

シテ「まずまず、わが塩焼き小屋に帰って休むことにいたそうか」

ワキ「この塩焼き小屋の主《あるじ》が帰ってきたぞ。どれ、あちらへ行って宿を借りたいと思うのでござる。…も

しもし、この塩焼き小屋のなかへ、どなたかお取り次ぎを願います」

ツレ「どなたでございますか」

ワキ「諸国一見の僧でござる。一夜の宿をお貸しくだされい」

ツレ「これにしばらくお待ちください。主《あるじ》にそのことを申してまいりましょう。…もしもし、申し上げます。

諸国一見のお坊さまたちが、一夜の宿を貸してほしいと仰せでございます」

シテ「それはたやすいことではあるが、あまりに見苦しいことじゃほどに、お宿はお貸しできぬと、その

ように申し上げよ」

ツレ「お宿のことを申してみましたが、あまりに見苦しくしておりますので、お貸しすることはならぬと

いう由、主の仰せでございます」

ワキ「いやいや、見苦しいことなどは、いっこうにかまいませぬぞ。…なにぶん私どもは、都のあたりに

住まいする者にて、この浦には、初めてお目見えいたしますことでございますが、もう日が暮れてしま

いましたので、どうかどうか、枉《ま》げて一夜をお貸し下さるように、重ねて申し上げてくださいませ」

ツレ「心得ました。…只今仰せのとおりに申しましたところ、旅人は、このあたり不案内の都の人でおわ

すよしにて、もう日も暮れてしまいましたほどに、どうかどうか枉げて一夜の宿をと重ねての仰せでございます」

シテ「なんと…旅人は、都の人と申すか」

ツレ「さようでございます」

シテ「なるほどそういうことなら、お気の毒なことじゃな。それではお宿をお貸し申すことにしよう」

ツレ〈カヽル〉「もとよりこの住み家は悪(あ)しき、葦(あし)葺きの小屋に過ぎぬほどに」

シテ「ただ草を枕に野宿するようなこととお思いくだされよ」

ツレ〈カヽル〉「しかも今宵は、かの古歌に『照りもせず…（皓々《こうこう》と照ってもいない…）』

シテ「『曇りも果てぬ春の夜の（…かといってすっかり曇ってもいない春の夜の）」

シテ・ツレ「朧月夜《おぼろづきよ》にしくものぞなき（ぼんやりとした朧月が出ている夜の風情にまさるものはないなあ）』と歌われたごとく、ついぞ敷くものもない海士の苫屋で…」

地「屋島に生えている高い松の根方《ねかた》の苔《こけ》を筵《むしろ》に寝ていただくような宿りにて、まことにお気の毒ながら…」

地〈上歌〉「それでも、せめてもの慰みは浦の名の、それでも慰みになるのは浦の名を、牟礼(むれ)と申しますそのとおり、群(む)れている鶴《つる》をご覧になさってください。あの鶴どもも、古き歌に『天津風《あまつかぜ》ふけひの浦にゐる鶴はなどか雲居《くもゐ》に帰らざるべき（大空に風吹(ふ)ける、その吹井(ふけい)の浜に降りている鶴も、いずれは雲の上へ帰らぬということがあろうか…そのように、こうして今自分は殿上《てんじょう》には昇れないが、いずれはまたあの雲の上に帰りたい…）』とございますごとく、いずれは雲の居る大空へ帰っていかないことはございますまい…お僧たちも、いずれは雲の上の都へお帰りになることでございましょう。…旅人の皆さまの故郷《ふるさと》が都なのだと聞けば、ああ、懐かしい都よ、私とて、もともとは…とばかり言いさして、たちまち涙に咽《むせ》んだのでありました。たちまち涙に咽んだのでありました」

ワキ「さてさて、申し上げます。なにやら似つかわしからぬ所望《しょもう》ではございますが、古《いにし》え、このところは源平の合戦の戦場となったところと伺っております。されば、その有様を、夜もすがら語ってお聞かせくだされよ」

シテ「それはたやすいこと、語って聞かせ申しましょう」

シテ〔語〕「さて、その頃とては、元暦《げんりゃく》元年三月十八日の事でありましたが、平家は海の上、浜より一町（百メートル余り）ほどのあたりに船を浮かべ、一方の源氏は、この汀《みぎわ》に打ち出《いで》て陣をとっておられた。大将軍《たいしょうぐん》の御《おん》出で立ちは、赤地の錦の直垂《ひたたれ》を鎧下《よろいした》に着て、紫が裾へ行くほど濃くなっている立派な鎧をぞろりと着なし、鐙《あぶみ》に載せた足を踏ん張って、鞍壺《くらつぼ》の上にぐっと立ち上がると、『一院《いちいん》（後白河院）の御使者《おししゃ》にして、源氏の大将、検非違使《けんびいし》五位《ごい》の尉《じょう》、源の義経である』と」

シテ〔カヽル〕「お名乗りになった、その人品骨柄、ああまことに立派な大将よと拝見しましたことが、たった今のことのように思い出されてござります」

ツレ「その時、平家の方からもしかるべき武将が出て、言葉戦《ことばだたか》いもことなく終わり、平家の船団から、一《いっ》艘《そう》の兵船《ひょうせん》が漕ぎ寄せて、波打ち際に降り立つと、陸《くが》の源氏の陣から出撃してくる人を待ちかけておった…」

シテ「すると源氏の陣からも、続々と五十騎ばかりが寄せてきた、その中にも、三保《みお》の谷《や》の四郎《しろう》と名乗って、真っ先かけて攻めて来るのが見えたところに」

ツレ〔カヽル〕「平家のほうからも、悪七兵衛景清《あくしちびょうえかげきよ》と名乗り、この三保の谷を目掛けて戦いを挑む…」

シテ「この三保の谷は、その時に、太刀を打ち折って、しかたなく、少し汀《みぎわ》に退却をしたところが」

ツレ〔カヽル〕「景清は追っかけて、三保の谷の」

シテ「着ている兜《かぶと》の錣板《しころいた》（注、甲の左右・後ろに垂らした防御板）を掴《つか》んで」

ツレ〔カヽル〕「うしろへ引くと、三保の谷も」

シテ「なんとかしてその身を逃れようと前へ引く」

ツレ「互いに、えいや、えいやっと」

シテ「引く力に」

地「鉢附《はちつけ》（注、錣板の甲に接続したところ）の板のところから、引きちぎって、左右にガッと離れ落ちた…これをご覧になって判官《ほうがん》義経は、お馬を汀に打ち寄せなさると、後に続いた佐藤継信《さとうつぎのぶ》が、能登守平教経《のとのかみたいらののりつね》の放った矢に当って、馬から下にどーんと落ちてしまった。一方、船のほうでは教経の愛寵《あいちょう》する稚児菊《きく》王《おう》も討たれたほどに、いずれもいずれも共に哀れとお思いになったのであろうか、平家の船は沖へ引く、源氏の軍は陣へ引く、相引きに引くと、折しも引く潮とあって、船は陸から遠ざかり、鬨《とき》の声もばったりと絶えて、磯の波、松風の音が、寂しく聞こえるばかりとなったのであった…」

地〔ロンギ〕「なんと不思議なこと、海士人《あまびと》が、あまりに詳しい物語をされることよ、かくなる上はその名を名のりなされよ」

シテ「我が名…さてなんと言（い）うべきであろうな、折しも夕（いう）波が、引いてゆくほどに夜潮《よじお》も浅（あさ）くなって、古き歌に『朝倉（あさくら）や木《き》の丸殿《まろどの》にわが居《を》れば名《な》のりをしつつ行《ゆ》くは誰《た》が子ぞ（筑前《ちくぜん》の国の朝倉の木の丸殿に私が座っていると、おのおの名を告げて退出してゆくのはどこの家の子であろうぞ）』と歌うてある、ここはその木の丸殿ででもあったなら、名のりでもして行こうものじゃが…」

地「なるほどなるほど、その歌の言葉を聞くほどに、名を知りたくなるこの老人《おいびと》が」

シテ「昔を語る小忌衣（おみごろも）（注、小忌衣は清浄な祭服）…」

地「頃（ころ）としては、ちょうど今は」

シテ「春の夜の…」

地「…潮の引く暁には、修羅の時になるであろう、その時には、我が名を名乗ろう…いや、たとえ名乗らずとも名乗るともよし、よしや常（つね）に…義経（よしつね）に…憂（う）きことばかりの世（よ）…その浮世（うきよ）の夢を、お覚ましくださるなよ、夢の内に現れましょうほどに、どうかその夢をお覚ましくださるなよ」

（中入）

ワキ「なんと不思議な…今の老人だが、その名を尋ねたところ、その答えにも『よし常の世の、浮世の夢心地を覚まさずに待て』と、そう聞こえて…」

ワキ・ワキツレ〈待謡〉「その声も次第に老（ふ）けてゆくようだったが、しだいに夜も更（ふ）けてゆくにしたがって、吹（ふ）けゆく浦風の、声も夜もふけゆくにつれて吹（ふ）けゆく浦風の、音（ね）を聞く松（まつ）が根（ね）に、苔の枕を欹《そばだ》てて、思いを延べつつ、苔の筵《むしろ》を敷き延べて、また重ねて夢を待っている、重ねての夢を待っている」

後シテ〈サシ〉「『落花枝《らつかえだ》に帰らず、破鏡《はきやう》再び照らさず（いちど落ちた花は二度と枝に帰ることはない、ひとたび割れてしまった鏡は二度と光を照らすことはない）』という教えのそのとおり、ひとたび死んだものは生きかえることはない道理ではあるが、それでもなお生前の迷える心の執念が恨みとなって、本来鬼神となって俗世とは無縁の存在となっているはずのところ、また魂魄の姿で現世に帰り、我と我が身を苦しめて、修羅道《しゅらどう》の巷《ちまた》に寄り来るのは、寄り来る波が浅からぬように、浅からぬ悪因縁よな」

ワキ〔カヽル〕「なんと不思議なことがあるものだ。はや暁にもなるかと思う、寝覚めの枕のあたりから、甲冑《かっちゅう》を帯《たい》して現れておいでになったのは、もしや、九郎判官《くろうほうがん》義経どのでおわしましょうか」

シテ「私は義経の幽霊であるが、かつての恨みが消えもせず、それに引かれて迷える心の執念から、こうして今なお西海の波に漂い」

シテ〔カヽル〕「生死流転《しやうじるてん》を繰り返す、迷いの海に沈んでいる」

ワキ「愚かなことよ、その心の迷いの故にこそ、生き死にを繰り返す迷いの海とも見えるのだが、真の悟りのようなあの月が…」

シテ「春の夜であってもなお曇りなきように、一点の曇りもない心も澄み切った、今宵の空よ」

ワキ「昔のことながら、つい今のことのように思い出される」

シテ「船の平家と陸《くが》の源氏の、あの合戦の道だ」

ワキ「いまこの場所がらのゆえに」

シテ「忘れることのできぬことは…」

地〔上歌〕「武士《もののふ》が、屋島に入(い)る月(つき)のもと、射(い)る槻(つき)の弓の、屋島に射たる槻の弓の本(もと)ではないが、元(もと)の姿となって、またここにやってきて…弓矢とる武士《もののふ》の道には迷わなかったものを、こうして死んでの後に成仏できずに迷っているぞや、ああ、生き死にの、海山《うみやま》を離れることもできぬままに、こうして帰ってきた屋島が恨めしいぞ。こういうこと、ああいうことと執心が、残ってしまったこの海が深いように、この深い夜に、夢のなかで物語を申すのじゃ、夢物語申すのじゃ」

地〔クリ〕「どうしても忘れ得ぬものをなあ、この娑婆《しゃば》の故郷《ふるさと》に…ここを去ってもう久しい年波が寄るほどに、波の寄る夜（よる）の夢路に通ってきて、修羅道の有様を顕《あらわ》して見せようよ」

シテ〔サシ〕「思い出されるのは昔の春、月も今宵のように冴えかえって」

地「帰（かえ）ってきた元の渚は此処《ここ》であろうか。源平が互いに矢先《やさき》を揃え、海には平家が船を組み、陸には源氏が駒を並べて、海に馬を打ち入れ打ち入れては、足を並べて轡《くつわ》を波に浸しつつ、攻め戦っていた」

シテ「その時、どうしたのであったろうか、判官は弓を取り落とし、その弓が波に揺られて流れていったが」

地〔カヽル〕「その折は、ちょうど引き潮で、弓は遥かに沖へと流れて行くのを」

シテ「敵《かたき》に弓を取られまいと、駒を波間に泳がせて、敵船《てきせん》も近くなったため」

地〔カヽル〕「敵はこれを見るやいなや、船を漕ぎ寄せ熊手《くまで》にかけて、判官はあわや生け捕りの危うき様子に見え給うたが」

シテ「しかしながら、熊手を切り払い、最後には弓を取り返して、元の渚にざっと上がったところ」

地〔サシ〕「その時、麾下《きか》の忠臣増尾四郎兼房《ますおのしろうかねふさ》が申し上げたることは、『なんという残念なるお振舞《ふるま》いであろうぞや、かつて摂津の国渡辺《わたなべ》の港にて、嵐を衝《つ》いて逆艪《さかろ》も設けずに船出を強行した折に、無謀《むぼう》の勇じゃと梶原の景時が申したのも、こういうことでもございましたろう。たとえ千金を延べて作った御弓《おんゆみ》であろうとも、お命に代えても取り戻そうとなさるほどのものでござろうか』と、涙を流して諫《いさ》め申したところ、判官はこれをお聞きになって、『いやいや、そうではない。弓を惜しんだのではないのだ…」

地〔クセ〕「…この義経は、源平の戦においては、一切の私心《ししん》をさしはさむことなく戦ってきた。それでも、武士としての高名は未だ志の半ばにも達していない。されば、もしこの弓を敵《かたき》に取られて、『なんじゃ、義経はとんだ小兵《こひょう》よな』などと言われようことがあれば、それは無念なことだと言わねばならぬ。よしよし、この弓取りゆえに討たれてしまうのは、力無し（注、仕方ない、の意）とせねばならぬ。それはしょせん力の無い義経の運の尽きと思うたらよい。もし命運がいまだ尽きぬというのであれば、きっと討たれることはなかろうから、なんとかして敵にこの弱い弓を渡すまいとて、波に引かれてゆく弓を取りに行ったのだ。世に弓取りの武士として、名誉恥辱は末代までも残るのではないか』と、かようにお語りになったゆえ、兼房はもとより、そのほかの人々までも、皆感涙を流したことであった」

シテ「『智者は惑はず（叡智あるものは惑わない）』と物の本にある」

地「また『勇者は懼《おそ》れず（勇気あるものは恐れない）』とも言ってある、いよいよ心の勇みたつ強者《つわもの》が、梓弓《あずさゆみ》を敵に取られて弱みを知られることのないようにと、惜しんだのは名誉と恥、惜しまぬものは、ひとつの命、されば身を捨ててこそ後の史書にも、めでたい武名を留めることができる弓の、また筆の跡というものであろう」

シテ「また修羅道の時（とき）至るぞ、ああ合戦の鬨（とき）の声が…」

地「矢を射当てて叫ぶ声に、あたりも震動しているぞ」

〔翔《かけり》〕

シテ「今日の修羅の敵《かたき》は誰じゃ。なに、能登守教経《のとのかみのりつね》だと。おお、小癪《こしゃく》な奴め、なに、奴の手並みは良く知っている」

シテ〔カヽル〕「思い出したぞ、あの壇ノ浦の」

地「その船戦《ふないくさ》も今ははや遠い昔ぞ、その船の戦も遠い昔ながら、今はたちまちにこの世に帰って来て、生き死にを繰り返す海も山も、どこもかしこも震動して…船からは鬨の声が」

シテ「陸《くが》には波のごとく並んだ楯が」

地「月光に白く光るのは」

シテ「剣の光」

地「潮《うしお》に映るのは」

シテ「兜《かぶと》の星《ほし》（注、兜に付けられた鋲《びょう》）の光」

地「『水や空空や水とも見え分かず通《かよ》ひて澄める秋の夜の月（どこが水やら空やら、見分けも付かぬほど、その両方に通って澄み渡っている秋の月だ）』との古歌さながら、どこもかしこも澄み切って、空を行くのもまた雲の波、その雲の波が打（う）ち寄せるところ、撃（う）ちあい刺し違えて、船戦《ふないくさ》の駆け引きに、浮いたり沈んだりするうちに、春の夜は波の上からはや明け初めて、敵《かたき》と見えたのは群れている鴎《かもめ》、鬨の声と聞こえたのは浦風の音であったよ、この高松の浦の風であったよ、そうして、高松の朝嵐となったよな」

山《やま》姥《んば》

前シテ　女
後シテ　山姥
ツレ　百万山姥《ひゃくまやまんば》
ワキ　従者（京の男）
ワキツレ　供人（二、三人）
アヒ　里人

ワキ・ワキツレ〔次第〕「善光寺、その名も善き光とあればお影を頼《たの》みとして、善光寺の善き御利益を頼みとして、ありがたい仏の御寺をたずねようよ」

ワキ〔名宣〕「これは、都のあたりに住まい致している者でござる。また、ここにおいでのお方は、百万山姥《ひゃくまやまんば》とて、都にも隠れない遊女でございます。かく百万山姥と御名《おんな》を申す謂れは、もともと百万と申す者ながら、山姥の山廻《やまめぐ》りするということを、曲舞《くせまい》に作って、巧みにお謡いになることを以て、かように京の町人《まちびと》たちが呼び習わしているのでござる。また、近頃この御方が善光寺へご参詣なさりたいということを聞き及びましたるほどに、私がそのお供を申して、只今信濃の国善光寺へと急ぐことでござる」

ワキ〔サシ〕「都を旅立って楽波《さざなみ》や（注、次の志賀にかかる枕詞だが、琵琶湖の小波《さざなみ》を思い寄せる作用がある）、志賀の浦から舟に漕（こ）がれつつ、思い焦（こ）がれて行く、その行く末は有乳《あらち》の山越えて、袖に露の玉散る、玉江の橋を渡り、これより先々まで越えて行く越路の旅を、思いやるのはずいぶん遥かな遠方に思われる」

ワキ・ワキツレ〔道行〕「海上に伸びた松の梢《こずえ》に波がかかるという汐越《しおこし》の岬、松の梢にも波の立つという汐越岬を過ぎ、安宅の松は夕靄《ゆうもや》にぼんやりと煙って、煙は消えても消えぬが辛《つら》きこの身の罪、その罪を斬り捨ててくださる阿弥陀の劔(つるぎ)よ、さながら劔のごとく鋭(と)く聳《そび》える砺波山(となみやま)を越え来れば、先を急げと促す雲に急《せ》かされて、越前・越中・越後と続く越の国の末、ここはいずこと里を問えば、ああ遥かに都から遠ざかる辺境の、境川(さかいがわ)にまで着いたことだ、境川にも着いたことだ」

ワキ「お急ぎなさいました程に、これは早くも越後と越中の境なる境川にご到着でございます。暫くここにお留まりあって、もう少し道の様子などもお聞きになったらよろしゅうございましょう」

(ここにてアヒの里人とワキとの問答あり。そのなかで、所の者が、「これより善光寺への道はいくつもございます。なかにも上道《かみみち》・下道《しもみち》・上路越《あげろごえ》と申すのが主な街道としてございますが、なかでも上路越と申す道は、阿弥陀如来がご来迎《らいこう》の折に踏み分けておいでになるという道でございます」ということを語る、これを受けて)

ツレ「…なるほど、いつも伺っております、西方浄土は、はるか十万億土の遠きにあるとか…。その遠きところから、これはまた阿弥陀様が来迎のためにまっすぐお出でになるという道の由なれば、わたくしもその上路の山とか申す道を参ることにいたしましょう」

ツレ〔カヽル〕「いずれ修行の旅でございますから、乗物はここに留《と》め置き、これよりははだしで歩いて参ることにいたしましょう。どうか道案内をしてくださいませ」

(アヒとワキのやりとりがあり、そのなかで、山道がいかにも険しいことが描写され、またにわかに「おかしいぞ…どうしたものか、まだその時刻でもないのに、はやくも日が暮れてきた」というセリフがあり、あたりはにわかに日暮れてきた風情となる、これを受けて)

ワキ「ああ、不思議なことじゃ。まだ暮れることはない時間のはずなのだが、にわかに日暮れてまいったぞ。こんなところで日が暮れたとあっては、さあ、どうやって一夜を明かしたらよかろうか」

シテ〈呼掛〉「のうのう、そこな旅人、今宵のお宿をお貸し申しあげましょう、のう。ここは上路の山と申して、人里からは遠い所でございます。日が暮れてしまいましたほどに、わたくしの庵《いおり》にて、一夜をお明かしなされませ」

ワキ「おお、嬉しいことじゃ。にわかに日が暮れて、これからどうしたらよいものかと、途方に暮れておりました。それではすぐにそちらへ参りましょう」

シテ〈カヽル〉「今宵のお宿をさしあげることには、じつは、とりわけて思う仔細《しさい》がありますのじゃ。山姥の歌の一節《ひとふし》を謡ってお聞かせくだされ。それがもう長い年月《としつき》の間の望みじゃほどに、かかる田舎住まいのわたくしにとっては、後々までの思い出と思いましょう。そのために、こうしてまだ暮れぬ日を…暮れさせてまで、お宿をさしあげたのでございます。さあ、どうあっても、お謡いなさってくださいませ」

ワキ「これは思いもかけぬことをお伺いすることでござるなあ。そう仰せになるのは、こちらのお方を誰じゃとご覧なされて、山姥の歌の一節をご所望になるのじゃな」

シテ「いやいや、なにをお隠しなさいますのやら…。あれにおいでの御方《おんかた》は、百万山姥《ひゃくまやまんば》とて世に隠れもない遊女ではいらっしゃいませぬか。…まずはこの山姥の歌の『次第』とか申すところの歌の文句に」

シテ〈カヽル〉「『よし足引の山姥が、山廻りする…（よしよし、良(よ)し悪(あ)しを超えて、あしびきの山を、足引(あいしひ)きながら山姥が、山廻りする…)』と作られている…ああ、面白いことじゃなあ。さてしかし、あの御方が百万山姥と異名を取っておられるのは、この山姥の山廻りの曲舞《くせまい》のおかげではないかの、それでは、まことの山姥とは、そもそもどんな者と、お考えになっておわしますかの」
ワキ「山姥とは、『山に住む鬼女《きじょ》…』と、そのように曲舞の文句にも見えてござるが…」
シテ「鬼女とは…さては女の鬼と申されるかや、…よしよし鬼なりとも人なりとも、山に住む女とならば、さてもこのわたくしの身の上ではござりませぬか」
シテ〈カヽル〉「もうここ何年と、はっきり姿に現して山姥の曲舞を歌ってこられたというに、その言の葉の、葉の先に宿る露ほども、真実の山姥のことをお心に懸けてはくださらぬ、…その恨み言《ごと》を申しに、こうして出て来たのです。そなたが芸の道の奥義を極め、有名になって、世上なにもかも恣《ほしいま》まにするほどの芸の花を開かれたことは、畢竟《ひっきょう》この一曲のおかげではありませぬか。それならば、その妙技の芸を以て、わたくしの身をも弔《とむら》い、舞・歌・音楽の妙なる音の、美しい声にて仏事をも営んでくださいましたなら、なんとしてわたくしも、六道輪廻《ろくどうりんね》の永劫《えいごう》の苦患《くげん》を免《まぬか》れ、やがて迷妄《めいもう》を去って真実の存在に立ち帰り、かの極楽浄土に成仏できぬことがございましょうやと…」
シテ〈下歌〉「恨みを言（い）うほどに、夕（いう）べの山の、鳥や獣までも鳴き声を添えて、声を上げている、ここ上路（あげろ）の山の山姥の、霊鬼《れいき》が、ここまでやってまいりました」
ツレ〈カヽル〉「さても不思議なことを聞くものですね…ということは、本物の山姥が、ここまでお出でなさったのでございましょうか」
シテ「わたくしが、諸国の山を廻るうちに、今日という今日、ここにやって来たのは、我が名…この『山姥』という名の持つ功徳《くどく》を聞こうと思うからじゃ。さあ、どうかお謡いなさって、そのことによって、わが妄執を晴らしてくださいませ」

ツレ〔カヽル〕「かくなる上は、あれこれと辞退申したならば、恐ろしいこと…もしや、我身の為にも悪かろうと思い、遠慮しながら、時に適《かな》った調子を取り、また取る拍子を進めると…」

シテ「しばらくお待ちください。同じことならば、すっかり日が暮れるのを待ち、月の夜(よ)に、冴え冴えとした夜声(よごえ)を以てお謡いになるならば、その時こそ、わたくしもまた、真実の姿をあらわすことにいたしましょう」

シテ〔カヽル〕「おお、おお、たちまちに陰《かげ》ってゆく夕月の…」

シテ〔上歌〕「それでなくとも日暮れの早い、この深山辺《みやまべ》の」

地「日暮れの早い深山辺であるうえに、今や雲までが懸り、その雲のように、わたくしにも心を懸け添えて、この山姥の曲舞の一節《ひとふし》を、夜もすがらお謡いくださるならば、その時こそ、ほんとうの我が姿をもあらわして、素服(あらわしぎぬ)〔注、「あらわしぎぬ」は、本来服喪《ふくも》の心を表わす衣、即ち喪服の意だがここでは、特にその意味はなく、単に掛詞《かけことば》のあや、として素服《そふく》という程の意味で使っていると見る〕の袖をそなたの袖に重ねつつ、憑依《のりうつ》っての舞を舞いましょう…と言うかと見るうちに、そのままかき消すように姿を消した。かき消すように消え失せてしまった」

〔中入〕

ツレ〔カヽル〕「あまりのことの不思議さに、どうしても現実とは思えないけれど、鬼女の言葉のとおりにいたしましょうと…」

ワキ・ワキツレ〔待謡〕「松風の吹く音《ね》と共に吹く笛の、松風と共に吹く笛の、声は澄みわたり、渡(わた)る谷川の流れに向かって、いにしえ人は『流《りう》に牽《ひ》かれて遄《はや》く過《す》ぐれば手先《てま》づ遮《さいぎ》る〔川の流れに乗ってあっという間に杯が過ぎてしまいそうになると、手で先ずは遮ってから詩句を案じる)』と漢詩《からうた》に歌った曲水《きょくすい》の宴《えん》、その曲水に浮かべた杯（つき）…月（つき）の光が澄むように、声も澄むこの深山《みやま》よな。月光も声も澄みわたる深山よな」

後シテ「ああ、ぞっとするように深い谷じゃなあ、ああ、心もぞっとする深い谷じゃなあ」

シテ『寒林《かんりん》に骨《ほね》を打《う》つ、霊鬼《れいき》泣く泣く前生《ぜんじやう》の業《ごふ》を恨む、深野《しんや》に花《はな》を供《く》ずる、天人《てんにん》返すがへすも幾生《きしやう》の善《ぜん》を喜《よろこ》ぶ（罪人の霊魂は、地下《ちか》に己《おのれ》の骨を鞭打《むちう》って、泣きながら前世《さきのよ》における悪業《あくごう》を恨んでいる。しかし、戒《かい》を保ち慈悲深き者の霊魂は、すなわち天人となって花を供え、返すがえすも幾多の前世の善行《ぜんぎょう》を喜んでいる）』と、ありがたい経典に説かれてある。いや、さらに大悟《たいご》した目からみれば、生きているときの善悪などは一如《いちにょ》にして二つならず、されば、天上といい地下といい、なにを恨むのであろうか、またなにを喜ぶべきであろうか。いまこうしてなにもかも目の当《ま》たりにすれば、激湍《げきたん》を落ちる水は渺渺《びょうびょう》と豊かに、巌《いわお》は峨峨《がが》と聳《そび》え立っている。まことにこれも古き漢詩《からうた》に『山《やま》また山、何《いづ》れの工《たくみ》か青巌《せいがん》の形《かたち》を削《けづ》り成《な》せる、水《みづ》また水、誰《たれ》が家《いへ》にか碧澗《へきかん》の色を染《そ》め出《い》だせる（山また山、あの山景は、いったいどんな名工が青い巌《いわお》を削って造ったのであろうか、水また水、その色も美しい碧《みどり》の谷だが、あれはいったいどの染物屋が染め出したのであろうか）』とあるとおりじゃ」

ツレ〈カヽル〉「恐ろしいこと…、月も鬱蒼《うっそう》たる木の陰に隠れている山陰から、その様《さま》もこの世のものとは思われぬ顔つきで現れたのは、その山姥でおわしますか」

シテ「いまとなっては、もはやそれと姿でも知れるであろうが、先に口に出して言った言葉のさまにも、はっきりとお分かりになったことであろう…この山姥の我が姿を恐れなさいますなよ」

ツレ〈カヽル〉「かくなるうえは、恐ろしいことながら、この姥（うば）が、烏羽玉（うばたま）の闇のなかから現われ出てきた…その姿や言葉は、たしかに人間ではあるけれど…」
シテ「髪は茨《いばら》のごとくざんばらの、しかも雪を戴《いただ》いたような白髪《はくはつ》で」
ツレ〔カヽル〕「眼《まなこ》の光は星のように輝き」
シテ「そうして顔の色は…」
ツレ「丹土《につち》を塗ったように赤く」
シテ「軒の瓦の鬼の形のような顔を…」
ツレ「今宵ここに初めて見る、この気持を」
シテ「何に喩《たと》えたらよかろうか」
ツレ「その昔の…」
地〔上歌〕「『伊勢物語』に、雨の降る夜、女を連れて逃げ、鬼一口《おにひとくち》に食われてしまったという話がある、あの鬼一口の雨の夜に、雷鳴が轟《とどろ》き騒いで恐ろしいことであった、その夜のことも思い知（し）られ、その折に、『白玉（しらたま）かなにぞと人の問ひし時露と答へて消えなましものを（あの白く光るものは真珠の玉か、なんであろうと女が尋ねたときに、つゆ知（し）らぬと答えて、自分もその露（つゆ）のように、儚《はかな》く消えてしまえばよかったものを）』と、そう問うた人のことまでも思い合わされて、まるで我が身の上のことになるやもしれぬ…と憂（う）き辛《つら》き世の語り草になろうことも恥ずかしいぞや、浮世（うきよ）の語り草になるのも恥ずかしいぞや」
シテ「いにしえの漢詩《からうた》に『春宵一刻値千金《しゅんせういっこくあたひせんきん》（春の宵の美しさは一刻が千金の値をもっている）』とあり、その千金にも換《か》えがたいほどであるのは、また『花《はな》に清香《せいきやう》有《あ》り月《つき》に陰《かげ》有《あ》り』とも謳うたように花には清らかな香りがあり、月はおぼろに霞んでいるからこそのことじゃ、今宵はその上に、願いのとおり、たまさかにそなたに行き逢うことができたのじゃから、これにて一曲を謡い舞うわずかの時間も、過ぎてゆくのが惜しまれる夜じゃほどに、さあさあ、はやくはやくお謡いなされよ」

ツレ〔カヽル〕「なるほど仰せごもっとも、かくなる上はとやかく言うには及びませぬ、この言語に絶した深山にあって…」

シテ「これもいにしえの漢詩に『一声(いっせい)の山鳥《さんてう》は曙雲《しょうん》の外《ほか》(待ちに待った時鳥《ほととぎす》の一声《いっせい》は、はや曙《あけぼの》の雲のかなたへ去り)』とあるとおり、いまや待ちに待った曲舞の『一声(いっせい)』を聞くのは、時鳥が一声《ひとこえ》上げて羽ばたくのを聞く思い…」

ツレ〔カヽル〕「鼓《つづみ》の拍子《ひょうし》は滝の響きを以てし」

シテ「袖は白妙の…」

ツレ「…雪を廻らせるがごとく美しく舞おうほどに、まだ雪を廻らせている木《こ》の花《はな》(梅の花)は…」

シテ「古歌に『難波津《なにはづ》に咲くや木《こ》の花冬《ふゆ》ごもり今は春《はる》べと咲くや木の花(難波の海辺に咲いている梅の花よ、冬ごもりして今は春になったなあと咲いている梅の花よ)』と詠じてあるほどに、さてはこれも難波(なにわ)の事であろうか」

ツレ「いやいやこれもいにしえ『津の国のなにはのことか法《のり》ならぬ遊び戯れまでとこそ聞け(津の国の難波(なにはは)…ではないが、この世にいったい何(なに)は仏法に則《のっと》らぬなどということがあろうか、かりそめの音楽や伎芸までも仏法のことわりに適《かな》うと聞いておりますほどに)』と詠まれたる遊女の歌もございますものを…」

地〔次第〕「よしよし、善(よし)悪(あし)の分け隔てなく、足引(あしびき)の山を、この山姥が、山廻りして見せようぞ、老体の我には苦しいことながら…」
シテ〔クリ〕「それ、『たかき山もふもとのちりひぢよりなりて、あまぐもたなびくまでおひのぼれる…』と『古今集』の序にも説けるごとく、山というものは、ほんの小さな塵《ちり》や泥から次第に隆起して、天雲《あまぐも》の懸かる千丈《せんじょう》の峰にまで至り」
地「海はまた、源頭《げんとう》の苔の雫《しずく》が滴《したた》って下り集まり、やがて波濤《はとう》打ち寄せる渺茫《びょうぼう》たる海水となる」
シテ〔サシ〕「いまこのがらんとした何もない谷の内にも滔々《とうとう》と響く水音や、山嶺《さんれい》の梢《こずえ》に響く山彦《やまびこ》は…」
地「遠き昔、漢土《もろこし》の哲人が『冥々《めいめい》に視《み》、無声《むせい》に聞《き》く（真《しん》に大悟《たいご》した人は、無明《むみょう》のなかに心眼《しんがん》を以て明らかに見、また他の人にはなにも聞こえない無声の声を聞くことができる）』と教えられた、その無声の声を聞かんとして、ある賢女《けんにょ》が、どんな大声を出しても決して響かないという谷を、帝釈天《たいしゃくてん》に願ったという故事も、まことにこういうところのことを指《さ》して言うのであろうか…」
シテ「とりわけて、いま我が住まいとしている山家《さんか》の景色は、見よ、山が高いゆえに海は近々《ちかぢか》と見え、谷が深いゆえに川水は遥か遠く下方に見える」
地「『前には海水《かいすい》瀼々《じやうじやう》として、月真如《つきしんによ》の光を挑《かか》げ、後《うしろ》には嶺松《れいしやう》巍々《ぎぎ》として、風常楽《かぜじやうらく》の夢を破る（目前には海水が満々として、月は悟りの光を投げかけ、後ろには峰の松が高々《たかだか》と聳《そび》えて、吹く風は極楽の夢を破る）』と、古き物語に見えてある」
シテ「おお、またこうもある、『刑鞭蒲朽《けいべんかまく》ちて蛍《ほたる》空しく去る（国が良く治まって罪人なきゆえ、蒲《がま》の鞭さえ朽ちて蛍が飛び出してくる）』とな」
地「そしてまた『諫鼓《かんこ》苔深《こけふか》うして鳥驚《とりおどろ》かず（また帝王の政《まつりごと》正しくして諫《いさ》める必要がないから、諫めの鼓《つづみ》も苔むして鳴らず、鳥さえ驚かない）』とも見えてある、これもまさにこの山谷《さんこく》の静安《せいあん》なるありさまを言うのであろう」

地〔クセ〕「古き歌に『遠近《をちこち》のたづきも知らぬ山中《やまなか》におぼつかなくも呼子鳥《よぶこどり》かな（どちらがどことも見当のつかない山の中で、頼りなげに子を呼ぶような、呼子鳥の声が聞こえる）』とある、かの呼子鳥もぞっとするような声で鳴き立てる折も折、古き漢詩に『春山伴無《しゅんざんともな》うして独《ひと》り相求《あひもと》め、伐木丁々《はつぼくたうたう》として山更《やまさら》に幽《かす》かなり（春の山を伴とする人もなく独り彷徨《さまよ》ってゆくと、どこか遠くで山賤《やまがつ》が木を伐採するトーントーンという音がして、いっそう幽寂《ゆうじゃく》の趣が深まる）』とあるとおりの、この深い山中で、万物の実相《じっそう》を表わす峰が高く聳《そび》えているのは、すなわち天上の菩提《ぼだい》への願いを顕《あらわ》し、光ささぬ谷の深き様相は、下界の衆生《しゅじょう》を救済せんとの心を表すこと、これは遥《はる》か遥か下方の極みたる金輪際《こんりんざい》にまで及んでいる。そもそもこの山姥は、生れたところもわからぬ、どこに住まうということもない。ただ、雲や水を頼りにしていずこへもさすらって行くほどに、足跡《そくせき》を印さぬ山奥とてもない」

シテ「然《しか》らば、人間ではないからといって…」

地「俗世から遠く隔たって漂泊する雲のような身の姿を変え、いま仮に真実の存在から変化《へんげ》して、ただ百万山姥に会いたい一心で、化身《けしん》の鬼女《きじょ》となって、こうしてそなたたちの目前にやって来たのだが、いやいや、もう一段高く悟道《ごどう》した目から見れば、邪《じゃ》も正《しょう》もしょせんは同じこと、そのように見るときは経典に教える『色即是空《しきそくぜくう》（目に見える存在はすなわちこれ空である）』という文言そのままに、仏法があれば、俗世もある、煩悩があれば、また菩提もある。仏があれば、衆生があり、衆生があれば山姥もある…思えば禅の公案に『柳は緑、花は紅《くれない》』とあるとおり、万物はあるがままの色々にまかせ、こうして山姥の身として人間世界に交わって遊ぶこともあるが、ある時は、かの『古今集』の序に『大伴《おおとも》の黒主《くろぬし》は、そのさまいやし。いはばたきぎ負へる山人《やまびと》の花の蔭にやすめるがごとし（大伴の黒主の歌はいささか品格が卑しい。いわば、薪を背負うた山賤が桜の花の下に休んでいるようなものだ）』とあるごとくに、山賤が樵道《きこりみち》を行き通うて花の陰に休むとき、その重荷に肩を貸し、やがて月の出と共に山を出て、里まで送ってゆくこともある。またある時は、『棚《たな》機《ばた》の五百機《いほはた》立てて織る布の秋さり衣誰《ごろもたれ》かとりみむ（ああして織姫がたくさんの機を立てて織る布の秋の衣はいったい誰が取って見るのであろう…きっと彦星が取り見るのであろうなあ）』とあるとおり、機織りをする窓に入って、鶯が枝に宿るように、糸繰り紡績《ぼうせき》の家に身を置いて、人を助ける手わざをするばかりだが、それは賤《しず》の女たちの目には見えないゆえに、この山姥を指して『目に見えぬ鬼』などと人は言うようだ」

シテ「世を憂（う）きものと見るほどに、空蝉（うつせみ）のように空（から）っぽな世の、唐衣（からころも）の…」

地「袖を払わぬままに、その袖に置く霜ながら、夜寒の月の冴え冴えとした光の白さに、霜の色が埋もれたようになってしまう頃、しきりと打ちすさむ砧《きぬた》の音が聞こえるなかに、人は疲れて打つのを休む、その間《あいだ》にも、千回万回と聞こえる砧の声、それもじつは打っているのは、ただこの山姥の仕業《しわざ》なのだよ、さあさ、都に帰って、このことを世語りになされませと、そんなふうに思うのも、やはり妄執《もうしゅう》というものであろうか、されば、ただなにごとも打ち捨てて、よしよし善悪（よしあし）などという世俗の観念は捨て去って、こうして足引（あしび）きの山廻りをしているのだが、老いた身には苦しいことぞ」

シテ「足引きの」

地「山廻り…」

（立廻《たちまわり》）

シテ「一つの樹《き》の蔭に宿り合うのも、一つの川の水を汲むのも、皆これ生々世々《しょうじょうせぜ》の縁《えにし》と、諺にも言うとおりじゃ。ましてや、そなたは、こうして我が名を言(い)うて、夕月(いうづき)が東から西へ廻るように、浮世《うきよ》を遊行《ゆぎょう》してあるく、山姥の曲舞の一節も、古き漢詩《からうた》に『願《ねが》はくは今生世俗文字《こんじやうせぞくもんじ》の業《ごふ》、狂言綺語《くゐやうげんきぎよ》の誤りをもて翻《かへ》して、当来世々讃仏乗《たうらいせぜさんぶつじよう》の因《いん》、転法輪《てんぽうりん》の縁《えん》とせむ(今まで世俗の文字を操って戯《たわむ》れ飾った言葉を弄《もてあそ》んだ罪を翻《ひるがえ》して、これよりは来世来来世までも仏を讃《たた》え説き、以て衆生《しゅじょう》が迷妄《めいもう》を離れる機縁《きえん》としたい)』と詠じたごとく、われも戯れ飾った言葉を弄んだ既往《きおう》を翻して、仏法を讃嘆する機縁を求めよう。ああ、名残惜しいことじゃ……」

シテ「……と、いとまを申して、帰っていく山の」

地「春は梢に咲くだろうかと待っていた」

シテ「花を尋ねて山廻り」

地「秋は澄み切った光を求めて」

シテ「月を見るほうへと山廻り」

地「冬はひんやりとしてゆく時雨《しぐれ》の雲の」

シテ「雪を誘って、山廻り」

地「廻りめぐって、くるくると六道輪廻《ろくどうりんね》を離れることができずにいた、妄執の雲の、塵も積もって山となるごとく、この山姥となっている、鬼女のありさまを、さあ見ているか、見ているかと、いいながら峰に翔《かけ》り、谷にその声は響いて、つい今の今まで此処《ここ》に、いるよと見えていたものが、山また山に、山廻りして、行方もしれず消え失《う》せてしまった」

養《よう》老《ろう》

前シテ　樵翁（父）
後シテ　山神
ツレ（前）樵夫（子）
ワキ　勅使
ワキツレ　従者（二人）
アヒ　里人

ワキ・ワキツレ〔次第〕「風も静かで枝を鳴（な）らさぬ楢（なら）の葉の、風も静かに楢の葉の、鳴らさぬ枝のように平和に治まった世ののどかなこと」

ワキ〔名宣〕「そもそもこう申す私は、雄略《ゆうりゃく》天皇にお仕え申し上げている臣下である。さてさて、美濃《みの》の国の本巣《もとす》の郡《こおり》に、このほど不思議な泉が湧き出たということを奏上してまいった。そこで急ぎこれを見てまいれとの帝《みかど》のご命令を承《うけたまわ》って、私はただいま美濃の本巣の郡へと急ぐところでござる」

ワキ・ワキツレ〔道行〕「こうして平和に治まっていると、国は富み民も豊かにして、国は富み民も豊かにして、四方《よも》に通じる道々の関所も、その扉は開（あ）きいるままの秋津島（あきつしま）よ、都からは遠く離れた鄙《ひな》のあたりに、その名も聞こえた、美濃の中道《なかみち》を行けば、程なく養老《ようろう》の滝に着いたことだ、養老の滝にいま着いたことだ」

シテ・ツレ〔一セイ〕「もう長く生きてきた我が身（み）、ここ美濃（みの）のお山の松蔭《まつかげ》に、今もなお住（す）

んでいるとますます澄（す）んでいる水は、松の色を映していっそう緑深く見える」

ツレ〔二ノ句〕「年老いた私にも、こうして毎日通い馴れている坂道は」

シテ・ツレ「行くことはた易（やす）いほどに、やすらかな心でまいりましょう」

シテ〔サシ〕「古き漢詩《からうた》にも『老いの眠《ねぶ》り早く覚めて常に夜《よ》を残す（老人の眠りは浅くて早々と覚めてしまうから、常に夜が残っていて明かしがたいもの）』と嘆いてあるとおり、老人のわしは朝も早々《はやばや》と寝覚めてみれば、夢のような我が人生は既に六十年、それも花があっという間に散ったように過ぎ来て、我が心は、これも『鶏声茅店《けいせいばうてん》の月、人迹板橋《じんせきはんきやう》の霜（朝を知らせる鶏の声が聞こえる時分、侘びしい茅葺《かやぶ》きの家に明け方の月を見、粗末な板の橋には、一面に霜が降《お》りているが、誰が通ったか、くっきりと人の足跡がついている）』と歌うた古人のごとく、侘びしく茅葺きの家の月に詩を吟じ、この身は板橋の霜を踏んで漂《ただよ》ううちに、はや我が髪は雪が積もったかと思うほど真っ白になったけれども、それでも老いを養ってくれるという、この清らかな滝《たき》川《がわ》の水を汲《く》むほどに、その水が我が心を清《きよ》らかにしてくれることであろう」

シテ〔下歌〕「かの唐土《もろこし》の奥山の深い谷に絶えず湧き出《い》でるという、不老《ふろう》の霊水菊水《れいすいきくすい》の例《ためし》と同じことであろうか、この養老の水は、わしが汲んだとて決して絶えるということはあるまい、養老の流れをどんなに汲んでも決して絶えることはあるまい」

シテ〔上歌〕「古き漢詩《からうた》に『長生殿《ちやうせいでん》の裏《うち》には春秋富《しゆんしうと》めり、不老門《ふらうもん》の前《まへ》には日月遅《じつげつおそ》し（唐《から》の帝の寝殿《しんでん》の内には春《しゆん》秋《じゆう》の数が豊かにあり、また漢《から》の帝の宮門《きゆうもん》の前では日月《じつげつ》もゆっくりと行く）』とあって、音に聞く唐土の長生殿だからこそ、かの唐土の長生の家だからこそ、不老門という門があると聞く、とはいえ、賤《いや》しき自分も長く年を経てこの山に住むに過ぎぬけれど、千代《ちよ》までの寿《ことぶき》を保つ例として命長きことを待（ま）つ、この松（まつ）の蔭の、長寿を祝（いわ）いて汲む岩井（いわい）の泉の水は薬にて、飲めば老いの命を延べたる心地《ここち》がするほどに、この先もなお末長く生きることであろう、行く末もひさしく生きることであろう」

ワキ「もし、そこなる老人に尋ねたいことがござる」

シテ「わしのことでござりますかな、何事でございましょう」

ワキ「そなたは、もしや噂に聞き及ぶ親子の者か」

シテ「さようでございます。私どもがその、仰せの親子でございます」

ワキ「私は帝よりの御使者《おししゃ》であるぞよ」

シテ「ありがたいことじゃ、雲の上はるかの高みより国民《くにたみ》をご覧くださっている、我が大君《おおきみ》の詔勅《みことのり》を、我らのような賤しい身の上の者が、今こうして承《うけたまわ》ることのありがたさよ。おお、おお、わたくしどもこそ、その仰せの親子に相違ありませぬ」

ワキ「さてさて、この本巣の郡に、不思議なる泉が湧き出たということを、奏上してまいったゆえ、急いで見てまいれとの帝の御命令を頂戴したのじゃ、そのゆえに、これまでこうして御使者《おししゃ》をくだされたということじゃ。まずは、その養老の水と名付けた最初のいわれを、詳しく申してみよ」

シテ「さようでございます。これに控えおりますのは、この老人の子でございますが、この者が朝夕《あさゆう》山に入《い》り、薪《たきぎ》を採り、私どもを養ってくれておりまするが、或る時、山道を歩くのに疲れたのでもございましょうか、この水をば何心《なにごころ》もなく手に掬《むす》んで飲みましたるところ、世の常にあらぬほど心も涼《すず》しくなり、疲れも癒《いや》され」

ツレ〔カヽル〕「それは、さながら仙人世界の薬の水も、こうしたものであろうかと、思い知られましたゆえ、すぐにこれを汲んで家に運んで帰り、父母《ちちはは》にこれを飲ませましたところ」

シテ「飲むそばから、それはもういつのまにか、たちどころに老いをも忘れてしまいましたほど、忘れ水すなわち野中に人知れず湧いております泉水《せんすい》は浅（あさ）けれど」

ツレ〈カヽル〉「朝寝（あさね）の床も起きるのが苦痛でなくなり…」

シテ・ツレ「夜《よる》の寝覚めも淋しさを感じずに、勇む心の増（ま）してくるように、その真清水（ましみず）は、絶えることなくこの老人を養ってくれますゆえに、養老の滝と、そのように申すのでございます」

ワキ「なるほどなるほど、聞けばありがたいことじゃ。さてさて、ではその今申す薬の水とやらは、この滝川のなかでも、とりわけここだという場所があるのだろうか」

シテ「ご覧くださいませ。この滝つぼの、すこしこちら側の、岩の間《あいだ》から湧き出てくる水の泉がそれでございます」

ワキ〈カヽル〉「そうか、ではこれがその泉かと、立ち寄って見ると、なるほど清らかな山の湧き水の…」

シテ「底は澄みわたって小石《さざれいし》が見えるほどにて、あたかも古歌に『わがきみは千代に八千代にさざれ石の巌《いはほ》となりて苔《こけ》のむすまで（我が主君の御命《おんいのち》は千代も八千代も長く続いて、ほんの小さな小石が次第に大きくなって巨岩《きょがん》となり、さらにそれにみっしりと苔がむすまで、それほどに永劫《えいごう》でいらっしゃいますように）』と歌われたる小石が、永劫の時間のなかで、大岩となってさらに苔のむすまでの…」

ワキ「千代に八千代にの例までも」

シテ「かならず目の当たりにご覧になれましょう、この目の当たりに湧き出る薬の水を飲むならば」

ワキ「まことに老いを」

シテ「養うのでございます」

地〔上歌〕「衰えた老人さえ養うほどの水ならば、まして盛りの人の身に、薬となることがあれば、いつまでも我が君のご寿命も尽きぬことになるであろう、その泉はまことにめでたきことであった。まことに玉のように美しい水の、その水上《みなかみ》が澄(す)むように、清らかに穢《けが》れ無き御代だとあって、その下流に生きる我ら庶民にいたるまで、豊かに澄(す)める世に住(す)める嬉しさよ、豊かに住める嬉しさよ」

地〔クリ〕「まことに、遠い昔の唐土《もろこし》の帝がどんなに不老不死の薬を尋ね求めても、蓬莱《ほうらい》の島ははるか遠い所にあったという世の中に、今の霊水の例もまさに不老不死の薬にして、しかも湧き出るところの水また水は、よもや尽きることはあるまい」

シテ〔サシ〕「昔の文《ふみ》に『それ行《ゆ》く川の流れは絶えずして、しかも元の水にあらず（そもそも行く川の流れは絶えることなくいつも同じように見えるが、そうであってもよく見れば元の水がそこにあるわけではない）』とも言い」

地「また流れの『淀《よど》みに浮かむ泡沫《うたかた》は、かつ消えかつ結びて、久しく留まりたる例《ためし》なし（水の淀んでいるところに浮かんでいる泡《あわ》は、消えたり現れたりしながら、しかしどれも久しくそこに留まっている例はない）』とも言うてあるが、いや、この水ばかりは久しく澄(す)んで水面に住(す)んでいることが変らないとか」

シテ「殊に、なるほどこれは他にそのような例も無(な)いことにて、夏山(なつやま)の」

地「下陰《したかげ》を流れ行く水がそのまま薬となる、すこぶるめでたい奇跡をば、いったい今まで誰が、目にしたことがあったろうか」

地〔下歌〕「さあさ、水を掬《むす》ぼうよ、さあさあ水を掬ぼう」

地〔上歌〕「古き漢詩《からうた》に『甕《もたひ》の竹葉《ちくえふ》は春を経《へ》て熟《じゅく》す（去年甕《かめ》に仕込んだ竹葉《さけ》は、春を経て熟す）』というが、その竹の葉も今は夏なれば葉影《はかげ》が緑を重ねているころであろう。またしかし、秋になれば、これも漢詩に『籬《まがき》の荻花《てきくわ》は林葉《りんえふ》の秋を汲《く》む（生け垣に咲く荻《おぎ》の花は、あたかも紅葉《こうよう》に染まった林の葉を汲み取ったようだ）』とあるに似てもいようか。昔、晋《しん》の七賢人《しちけんじん》は竹林《ちくりん》に隠れて酒を楽しみ、なかんずくにそのなかの劉伯倫《りゅうはくりん》の愛飲《あいいん》した酒の風情《ふぜい》も、もっぱらこの水に残っている。されば、汲めや汲め、この薬の水を、さあ我が君のために汲んでそれを捧げようぞ」

地〔下歌〕「曲水《きょくすい》の宴にあっては、これも古き漢詩に『石に礙《さは》つて遅《おそ》く来《きた》れば心竊《こころひそ》かに待《ま》つ、流《りう》に牽《ひ》かれて遄《はや》く過《す》ぐれば手《て》まづ遮《さいぎ》る（流れのなかの石に盃《さかずき》が引っかかって遅く来るときは、既に詩の出来た人は心竊《こころひそ》かに待ちうける、しかし流れに牽《ひ》かれて盃が通り過ぎてしまうのに詩がまだ出来ていない人は、手でまずは遮《さえぎ》ってから考える）』とあるけれど、浮かんで流れてくる鸚鵡《おうむ》の盃（注、鸚鵡貝《おうむがい》などの貝殻で作った美しい盃）は石に引っかかって遅くなろうとも、手にまずは取って、夜もすがらこの水に馴れて、そこに映る月を汲もうよ、馴れて水に映る月を汲もうよ」

地〔ロンギ〕「かかる山路《やまじ》の奥の水を以て、いったいどこの人が老いを養ったことであろうか」

シテ「昔、唐土《もろこし》の彭祖《ほうそ》は、菊の葉に宿る霊水、その滴《したた》る露を飲んで命を養い、仙人の徳を受けたによって、七百歳《しちひゃくさい》の齢《よわい》を保ったというわれも、こういう薬の水であったと聞くものを」

地「なるほど薬と聞(き)く、かの菊(きく)の水、その命を養う露の霊験《れいげん》にて、朝露(あさつゆ)が一瞬に消えるほどの間《ま》に」

シテ「はやくも千年《ちとせ》を経(ふ)ること、昔の歌に『濡れて干《ほ》す山路《やまぢ》の菊の露の間《ま》にいつか千年をわれは経(へ)にけん（神仙《しんせん》の宮居《みやい》を尋ねていく山路の菊、その露に濡れたのを干している、ほんの一瞬の間にいったいどうして私は千年もの年を経てしまったのであろうか)』と歌うてあるとおり、折しも降(ふ)る雨(あめ)に、天地(あめつち)の」

地「開闢(かいびゃく)以来というもの、種は開(ひら)いて芽を吹き出す草木までが」

シテ「花も咲き、実も生《な》る世の道理…」

地「その折々で現れる形は違っても」

シテ「いずれもこれらは雨露《うろ》の恵みのおかげにて」

地「『養《やしな》ひ得《え》ては自《おのづか》ら花《はな》の父母《ぶも》たり(春雨が養って花を咲かせるのだから、すなわち雨こそ花の父母と言えるであろう)』と古き漢詩《からうた》に讃《たた》えたる、その雨露《あめつゆ》に、この翁も養われて、ここの水に馴れて来たが、着馴れた衣《ころも》の袖を濡らして掬《むす》ぶ手の、影も映って見えること、かの古歌に『袖《そで》ひぢて掬びし水の凍《こほ》れるを春立つ今日《けふ》の風や解《と》くらん(袖を濡らして掬んだ水が冬は凍ってしまっていたのを、春立つ今日こそ春風《はるかぜ》が解《と》かしてくれるだろう)』とも、また『浅香《あさか》山影《やまかげ》さへ見ゆる山の井の浅き心をわが思はなくに(あの浅香山の、自分の影までが映って見えている、山の井のように浅い心で俺はおまえを思っているのではない、もっと思いは深いのだ)』とも歌うてあるとおりだ。その山の湧き水をば、なるほど薬の水だと思うほどに、老いの姿もたちどころに若返り、これこそ若水(わかみず)だと見るのはいかにも嬉しいことであったな」

ワキ「なるほどこれはありがたい薬の水、急ぎ帰京して、我が大君にこの旨を申し上げることはまことに嬉しいぞ」

シテ「この翁《おきな》も、これほどの君のご恩徳《おんどく》の、広き御影《みかげ》を尊《たっと》めば」

ワキ〔**カヽル**〕「勅使も重ねて感涙にむせび、これほどの奇跡に遇うことよと」

地〔**上歌**〕「その言葉も言い終わらぬうちに不思議なことよ、言い終わらぬというのに不思議なことよ、天より光輝いて、滝の響きもますます音が澄みわたり、妙《たえ》なる音楽が聞こえて、花が降ってきた。これはただ事とは思われず、これはどうしてもただ事とは思われぬ…」

（**中入**）

後シテ〔**サシ**〕「ありがたいことよ、治まる御代《みよ》の習いにて、山河《やまかわ》も草木《くさき》も穏やかに、これも古き漢文《からふみ》に『風条《かぜゑだ》を鳴らさず、雨塊《あめつちくれ》を破《やぶ》らず、五日《ごじつ》に一風《いっぷう》、十日《とおか》に一雨《いちう》』と讃《たた》えてある、その五日に一度の風や十日に一度の雨（あめ）を得て、天（あめ）が下に普《あまね》く照る日の光の曇ることはあるまい、その曇り無き玉のように清らかな水の、薬の泉は、よもや尽きることはあるまい、ああ、ありがたくめでたい奇跡じゃな」

地「これとても、衆生《しゅじょう》をお済《すく》いくださろうということでは、弥陀《みだ》のお誓いと同じき仏法《ぶっぽう》の水、永劫《えいごう》に尽きることのない君の御代《みよ》を守るという」

シテ「我はこの山の山神《さんじん》の宮《みや》に住む者ぞ」

地「またの姿は、楊柳観音菩薩《ようりゅうかんのんぼさつ》」

シテ「神と言うも」

地「仏と言うも」

シテ〔**一セイ**〕「ただこれ水と波、表面の形の違いばかりにて」

地「衆生をお済いくださろうための方便の声が」

シテ「峯の嵐や、谷の水音として、滔々《とうとう》と」

地「拍子を揃えて、音楽の響きとなり、この滝（たき）のように滾（たぎ）る心を澄ましつつ、諸々《もろもろ》の天人《てんにん》のご来御《らいぎょ》（注、現行観世流謡本は「来去《らいきょ》」とするが、寛永六年刊の寛永卯月本には「来御《らいぎょ》」に作り、又、慶安二年風月宗知刊本には「らいぎょ」と濁音に作る。意味上その方が解し易いのでそちらに従った）の、お姿かな」

（神舞《かみまい》）

シテ〔ワカ〕「松蔭《まつかげ》に、千代の長寿を映している、緑の色よ」

地「かほどに清爽《せいそう》なる山の湧き水の、山の井の水、山の井の」

シテ「水は滔々として、波は悠々《ゆうゆう》としている、そのようにめでたく治まっている御代の、喩《たと》えて申せば…」

シテ「君は船…」

地「唐土《もろこし》の典籍《ふみ》には『君は船也《ふねなり》、庶人《しょじん》は水《みづ》也、水は則《すなは》ち船を載《の》せ、水は則ち船を覆《くつがへ》す』と見えるが、わが国では、帝の君は船、臣下は水なるは同じことながら、水はよく船を浮かべ浮かべて、臣下はよく君を仰ぐ、こうして仰ぐ御代とて、幾久《いくひさ》しさも決して尽きぬことであろう、尽きぬであろう、我が君の徳に引かれて湧き出てきた、この玉なす水のように、上《うえ》つかたが澄んでいればこそ、下の者も心濁らぬ道理、この濁らぬ滝（たき）の、滾（たぎ）る水の、浮き立つ波が、寄せては返すように、返すがえすも、善《よ》き御代《みよ》なることよ、善き御代なることよ、このまま万年《まんねん》も御代が続くようにと祈りつつ、都へ帰ろうよ、万年も続く善政《ぜんせい》の都へ帰ろうよ」

林　望（はやし　のぞむ）

作家・国文学者。慶應義塾大学大学院博士課程満期退学。元東京藝術大学助教授。『イギリスはおいしい』で日本エッセイストクラブ賞、『ケンブリッジ大学所蔵和漢古書総合目録』で国際交流奨励賞受賞。エッセイ・小説等著書多数。『すらすら読める風姿花伝』『能よ 古典よ！』『能の読みかた』等能楽関係著作のほか、小金井薪能の創始に参画。新作能『仲麻呂』『黄金桜』創作。また、観世宗家清和師と共に『聖パウロの回心』創作。他に『改訂新修謹訳源氏物語』（全十巻）『謹訳平家物語』（全四巻）。主に観世流能楽公演にて解説出演多数。

謹《きん》訳《やく》　世《ぜ》阿《あ》弥《み》能《のう》楽《がく》集《しゅう》　上《じょう》

二〇二〇年一二月四日　第一刷発行

著者……林　望

発行者……檜　常正

発行所……株式会社　檜書店

〒一〇一―〇〇五二
東京都千代田区神田小川町二―一
TEL 〇三―三二九一―二四八八
FAX 〇三―三二九五―三五五四
https://www.hinoki-shoten.co.jp

ブックデザイン……桂川　潤

印刷・製本……モリモト印刷株式会社

ISBN 978-4-8279-1109-1　C0095　Printed in Japan